ライアー・ライアー10
嘘つき転校生は敗北の女神を騙し抜きます。

久追遥希

MF文庫J

篠原緋呂斗（しのはら・ひろと）　**7ツ星**
学園島最強の7ツ星（偽）となった英明学園の転校生。目的のため嘘を承知で頂点に君臨。

姫路白雪（ひめじ・しらゆき）　**5ツ星**
完全無欠のイカサマチートメイド。カンパニーを率いて緋呂斗を補佐する。

彩園寺更紗（さいおんじ・さらさ）　**6ツ星**
最強の偽お嬢様。本名は朱羽莉奈。《女帝》の異名を持ち緋呂斗とは共犯関係。桜花学園所属。

秋月乃愛（あきづき・のあ）**6ツ星**
英明の《小悪魔》。あざと可愛い見た目に反し戦い方は悪辣。緋呂斗を慕う。

榎本進司（えのもと・しんじ）**6ツ星**
英明学園の生徒会長。《千里眼》と呼ばれる実力者。七瀬とは幼馴染み。

浅宮七瀬（あさみや・ななせ）**6ツ星**
英明6ツ星トリオの一人。運動神経抜群な美人ギャル。進司と張り合う。

水上摩理（みなかみ・まり）**5ツ星**
まっすぐな性格で嘘が嫌いな英明学園1年生。姉は英明の隠れた実力者・真由。

皆実雫（みなみ・しずく）**6ツ星**
聖ロザリア所属の2年生。実力を隠していたが、緋呂斗に刺激を受け覚醒。

結川奏（ゆいかわ・かなで）**6ツ星**
茨学園の賛否両論集める3年生エース。驚異的にしぶとい「茨のゾンビ」。

奈切来火（なきり・らいか）**6ツ星**
天音坂トップの実力を持つ3年生。実は竜胆戒の従弟で……。

水上真由（みなかみ・まゆ）**5ツ星**
英明学園の隠れた天才と称される摩理の姉。基本やる気なしの3年生。

椎名紬（しいな・つむぎ）
天才的センスと純真さを併せ持つ中二系JC。学長の計らいでカンパニー所属に。

風見鈴蘭（かざみ・すずらん）**3ツ星**
桜花学園所属の２年生。《ライブラ》でアイドル級の大人気を誇る。

口絵・本文イラスト：konomi（きのこのみ）

第一章　〝疑似恋愛ゲーム〟開幕！

liar liar

＃

「ねえ、篠原《しのはら》。あんたって……彼女とか、いたことある？」

――学園島《アカデミー》三番区と四番区の境界付近に位置する隠れ家的な喫茶店。

今日も今日とて俺たち以外の客が一切いない絶好の密会ポイントで、俺の対面に座る赤髪の美少女――彩園寺《さいおんじ》更紗《さらさ》が、不意にそんな問いを投げ掛けてきた。

「……は？　彼女？」

唐突過ぎる質問に思わず呆《ほう》けた声を返してしまう。……いや、だってそうだろう。高校生たるもの恋愛だの何だのは話題として定番なのかもしれないが、俺と彩園寺に限って言えば全くもってそんなことはない。片や偽りの７ツ星、片や偽物《にせもの》お嬢様……という、互いにとてつもない〝嘘《うそ》〟を抱えた共犯者だ。破滅と隣り合わせの生活を常に送っているわけで、きっと興味関心の矛先も普通の高校生とは随分違う。

「そうよ、彼女。もしくは恋人とかガールフレンドとか……ま、言い方は何でもいいわ」

けれど彩園寺は、何の気もない口調で――正確にはそんな風に装った口調で――追撃を仕掛けてくる。そろそろ十月も後半に差し掛かってきたということもあり、服装は暖かそうな黒のセーター。右手で軽く頬杖《ほおづえ》を突きつつ、紅玉《ルビー》の瞳をこちらへ向ける。

「まず、今は誰とも付き合ってないはずでしょ？　だって、ユキと同棲《どうせい》……じゃなくて同居してるんだもの。彼女がいるんだとしたら最低の浮気者だわ。で、ユキとあんたじゃ到底釣り合わないのだけれど……まさか、無理やり手を出してたりしないわよね？」

「するわけないだろ。お前の中で俺はどういう印象なんだ」

「あんたがどうこうって話じゃなくて、単純にユキの魅力にやられない男がいるっていうのが信じられないだけ。……ふふっ。でもまあ、そうよね。篠原《しのはら》にそんな度胸と甲斐性《かいしょう》があるわけないわ」

「何で嬉《うれ》しそうなんだよ……ったく」

俺の返答に何故《なぜ》か口元を緩め、上機嫌な声音で煽《あお》ってくる彩園寺《さいおんじ》。対する俺は嘆息交じりに肩を竦《すく》め、アイスコーヒーを一口飲む。彼女の言う〝ユキ〟とは、偽りの7ツ星である俺の世話をしてくれている銀髪メイド・姫路白雪《ひめじしらゆき》のことだ。献身的かつあまりに頼りになりすぎる少女であり、姫路がいなければ——冗談も誇張も抜きで——俺は学園島《アカデミー》で生きていけない。故に、彩園寺の指摘は正しいと言えば正しいのだろう。

（まあ、それを言うならお前もだろって話だけど……）

ちらりと対面の少女を盗み見つつ、内心でそんなことを考える俺。こんな会話をしているとつい忘れそうになるが、彩園寺だってちょっと想像を絶するくらいの美少女だ。加えて島内でもトップクラスの才女であり、これまで何度危ない場面を救われてきたか分からない。魅力にやられているか否《いな》か、という問いなら返答は間違いなくＹＥＳになる。

もちろん、本人には絶対に言わないが。

「で……学園島《アカデミー》に来る前のあんたなら、彼女なんてもっと有り得ないわね」

俺の内心など知る由《よし》もなく、彩園寺は何やら嬉しそうな口調で話を元に戻す。

「ただでさえその頃は〝7ツ星〟の称号もなかったわけだし……それにあんた、確か初恋の幼馴染みを追い掛けて学園島《アカデミー》に来たんでしょ？　本土で誰かと付き合っていたなら、そんな行動に出るはずないもの」

「………ノーコメントで」

彩園寺の鋭い突っ込みに対し、微《かす》かに頰を引《ひ》き攣《つ》らせながら曖昧な答えを返す俺。初恋の幼馴染《おさななじ》み——学園島《アカデミー》のどこかにいるはずの、そして俺がこの半年で既に出会っているはずの少女。確かに、恋愛方面の話題になると真っ先に彼女のことが脳裏を過《よ》ぎるのは間違いない。それがある種のストッパーになっているというのも事実と言えば事実だ。

「ふふん、やっぱりね。っていうか……」

濁した答えから俺の真意を悟ったのであろう彩園寺は、手元のコーヒーカップに入れたスプーンをくるくると回しながら得意げに言葉を継いだ。それから彼女はもうほとんど湯気の立っていないコーヒーにそっと唇を触れさせ、ちらりと視線を持ち上げる。

「そもそも篠原《しのはら》って、どんな子がタイプなわけ？」

「え」

「っ……別に、深い意味はないんだけど！　ないんだけどね!?」

一瞬で顔を真っ赤にしながらも、彩園寺《さいおんじ》はどうにか平静（？）を保って続ける。

「あんた、学園島《アカデミー》に来てから可愛《かわい》い子とたっくさん知り合ってるじゃない。こんなボーナスステージ、普通なら人生に一度だって訪れないわよ？　幼馴染《おさななじ》みに義理立てしてるのは分かるけれど、気になる相手の一人や二人、いない方がおかしいと思うわ！」

「ああ、そういう……確かに、立場が立場だから知り合いが増える頻度は異常に上がったな。あと、特に高ランカーなんて芸能人並みに〝見られる〟機会が多いから、男女関係なく見た目に気を遣ってるやつが多い気がする」

「ええ、そうね。……って、ちょっと篠原。今、なんか話逸《そ》らさなかった？」

「……気のせいだろ」

ムッとしたような視線を向けてくる彩園寺に対し、小さく肩を竦《すく》めて返す俺。

「っていうか……そもそも、何で俺の彼女がどうとかって話になるんだよ？」

「何でって、それが今日の本題に関わってくるからじゃない。篠原も話くらいは聞いてるんでしょ？　来月の学園祭のこと」

「ん……」

グラスの中の氷をストローで掻《か》き分《わ》けつつ、俺は微妙な相槌《あいづち》を打つ。
そう——二学期の中頃、十月下旬。俺と彩園寺が顔を合わせているのは、何もいつもの愚痴会（嘘《うそ》つき同士で日頃の鬱憤を晴らし合う悲しき会合を指す）を行うため、というわけじゃない。少し前に行われた大規模《決闘《ゲーム》》と、来月上旬に予定されている新たなイベント。その反省会と作戦会議、というのが今日のメイン目的だ。
まず、反省会の方は滞りなく終わっている。というのも、今から半月ほど前に行われた二学期学年別対抗戦は——色々な波乱万丈こそあったものの——最終的にはかなり理想的な形で終わっているからだ。一年生の《新人戦《プレリュード》》と二年生の《修学旅行戦《フォルテッシモ》》、そして三年生の《習熟戦《リフレイン》》。上位ブロックの結果をまとめるとそれぞれ次のようになる。
【一年生編《新人戦》——一位：英明《えいめい》／二位：天音坂《あまねざか》／三位：桜花《おうか》】
【二年生編《修学旅行戦》——一位：英明／二位：桜花／三位：聖《せい》ロザリア&栗花落《つゆり》】
【三年生編《習熟戦》——一位：英明・桜花（同率）／三位：音羽《おとわ》】
……《修学旅行戦》では十七番区天音坂学園の隠し玉である【ファントム】や〝本物のお嬢様〟こと【バイオレット】に主導権を握られ、《習熟戦》に至っては七番区森羅《しんら》高等学校・越智春虎《おちはるとら》の《シナリオライター》により絶体絶命のピンチにまで追い込まれたが、結果だけを見れば全ての《決闘《ゲーム》》で英明学園が貫禄の一位。彩園寺が所属する桜花も総合順位では二位につけており、お互いに面子《メンツ》を保った形になる。

そのため、学校ランキングの中間順位に関してはこんな感じだ。

【変動前：英明《えいめい》－桜花《おうか》－森羅《しんら》－音羽《おとわ》－天音坂《あまねざか》－栗花落《つゆり》－聖《せい》ロザリア……】

【変動後：英明－桜花－天音坂－音羽－森羅－栗花落－聖ロザリア……】

全体を通して好調だった天音坂が勢いのままに順位を上げ、代わりに森羅が一旦繰り下がったような形。二学期学年別対抗戦は〝降格〟が発生しないイベントだったため人数制限のある上位ランカーは特に顔触れを変えていないが、例えば英明に関しては、それぞれの《決闘《ゲーム》》の中で活躍した数百人の生徒にボーナスの星が与えられている。これによって多々良《たたら》や辻《つじ》もついに4ツ星へ昇格しており、ますます底力がついたような状況だ。

「…………」

が——もちろん、安心してもいられない。《習熟戦《リフレイン》》の最終局面、《アルビオン》リーダーの越智春虎《おちはるとら》に突き付けられた〝破滅〟の予言。年度末に開催される大規模《決闘》において俺が彼らの前に膝を突くという最悪のシナリオ——それを回避するには、もっと力を付けなきゃいけない。最初は例の幼馴染《おさななじ》みを探し出すためだけに目指し始めた〝本物の7ツ星〟だが、《アルビオン》に対抗するためにも〝色付き星《ユニークスター》〟の力は絶対的に必要だ。

——そして。

それに際して最も直近で提示されている色付き星の獲得チャンスというのが、彩園寺《さいおんじ》の言う〝学園祭〟なのである。

「二学期のもう一つの目玉イベント――《流星祭》。確かこれ、英明とか桜花みたいな学園の枠組みを取っ払って、島全体で実施するイベントなんだよな？」

「そうよ」

両肘をテーブルに乗せた彩園寺が、豪奢《ごうしゃ》な赤の長髪を揺らしながら俺の言葉に肯定を返す。そうして彼女は、わずかに身を乗り出しつつ俺の目を覗《のぞ》き込《こ》んで続けた。

「学園島《アカデミー》の生徒にとって、《流星祭》は秋の一大イベントなの。内容は、まあ簡単に言えばオリジナルの学園祭……かしら？　ベースは普通の文化祭とか体育祭なのだけれど、そこに《決闘《ゲーム》》の要素がブレンドされたもの、ってイメージよ」

「……なるほど。それって、これまでの公式《決闘《ゲーム》》とは何か違うのか？」

「ええ。例えば《アストラル》とか《ＳＦＩＡ《スフィア》》みたいな大規模《決闘《ゲーム》》は、基本的に理事会直下の委員会がルール作成とか運営をやってくれるでしょ？　《ライブラ》が運営補佐に回るのが通例だけれど、学園島《アカデミー》側が決めたルールってことには変わりないわ」

「？　ああ、そうだな」

「でも、《流星祭》はそこが違うのよ。生徒の生徒による生徒のためのイベント、って謳《うた》い文句があるくらいだもの。《流星祭》では、学園島に通う高校生なら誰でも《競技》を運営できる――イベント開始の一週間前までに概要とルールを《ライブラ》に提出して、承認されたらそれが《流星祭》で行われる《競技《プログラム》》の一つになるって感じね。期間中は有志の運営する《競技《プログラム》》が島中で開催されることになるわ」

「へえ……自分で考えた《決闘《ゲーム》》が公式戦で採用される、ってことか」

「そういうこと。だから、行事全体の中でもかなり人気が高いイベントよ。《決闘《ゲーム》》のルールを作ったり運営したりするのが好き、っていう人には特にね」

あたしは普通に攻略する方が好きだけれど、と言ってコーヒーを一口飲む彩園寺《さいおんじ》。俺も基本的には同意だが、ゲームマスター側というのも確かに楽しそうではある。人気のあるイベントだというのも頷《うなず》けた。

「まあ、もちろん単なるお祭りってわけじゃなくて、全《競技》を通してスコアの管理なんかもされるんだけどね。……で、そんな《競技》の中で一つだけ、現時点で実施が確定しているものがあるの。それが《疑似恋愛ゲーム：Couple Quest《CQ》》――《ライブラ》が直接運営に当たる、今年の《流星祭》で一番規模の大きな《競技》よ」

「……疑似恋愛ゲーム、ね」

彩園寺の口から零《こぼ》れた聞き馴染みのない言葉に、俺は鸚鵡《おうむ》返しにそう呟《つぶや》く。

《疑似恋愛ゲーム：CQ》――それは、実を言えば〝全くもって予想外なモノ〟というわけでもなかった。何故《なぜ》なら以前、俺の実姉であり学園島《アカデミー》管理部に所属する篠原柚葉《しのはらゆずは》が『カップルでなければ参加できない《決闘《ゲーム》》がある』と零していたからだ。今回ばかりは見当違いな予想であってくれと願っていたのだが、その祈りはどうも叶《かな》わなかったらしい。

ちらりと紅玉《ルビー》の瞳を持ち上げて、彩園寺はなおも説明を続ける。

「《疑似恋愛ゲーム：ＣＱ》の内容はまだ公開されていないけれど、《ライブラ》が恋愛要素を絡めた《競技》を《流星祭》に持ち込むのは定番の流れよ。普段の公式戦だとあまり浮ついたことは出来ないから、あえてノリを軽くしてる……ってところかしら」

「なるほど……まあ、確かに盛り上がりそうな響きではあるな」

「そうね。毎年、このイベントをきっかけに付き合い始めるカップルだっているくらいだもの。……ちなみに、篠原。《流星祭》は学園単位の対抗戦じゃなくて完全な個人戦だから、他の学区のプレイヤーとも組むことは出来るわ。だから、その……」

「……その？」

「一応、一応ね？　ほら、あたしとあんたがカップル……になることだって、あるかもしれないわけじゃない。……あ、あたしがなりたいとかじゃなくて、システム上有り得るってことよ!?　あたしとあんたが恋人同士になるかもしれない、ってこと！」

「っ……ま、まあ、システム上な」

「し、システム上よ、もちろん」

お互いに顔が赤くなっていることを自覚しながら誤魔化《ごまか》すようにそんな言葉を口にする俺と彩園寺。……まだ《疑似恋愛ゲーム：ＣＱ》とやらのルールは全く分からないし、そもそも《流星祭》には大量の《競技》があるんだから、まだ俺が誰かと〝カップル〟にならなきゃいけないと決まったわけじゃない。けれど、可能性としては確かに有り得ることだろう。何せ俺には、《流星祭》を全力で攻略しなければならない理由がある。

「ふぅ……」

鼓動を落ち着かせるためにも一つ息を吐いてから、俺は端末に視線を落として続けた。

「全島統一学園祭イベント《流星祭》……プレイヤーは各《競技》《プログラム》でスコアを稼いで、その累計が〝個人ランキング〟として比較される。詳しい部分はまだ発表されてなかったけど、等級ごとに規定順位《ノルマ》が決まってるんだってな。達成できないと星を一つ没収される」

「ええ。つまり、あたしと篠原《しのはら》の場合は下手な順位を取ると嘘《うそ》がバレて即アウト、ってわけ。それに、今朝のLNN見たでしょ？　今回の《流星祭》、個人ランキング一位のプレイヤーには特別報酬として〝色付き星〟が与えられるらしいじゃない。これだけ好条件なんだもの、《競技》を選んでなんかいられないわ」

「……そうなんだよな」

気恥ずかしさを振り払うように言う彩園寺《さいおんじ》に対し、俺は嘆息交じりに小さく頷《うなず》く。

そう——実は、つい数時間前に速報が出たばかりなのだが、今回の《流星祭》では目玉報酬の一つに〝色付き星《ユニークスター》〟が掲げられている。等級など一切関係なく、個人ランキング一位を獲得したプレイヤーに与えられる最大級の栄誉。そんなサプライズもあって、STOC《ストック》やisland tube《アイ・チューブ》のコメント欄は例年以上の盛り上がりを見せているらしい。

　対面の彩園寺は一つずつ指を折りながら言葉を紡ぐ。

「赤、藍、翠《みどり》、紫、橙《だいだい》……ちょっと癪《しゃく》だけれど、今の篠原は五色持ち《ファイブカラー》だものね。この《流星祭》で色付き星を手に入れられれば六色目。本物の7ツ星がぐっと近付くわ」

「そう、だな。赤の星しか持ってなかった半年前からは考えられないけど」

「本当にね。……でも、あんたにはあたしっていう強力な〝共犯者〟がいるんだもの。それくらい簡単に達成してくれなきゃ困っちゃうわ」

「はいはい、感謝してますよ《女帝》様」

　小さく肩を竦《すく》めて冗談交じりに告げる俺。それを受けた彩園寺がムッと唇を尖《とが》らせながらテーブルの下で俺の脛《すね》を蹴ってくるが、そんなのは可愛《かわい》らしい抵抗だ。わざわざブーツを脱いでくれる辺りも彼女らしい。

（七色持ち《オールカラー》の7ツ星……そこまで行けば、俺の〝学園島最強《アカデミー》〟が嘘じゃなくなる。でもそれだけじゃダメだ。俺と彩園寺は共犯者なんだから、俺の〝嘘〟だけ取り繕えても意味がない。で、彩園寺の嘘を通すには……やっぱり、越智《おち》の言ってた〝8ツ星〟を目指す必要があるのかもしれないけど）

　彩園寺の蹴りを受けながらそんなことを考える。……まあ、8ツ星云々《うんぬん》はとりあえず置いておくにしても、年度末のイベントで《アルビオン》とぶつかることを考えればやはりここで六色目は確保しておきたい。《習熟戦《リフレイン》》だって、結局は越智春虎《はるとら》の手のひらの上で最後まで転がされていたんだ。今のままではきっと〝予言〟が叶《かな》ってしまう。

「……どうせなら、《流星祭》で手に入る色付き星《ユニークスター》が越智《おち》の《シナリオライター》くらい強力な効果を持っててくれると助かるんだけどな」

「さすがにそれは高望みしすぎだと思うけれど……っていうか、報酬の色付き星《ユニークスター》ならもう分かると思うわよ」

「？　そこまで公開されてたか？」

「いえ、正式な発表はまだ先ね。でもこの手のイベントで配布される色付き星は、何らかの経緯で学園島《アカデミー》側に回収されたモノだけ……それも、回収時期の早い星から順番にリリースされるって相場が決まっているの。ちょっと待ってて、確かメモにまとめて……」

そんなことを言いながら自身の端末を取り出す彩園寺《さいおんじ》。この店は一切の電波が届かない本物の隠れ家仕様だが、端末内に保存されているデータなら当然ながら閲覧できる。しばらく情報を漁《あさ》っていた彩園寺が、やがて豪奢《ごうしゃ》な赤髪をさらりと持ち上げた。

「あったわ、これよこれ。今回の《流星祭》で個人ランキング一位の報酬になるのは、十中八九〝黄色の星〟ね。特殊効果は……って、これ」

「……？」

途端に表情を険しくした彩園寺に、俺は微《かす》かに眉を顰《ひそ》める。……思わず絶句するほど凶悪な効果を秘めた色付き星なのだろうか？　だとしたら願ったり叶ったりだが。

そんな呑気《のんき》なことを考えていた俺に対し、対面の彩園寺はゆっくりと口を開いた。

「ねえ篠原《しのはら》、落ち着いて聞きなさい――このイベント、一気に負けられなくなったわ。勝っておきたい、なんて言ってる場合じゃない。一位を取り損ねた瞬間に……この星があたしたち以外の誰かに渡った瞬間に、あんたもあたしもお終いよ」

「っ……何だよ、それ。そんなにヤバい効果だったのか？」

「ええ。色付き星の黄《ユニークスター・イエロー》……その星の所持によって解放される特殊アビリティは《正しき天秤《てんびん》》。これを使うと、その《決闘《ゲーム》》では正々堂々とした戦いしか許されなくなるの。本来なら相手のイカサマを摘発したり、あとは確率操作系のアビリティを軒並み無効にする強力な効果なのだけれど……《正しき天秤》は、赤の星の嘘をも見抜く」

　つまり、と彩園寺。

「誰かに取られれば何もかもがバレるわ――あんたが〝嘘つき〟だってことも、一瞬で」

「――――」

　神妙な声音で紡がれた衝撃的な真実に、俺の思考が停止する。

《正しき天秤》――色付き星の黄《ユニークスター・イエロー》に付随する特殊アビリティ。《決闘《ゲーム》》にあらゆる不正を持ち込ませない、という効果は、偽りの7ツ星である俺にとって相当に致命的だ。誰かに確保されてしまったらその時点でそいつとは絶対に《決闘《ゲーム》》が出来ないし、何なら同じイベント戦に参加することすら出来ない。《カンパニー》のイカサマがどうこう以前に、赤の星による〝不正〟がバレてこの島にいられなくなってしまう。

――故に、

「け……結局、今回も一位じゃなきゃダメってことじゃねえか!?」

両手で頭を抱えながら、俺は悲鳴にも似た声を上げることと相成った。

#

『すぅうううう――――…………』

『――はい！　集まってくれたみんな、こんにちにゃー!!!　司会の風見鈴蘭《かざみすずらん》にゃ!!』

『大いに盛り上がった二学期学年別対抗戦から約一ヶ月！　気候が穏やかな学園島《アカデミー》も、だんだんと肌寒くなってきた頃にゃ！』

『ただ！　ただそれでも、安心するといいにゃ！　今から始まるイベントは、楽しさで言えば学園島《アカデミー》の行事の中でもトップクラス！　寒さなんて感じてる暇がないくらい、はしゃいで騒いで盛り上がるにゃ！』

『全島統一学園祭、その名も《流星祭》――』

『いざ尋常に、開幕セレモニーを始めるにゃぁあ!!!』

「「「「っおおおおおおおおおおおおおおおおお!!!!!!」」」」

「お、おお……何ていうか、物凄《ものすご》い熱気だな」

――十一月七日、月曜日。

《流星祭》の開幕セレモニーを現地で……ではなく、英明《えいめい》学園の校庭に急造されたライブビューイング会場にてスクリーン越しに眺めていた俺は、風見に合わせて大歓声を上げた周りの連中に多少なりとも気圧《けお》されつつそんな感想を口にしていた。

いや、学園祭という行事の性質を考えれば盛り上がるのは当然のことなのだが、この熱狂はやはり異様だ。家から英明《ここ》まで移動する間でも、町中の至るところに island tube《アイ・チューブ》の中継スクリーンが並んでいたり大量の出店が並んでいたりと、どこもかしこも《流星祭》仕様に塗り替えられていた。俺の知っている文化祭やら体育祭とは随分違う。

「そうですね」

と、その時、白銀の髪をさらりと揺らしながら俺の言葉に肯定を返してくれたのは、すぐ隣に立つ姫路白雪《ひめじしらゆき》だ。いつものメイド服に身を包んだ彼女は、喧騒《けんそう》に負けないよう俺の耳元へ顔を寄せながら囁《ささや》くように続ける。

「風見様も仰《おっしゃ》っていた通り、《流星祭》はこの島で一番と言ってもいいほどの人気イベントです。規模だけで言えば他にももっと大掛かりな《決闘《ゲーム》》はあるのですが、等級を問わず誰でも純粋に楽しめるもの、という意味ではやはり《流星祭》が最有力候補ですね。もちろん規定の順位に入れなければ星を没収されてしまう危険はありますが、とはいえ報酬が魅力的ですし……何より〝逆転劇《ジャイアントキル》〟が発生しやすい構造なので」

「ああ、なるほど……そりゃ盛り上がるわけだ」

「はい。……もちろんその場合、ご主人様は〝受けて立つ〟側に当たるのですが」

くすっと笑いながらそう言って、澄んだ碧《あお》の瞳を真《ま》っ直《す》ぐ俺に向けてくる姫路《ひめじ》。

「っ……あ、ああ。分かってるって」

至近距離でとびきりの表情を見せられたため一気に心臓を高鳴らせながらも、俺は小さく肩を竦《すく》めてそんな答えを返すことにした。……まあ、姫路の言う通りだ。《流星祭》は全員参加の個人戦だから、冗談抜きで誰にだ、っ、て、優勝の可能性がある。《カンパニー》との作戦会議は既に何度か重ねているが、いつも以上に気合いを入れる必要があるだろう。

『――ではでは、ここで改めて《流星祭》の概要を確認しておくにゃ！』

と……俺がそこまで思考を巡らせた辺りで、画面の向こうの風見《かざみ》がハイテンションのままに声を張り上げた。数千人を収容できる大ホールの舞台上で、何重ものライトに照らされた彼女は野球帽の角度をキュッと変えながらよく通る声をマイクに乗せる。

『《流星祭》は、学園島《アカデミー》に存在する全ての学園を巻き込んで開催される超々大規模な学園祭にゃ！　実施期間は五日間！　今日から金曜日まで、ノンストップで丸ごと《流星祭》漬けの毎日にゃ！』

『《流星祭》の期間中は、学園島《アカデミー》の至るところで《競技《プログラム》》が行われるにゃ――これは、有志のみんなに申請してもらったミニゲーム！　普段のイベント戦では《決闘《ゲーム》》に参加する側のみんなが、今回は仕掛け人として《競技》を提供できるのにゃ！』

『そして！　各《競技》では、成績に応じて〝個人スコア〟を獲得できるようになってるにゃ！　個人スコアは五日間ぶっ通しの累積制！　《流星祭》ではこの個人スコアに応じて、一位から最下位までの順位を付けさせてもらうにゃ……！』

　風見の説明と同時、華やかな効果音と共に彼女の後ろにあるモニターが一斉に表示を切り替えた。映し出されたのは《流星祭》におけるスコアとランキングのイメージ図だ。プレイヤーたちは様々な《競技》に参加して個人スコアを稼ぎ、その合計値でランク付けされる。《流星祭》は〝勝利〟や〝敗北〟といった概念のある《決闘《ゲーム》》ではないため、このランキングこそが今回の指標になるのだろう。

　画面の向こうの風見は、天高く腕を突き上げながら続ける。

『みんなには、この個人ランキングで出来るだけ〝上〟を目指してもらうにゃ！　報酬とペナルティは自分自身の等級次第！　例えば3ツ星のプレイヤーなら、規定順位《ノルマ》は十五万位……最終的な順位がそれより下なら星が一つ没収されるペナルティ！　でもでも、五万位以内に入れば島内通貨《電子マネー》と限定アビリティ獲得、さらに五千位以内なら無条件で4ツ星昇格の大チャンスにゃ！　夢が広がるにゃ！』

『そしてそして！　個人ランキング一位のプレイヤーには、等級ごとの報酬とは別にとっておきの報酬を用意しているにゃ――な、ななななんと！　ランキング一位のプレイヤーには〝色付き星の黄《ユニークスター・イエロー》〟を特大プレゼント!!　なのにゃ!!!』

『ぜひぜひ奮闘して欲しいのにゃ!!』

「…………はぁ…………」

ビシッ、と人差し指を突き付けてくる風見《かざみ》の笑顔を見つつ、そっと溜《た》め息《いき》を零《こぼ》す俺。

もしかしたら何かの間違いで報酬が差し替えられるかも、という期待がないわけではなかったのだが……やはり、そんなことは起こらなかったようだ。《流星祭》の個人ランキング一位の報酬は、彩園寺《さいおんじ》の読み通り色付き星の黄《ユニークスター・イエロー》。不正を許さない限定アビリティを有する、俺にとっては最悪の色付き星《ユニークスター》だ。絶対に奪われるわけにはいかない。

そんな俺の内心を気遣ってか、隣の姫路《ひめじ》が静かに言葉を継ぐ。

「本来、７ツ星の――ご主人様の規定順位《ノルマ》は〝十位〟です。それを下回らない限り星が没収されることはない……もちろん楽観できるような数字ではありませんが、それでもある程度の余裕はありました。ただ、報酬がこれでは話が別です。間違っても二位以下になることは出来ません」

「だよな……まあ〝負けちゃいけない〟ってのはある意味いつも通りなんだけど」

「はい。《流星祭》は学区対抗ではなく個人戦、ですからね。二十ある学区の中で一位を取るのと、二十五万人いる学生の中で一番になるのとでは全く意味が違います」

「倍率で言ったら一万倍以上の差があるわけだからな。あとは、ここにいる連中が——英《えい》明《めい》のみんなが〝仲間じゃない〟ってのも結構キツい」

「そう、ですね……榎本《えのもと》様に浅宮《あさみや》様、秋月《あきづき》様に水上《みなかみ》様。英明学園のプレイヤーが実力者揃《ぞろ》いなのはありがたい話なのですが、今回は《SFIA《スフィア》》や《習熟戦《リフレイン》》の時のような協力体制を取ることは出来ません。全員がご主人様の〝敵〟となります」

英明の生徒で溢《あふ》れかえった校庭を澄んだ碧《あお》の瞳で見渡しながら、涼やかな声音で囁《ささや》く姫路。……そう、英明のプレイヤー陣——特に榎本や秋月といったメンバーとはこれまで何度となく協力して学区対抗戦を乗り越えてきたが、とはいえ彼らは俺の〝嘘《うそ》〟を知っているわけではない。俺が〝黄色の星〟を手に入れないと詰んでしまうことなんか当然知らないし、それを伝えるわけにもいかない。であれば当然、《流星祭》では榎本たちでさえも優勝を競い合う強敵《ライバル》になってしまう。

(正直、今までのイベント戦に勝ててたのは俺以外の力もかなり大きいからな……個人戦になると一気に不安になるっていうか)

「ただ——ご安心ください、ご主人様」

……と。

俺が眉根を寄せて思考に耽《ふけ》っていると、すぐ隣に立つ姫路が静かに口を開いた。そうして彼女は、見惚《みと》れるような笑顔でこんな言葉を口にする。

「わたしは……わたしだけは、いついかなる時でもご主人様の味方ですので」

「————助かる」

その言葉に救われたような気がして、俺は微《かす》かに頬《ほお》を緩ませた。

《流星祭》の開幕セレモニーは、その後も大盛り上がりのままに進行した。

上位報酬である限定アビリティの詳細、寄せられた中でも特に規模が大きい《競技《プログラム》》やルールが独特な《競技》の紹介、美味《おい》しい出店のピックアップ……など、LNNを発行している《ライブラ》ならではの項目も織り交ぜながらあっという間に時間が過ぎる。

そして、現在はそれらの話題が一段落し、いよいよ今回の《流星祭》における目玉《競技》——すなわち《疑似恋愛ゲーム：CQ》のルール説明が始まったところだ。

『——《CQ》は、簡単に言えば〝リアル恋愛シミュレーションゲーム〟にゃ』

画面の向こうの風見《かざみ》が、何やら不敵な表情と共に口火を切る。

『競技ナンバー001《疑似恋愛ゲーム：Couple《C》 Quest《Q》》！　《競技》の申請、及び運営はワタシたち《ライブラ》で、参加者は漏れなく全プレイヤーにゃ！　《流星祭》に参加してる時点で自動的にエントリーされるから心配しなくてOKにゃ！』

『《疑似恋愛ゲーム：CQ》は、大きく三つのパートに分かれた《競技》にゃ。最初が〝共通ルート〟で、次が〝告白タイム〟、そして最後に〝個別ルート〟——要は最高のカップルを構築して、そのカップル同士で最終戦に挑んでもらう流れになるにゃ！』

『もちろん、カップルとは言っても《ＣＱ》はあくまでゲームにゃ！　このイベント限りのビジネスライクな仲間でも構わないし、強さだけで相手を選んでもいいにゃ！』

『そして、最後の〝個別ルート〟で行うゲームに勝ったカップルが《ＣＱ》全体の勝者になるにゃ……！　獲得できる個人スコアは全《競技》の中でも最大!!　《流星祭》の個人ランキング一位を目指すなら絶対に勝っておきたいところなのにゃ!!』

おおおおおっ、と画面の内外で大きな歓声が上がる。

それに掻《か》き消《け》されまいと、姫路《ひめじ》が俺の近くで少しだけ背伸びをしながら声を零《こぼ》した。

「一般的に、《流星祭》の各《競技》で獲得できる個人スコアはその《競技》の実施期間や参加人数……つまり《競技》の規模に比例します。一時間程度で終わる《競技》なら最大で２００か３００程度、一日掛かりの《競技》なら１５００から２０００程度。それに対し、《疑似恋愛ゲーム：ＣＱ》の勝者には１、０、０、０、０の個人スコアが与えられます。風見様の言う通り、色付き星《ユニークスター》を獲《と》るためには絶対にスルー出来ない《競技》ですね」

「だな。それが恋愛シミュレーション、ってのは何となく意外な気もするけど」

「そうでしょうか？　学園祭と恋愛との結び付きはそれなりに強いかと思いますが」

「……あー、言われてみれば」

姫路の指摘に頷《うなず》く俺。確かに、特に漫画やゲームの世界では、学園祭と言えば恋愛イベントの宝庫だ。《ライブラ》の恋愛ゲームが《流星祭》の定番になるのも無理はない。

俺がそんなことを考えている間に、風見《かざみ》は《CQ》のルール説明へと話を移していた。

『それじゃあ、次に各パートの中身を解説させてもらうにゃ！』

『まずは〝共通ルート〟から！　実は《流星祭》で行われる《競技》《プログラム》では、指定された条件をクリアすることで〝属性〟を手に入れることが出来るにゃ！　これは一般的に好ましい性格とか気になる見た目とかきゅんとくる仕草とか、色んなものを一言にまとめた概念にゃ！　例えば【温厚】とか【知的】みたいな分かりやすいモノから【眼鏡《めがね》】とか【幼馴染】とか【先輩】みたいな変化球まで、実際の性質は一切関係なく条件さえ満たせば属性獲得、にゃ！　つまりワタシがみんなの【弟】になることも出来るし、同時に【年上】になることだって出来るわけにゃ！　可能性は無限大にゃ！』

『そして、今からみんなには、これらの属性の中から三つを〝愛好属性〟に設定してもらうにゃ――要は、こういう属性を持ってる人が好き、っていうのを予め《あらかじ》登録してもらうわけにゃ。適当でもいいけど、なるべく本当のことを書いた方が面白いはずにゃ！』

『共通ルートの目的は、この〝属性〟をたくさん集めることにゃ！　でも、ただ闇雲に集めればいいわけじゃなくて、大事なのは〝カップル〟を組みたい相手の愛好属性！　要は好きな子の好感度を稼いで告白の準備をするフェイズだと思ってくれればいいにゃ！』

「…………」

ヘッドセットに指を遣《や》りながらノリノリで解説を続ける風見。……この辺りの仕様はLNNを通して事前に開示されていたため、俺も概要くらいは既に知っている。ただ、ルール文章《テキスト》のようなある程度お堅い文脈で読むのと、こうして徹底的に噛《か》み砕《くだ》かれた説明を聞くのとでは、受ける印象が随分と違う。

「何で〝特徴〟とか〝性質〟じゃなくてわざわざ〝属性〟っていうゲームっぽい単語を選んでるんだろう、って思ってたけど、恋愛シミュレーションってなると確かに〝属性〟が一番イメージしやすいのかもな。眼鏡属性、とか妹属性、とか……フェチ、みたいな意味合いでも使ったりするし」

「そうですね。愛好属性に至っては、要するに〝性癖〟のようなものですので」

「せ……いや、まあそうなんだけど」

姫路《ひめじ》の口から〝性癖〟などと言われるとドキッとしてしまうからやめて欲しい。

そんな俺の狼狽《ろうばい》なんか当然ながら知る由《よし》もなく、風見は楽しげな口調《ノリ》で説明を続ける。

『そして、お次が〝告白タイム〟！』

『《流星祭》の四日目、木曜日の夜――そこで、みんなは誰か一人に対して〝告白〟を行うことが出来るにゃ。最低条件は〝相手の愛好属性を一つ以上持っている〟こと！　逆に言えば、カップルになりたい相手が決まっているなら絶対に一つ以上はその人の愛好属性を持っておかなきゃいけないにゃ！』

『同じプレイヤーへの告白が複数あった場合は、まず〝両想《りょうおも》い〟の告白を最優先で処理するにゃ！　つまりAさんとBさんがお互いに告白していた場合はその時点でカップル成立となるわけにゃ。そして、次に優先されるのは愛好属性の数！　Cさんが愛好属性一つでDさんに、Dさんが愛好属性二つでEさんに告白していた場合、カップルが成立するのはDさんとEさんの方……ってことにゃ！　愛好属性の数まで同じだった場合は早い者勝ちにゃ！　ちなみに難易度としては、一つならともかく二つはギリギリ、三つ集めるのはほぼ無理！　くらいの温度感にゃ！』

『さっきも言ったけど、これはあくまで《競技《プログラム》》的な意味での告白にゃ。便乗して本当に告白してもらっても全然OKにゃけど、基本的には〝ペアを組む〟行為だと思ってくれればそれでいいにゃ。ここで成立したカップルだけが〝個別ルート〟に進めるにゃ！』

『ただし、個別ルートで行うゲームの内容はもう少し経《た》ってから発表するにゃ……！　どんなゲームが来ても勝てるように、最高のパートナーを見つけて欲しいにゃ！』

「……なるほどな。まあ、ここまでは事前に公開されてた通りって感じか」

風見《かざみ》の説明が一旦途切れたところで静かに首を横に振る俺。

《疑似恋愛ゲーム：CQ》——《流星祭》の中でも最大規模の《競技》であるそれは、大きく三つのパートに分かれたモノだ。最後の〝個別ルート〟とやらの詳細はまだ明かされていないが、何にせよ〝共通ルート〟と〝告白タイム〟で優勢を取っておくことが重要になるのは間違いない。故に、この辺りまでは姫路《ひめじ》や《カンパニー》も交えた作戦会議で既に大まかな攻略方針が定まっている。

「共通ルートで〝属性〟を集めて、告白タイムでパートナーを決める……《疑似恋愛ゲーム：ＣＱ》で手に入る個人スコアの量を考えれば、基本は個々のスコア効率よりも〝属性の獲得〟を軸に《競技》を選んでいって良さそうだよな」

「そうですね。まあ、ご主人様の場合は、待っているだけでも多くの方から〝告白〟を受けそうな気がしますが……あ、ちなみに同性同士のカップルも可だそうですよ？　告白に必要な愛好属性の数が一つ増えるようですが」

「へえ……確かに、榎本《えのもと》とか藤代《ふじしろ》あたりの６ツ星連中と組めるなら戦略としては普通にアリなのかもな。けど、まあ何ていうか……俺が組む相手ならもう決まってるし」

「……そ、そうでした」

ほんのり赤くなった耳を隠すように白銀の髪を少しだけ掻《か》き上げて、微《かす》かに照れたような口調で呟《つぶや》く姫路。

そう、当たり前と言えば当たり前なのだが——この後で致命的なルールでも開示されない限り、俺は姫路とカップルを組む予定だ。彩園寺《さいおんじ》と組む、という話もあったが、このルールで俺と彼女が組もうものなら自ら共犯関係をバラすようなもの。勝率や関係性を複合的に考えれば、姫路とのペア以外有り得ない。

（この分なら予定通りで問題なさそうだけど……）

風見《かざみ》のガイドに従って愛好属性とやらを設定しつつ、そんなことを考える俺。

と──それが終わってしばらく経《た》った辺りで、画面の向こうの風見が『ここで！』と元気よく言葉を継いだ。……この先は、少なくとも昨日の段階ではまだ開示されていなかった仕様《ルール》だ。これまで以上に集中しつつ、俺は真《ま》っ直《す》ぐにスクリーンを見つめる。

そんな俺の視線の先で、風見《かざみ》は再びキュッと野球帽の角度を変えた。

『《ＣＱ》の概要は今話した通りにゃ！　でも、中には誰とカップルを組めばいいか分からない、身近な相手に告白するなんて気恥ずかしい──そんな人もいると思うにゃ！　だから《ＣＱ》には、ちょっとした〝お楽しみ要素〟を盛り込んであるにゃ！』

『まず、各プレイヤーには一つずつ〝ユニークスキル〟が与えられるにゃ！　これは〝個別ルート〟でだけ効果を発揮する特別なスキル！　告白タイムが終わった後、パートナーのスキルと融合して〝カップルスキル〟に進化するにゃ！』

『このユニークスキルは、誰にも内容を教えちゃいけないシークレット要素……一応等級に従って強くなるような調整はしてるけど、基本的にはカップルを組んでから初めて効果が判明するブラックボックスみたいなものにゃ。ここまでが前提にゃ！』

『ただ！　《疑似恋愛ゲーム：ＣＱ》には各学年の男女に一人ずつ、特別な役割を持つプレイヤーが存在するにゃ！』

『それこそが〝アイドル枠〟――にゃ！』

（……アイドル枠？）

唐突に出てきた単語に思わず首を傾《かし》げる俺。似たような反応をしていた観客も少なくなかっただろう、風見は〝待っていました〟とばかりにノリノリで説明を続ける。

『アイドル枠は《ライブラ》が選出した《CQ》の準公式プレイヤーにゃ！　この六人だけはみんなと違ってユニークスキルが開示されてるんだけど、その効果はどれもレジェンド級……！　もしカップルになることが出来れば〝個別ルート〟が一気に有利になること間違いなしにゃ！』

『ちなみに、アイドル枠の選出基準には色々と色々と色々な要素があるにゃ！　単なる人気投票とかじゃないから、選ばれなくてもどうか拗《す》ねないで欲しいのにゃ！』

『というわけで、一人ずつ紹介させていただくにゃ！』

風見の宣言と共に、壇上を照らすライトが演出用のそれに切り替わる。……強力なユニークスキルを有する〝アイドル枠〟のプレイヤー。各学年の男女に一人ずつ設定されているという彼らの存在は、風見の言う通り《疑似恋愛ゲーム：CQ》を誰でもプレイできるようにする配慮でもあるのだろう。身近な相手に告白するのが気恥ずかしいようなプレイヤーでも、明確にメリットのある〝アイドル〟なら気軽に追い掛けられる。

画面の向こうで風見がヘッドセットに指を遣《や》った。

『まずは一人目っ、一年生女子枠！　夏の祭典《ＳＦＩＡ《スフィア》》で鮮烈デビューを果たし、7ツ星と共に英明《えいめい》学園の逆転勝利に貢献したニューフェイス！』

「……お？」

『真面目で一生懸命なその姿は常に大量のファンを増産中！　四番区英明学園一年、水上《みなかみ》摩理《まり》ちゃんにゃ！』

よく通る声と共にプシューッと白煙《スモーク》が焚《た》かれ、床がせり上がるような形で一人の少女が姿を現す。滑らかな黒の長髪にきっちり着こなされた英明の制服。少し緊張した面持ちで視線を泳がせているのは、紛《まぎ》れもなく俺たちの後輩・水上摩理その人だ。

『え、と……』

とんでもない数の観客とその熱気に気圧《けお》されたのか、舞台に立った水上はしばらくの間ぎゅっと胸元で手を握っていた。けれど、やがて決心がついたのだろう。風見《かざみ》に手渡されたマイクを握り締めると、深々と頭を下げてから口を開く。

『只今《ただいま》ご紹介に与《あずか》りました、英明学園の水上摩理です！　アイドル、なんて言われると恐れ多いですが……任命されたからには精一杯に務めさせていただきます。どうぞよろしくお願いいたします！』

「「「「っおおおおおおおおおおおおおおおお！」」」」

清純、という表現がぴったりの挨拶に画面の内外から大きな歓声が上がる。

後輩のサプライズ登壇に俺も姫路《ひめじ》もしばし呆気《あっけ》に取られる……が、考えてみればそれほど意外な人選でもないのだろう。今年度の一年生で特に目立っているプレイヤーは英明の水上摩理に桜花《おうか》の飛鳥萌々《あすかもも》、それから天音坂《あまねざか》の夢野美咲《ゆめのみさき》くらいのものだ。水上が〝アイドル枠〟に選ばれる可能性は決して低くない。

（にしても、意外に堂々としてるな水上……《CQ》風に言うならそれこそ【委員長】属性、って感じか）

最初のうちは固い笑顔を浮かべていた水上だったが、開き直ってからの所作は完璧と称する外なかった。一挙一動に生来の真面目さが宿っており、初々しさも相まって非常に可愛《かわい》らしい。これが何かの《競技《プログラム》》なら満点を付けざるを得ないだろう。

『摩理ちゃん、自己紹介ありがとにゃ！　この調子でどんどん進めていくにゃ！』

そんなことを考えている間に水上の挨拶は終わり、スポットライトが風見に戻る。続けて紹介されたアイドル枠のプレイヤーたちは――　〝一定の知名度〟という条件があるため当然かもしれないが――ほとんどが見覚えのある顔触れだった。

ざっくりとまとめればこんな感じだ。

【一年生女子枠――水上摩理／四番区英明学園／5ツ星】
【一年生男子枠――南条瑞樹《なんじょうみずき》／八番区音羽《おとわ》学園／4ツ星】
【二年生女子枠――風見鈴蘭《すずらん》／三番区桜花学園／3ツ星】

【二年生男子枠──不破深弦《ふわみつる》／七番区森羅《しんら》高等学校／5ツ星】
【三年生女子枠──奈切来火《なきりらいか》／十七番区天音坂《あまねざか》学園／6ツ星】
【三年生男子枠──結川奏《ゆいかわかなで》／十五番区茨《いばら》学園／6ツ星】

一年の男子枠に選出されている南条《なんじょう》のみ面識がなかったが、彼は風見《かざみ》と同じく《ライブラ》所属の人気レポーターだ。それこそアイドル顔負けの容姿を持ち、island tube《アイ・チューブ》では見ない日がないほどの有名人。森羅の不破深弦についてもこれまでの活躍から妥当な選出に思えるし、天音坂の序列一位──《習熟戦《リフレイン》》でぶつかった奈切来火に関しては言うまでもない人気と知名度だ。アイドル枠に相応しい人選と言える。

『ふっ……ようやく世間が僕を見つけたといったところかな？　焦《あせ》らないでいいよ、みんな。茨のエースであるこの結川奏は、誰をも平等に愛してみせるさ！』

「「「「…………」」」」

約一名、ブーイングによって会場を沸かせたプレイヤーもいたが……ともかく。

『こほん！　えっと、以上の六人が《疑似恋愛ゲーム：CQ》におけるアイドル枠のプレイヤーにゃ！　本当はもう一人いるんだけど、ちょっと例外的な立ち位置だから顔出しNGにさせてもらうにゃ！　基本的にはこの六人だと思ってもらって構わないにゃ！』

『さっきも言った通り、アイドル枠のみんなは強力なユニークスキルを持ってるにゃ。だから、当然激戦区……！　競争率が高いだけじゃなくて、告白するためには愛好属性を追

加で一つ持っていないといけないにゃ！　歯応え抜群の難易度にゃ！』

（……なるほど、な）

風見《かざみ》の笑顔を画面越しに眺めつつ、俺は一通りのルールを頭の中で整理する。

アイドル枠の六人というのは、要するにボーナスキャラのようなものなのだろう。高めのボーダーが設定されている代わり、カップルになることが出来れば告白後の〝個別ルート〟において劇的に有利になるユニークスキルをもたらしてくれる。気心の知れている身近なプレイヤーと組むもよし、高嶺《たかね》の花《はな》を狙うもよし……というわけだ。

『――あ、それとそれと、忘れるところだったにゃ！』

『アイドル枠の紹介も終わったことだし、みんなにもユニークスキルを付与させてもらうにゃ！　さっきも言った通り、これは誰にも教えちゃダメにゃ！　禁則事項《シークレット》にゃ！』

『それじゃあ……どうぞ！』

と、その時、画面の向こうの風見がパッと手を上げながらそんな言葉を口にした。

ユニークスキル――基本的には〝個別ルート〟に入るまで関係のない要素らしいが、とはいえ知っておいて損はないだろう。カップルのユニークスキル同士を掛け合わせて〝カップルスキル〟を錬成する、とのことだから、そういう意味でもユニークスキルが開示されているアイドル枠は〝告白〟するメリットが大いにある。

「――あの、ご主人様？」

そんな思考と共に端末へと視線を落とした瞬間、不意に隣の姫路《ひめじ》が俺の方へと身体《からだ》を向け直し、白銀の髪を揺らすようにして静かに声を掛けてきた。例によって表情はほとんど変わっていないが、微妙にジト目になっているのが窺《うかが》える。

当の姫路は鈴の鳴るような声音で続けた。

「もしかして、アイドル枠の女性とカップルを組みたくなってきたのですか？　可愛《かわい》くて人気もあって《決闘《ゲーム》》が強くてメリットもある、非の打ちどころのない方々と？」

「……えっと。何でそんなに不機嫌そうなんだ、姫路？」

「いえ。そのようなことはありません、ご主人様」

ジト目のままほんの少しだけ唇を尖《とが》らせて言葉を継ぐ姫路。

「わたしはご主人様の従者《メイド》です。ご主人様にとって《流星祭》が負けられないイベントであることは理解していますし、その目的を叶《かな》えるためにアイドル枠の方々が有益であることも承知しています。戦力面だけでなく、純粋に〝カップル〟という意味でもそうでしょう。水上《みなかみ》様は非常に素直で可愛らしい方ですし、風見様は島内でもトップクラスのアイドル記者。奈切《なきり》様は性格こそ苛烈ですが、容姿については呆《あき》れるほどの美人です」

「……まあ、否定はしないけど」

「はい。ですが、それでも――ご主人様にとって最良のパートナーは、わたしだと信じているのですが」

「ッ……」

ちら、と意図せず上目遣いのような体勢となっている姫路《ひめじ》が繰り出したその台詞《せりふ》に強烈なダメージを受け、俺は悶絶《もんぜつ》するように天を仰ぐ。……こんなの、耐えられる人類がいるならぜひお目に掛かってみたいものだ。普段から俺に尽くしてくれている姫路の世にも珍しい〝我儘《ワガママ》〟攻撃。澄んだ碧《あお》の瞳にじっと見つめられ、一も二もなく頷《うなず》いてしまいそうになる。というか実際、作戦会議の時点ではそういう風に決めていた。

──けれど、

「いや……あのさ、姫路。それだと、ちょっと問題があるかもしれないんだ」

そこで俺を正気に戻したのは、右手に握ったままだった端末の感触だった。いや、正確に言えば端末画面に表示されたテキストだ。つい先ほど、姫路に話し掛けられる前にちらりとだけ目に入った短い文章。それは、決して見過ごせるようなものではない。

「問題……？」

俺の声色から何かを察したのか、表情を少しだけ真面目なそれに変えつつ首を傾《かし》げる姫路。彼女は身体《からだ》の前で丁寧に両手を揃《そろ》えて続ける。

「どういうことでしょうか、ご主人様。わたしとカップルになるのは、ご主人様にとってそれほど問題のあることなのですか？」

「違う、そうじゃない。そうじゃなくて……」

言いながら端末に視線を落とす俺。姫路が怪訝《けげん》な表情を浮かべるが、残念ながら画面は見せられない――何故《なぜ》なら、俺が見ているのはユニークスキルの詳細画面だからだ。風見《かざみ》から〝誰にも教えてはならない〟と釘《くぎ》を刺されているシークレット要素。

内容としては、こんな感じだ。

【篠原緋呂斗《しのはらひろと》／英明《えいめい》学園二年。所持ユニークスキル――《法外な企《たくら》み》】

【生成されるカップルスキルの効果を飛躍的に高めることが出来る。ただし、あなたのパートナーが〝アイドル枠〟のプレイヤーでない場合、その時点であなたは敗北する】

……それほど長いわけではない、簡潔にまとまった説明文《テキスト》。

《法外な企み》――前半の印象としては、そう悪くない効果ではあるのだろう。飛躍的というのがどの程度の強化《バフ》を指すのかは分からないが、俺が〝偽りの7ツ星〟であることを考えれば肩透かしに終わるというのも考えにくい。カップルになった相手のユニークスキルが強力であればあるほど相乗効果で力を発揮するものだ、と言える。

けれど、問題なのは後半部分だ。カップルになった相手が〝アイドル枠〟の誰かでなければ即敗退――弱体化でも不利益を被るわけでもなく、問答無用で《CQ》から叩き落される。《CQ》に敗北するということは、すなわち《流星祭》の個人ランキング一位もほぼ絶望的になるということだ。そうなれば色付き星の黄《ユニークスター・イエロー》は誰かの手に渡ってしまう。

「……えっと」

だから俺は、思考を整理しながらゆっくりと言葉を紡ぐことにした。

「問題があるのは俺のユニークスキルの方だ。細かいことは言えないけど、要は諸刃《もろは》の剣みたいなものっていうか……強いんだけど、強烈なデメリット効果がセットになってる」

「……わたしとカップルになるとそれが発動してしまう、ということですか？」

「そういうことだ。いや、姫路《ひめじ》に限った話じゃなくて……」

「！　では、まさか……〝アイドル枠〟の誰かでなければダメだと？」

「………………」

肯定してしまうと〝ユニークスキルの開示〟にあたる恐れがあるため、姫路の質問に無言で返す俺。けれど、その無言が意味するところは間違いなく伝わったのだろう。ほんの少し難しい顔をした姫路は、白手袋を付けた右手をそっと口元へ寄せる。

「なるほど……そうなると、途端に厳しくなりますね。《疑似恋愛ゲーム：ＣＱ》には二十五万人ものプレイヤーが参加しているにも関わらず、ご主人様がカップルになっていいのはたったの六人――それも、一般のプレイヤーと比較して競争率が飛び抜けて高い方々です。……ああいえ、結川《ゆいかわ》様ならそうでもないかもしれませんが」

「!?　ゆ、結川だけは勘弁してくれ……」

冗談交じりに提案してきた姫路に対し、俺は微《かす》かに頬《ほお》を引《ひ》き攣《つ》らせながら思いきり首を横に振る。……結川とは過去のイベント戦でも何度か顔を合わせているが、正直なところ良い思い出が欠片《かけら》もない。というか〝アイドル枠への告白〟と〝同性への告白〟はいずれも愛好属性が追加で一つ必要なんだから、同性のアイドル枠と組むにはそいつの愛好属性を全て集めなければならないということだ。そして風見曰《かざみいわ》く、特定のプレイヤーの愛好属性を三つとも集めるのは〝ほぼ無理〟とのことらしい。

（つまり……）

俺は、冗談でも何でもなく、アイドル枠の女子三人――すなわち〝水上摩理〟か〝風見鈴蘭〟か〝奈切来火〟の誰かとしかカップルになれない、ということだ。

「「…………」」

想像以上に深刻な事態に、二人して黙り込む俺と姫路。

そして、そんな俺たちを嘲笑《あざわら》うかのように、

『――それじゃあみんな、準備はいいかにゃ？　覚悟は出来たかにゃ!?』

『この五日間、島中のみんなでとびっきり最高のイベントを作っていくにゃ！』

『全島統一学園祭イベント《流星祭》、ここに開幕にゃ〰〰〰!!』

晴天に衝《つ》き上《あ》げられた風見の開幕宣言――それとほぼ同時、俺の端末が連続して振動した。軽く下唇を噛《か》みつつ画面を覗《のぞ》いてみれば、届いていたのは大量のＳＴＯＣ《ストック》通知……そして、そのトップにあるのは見覚えのある名前だ。英明《えいめい》学園の三年生、あざと可愛《かわい》い小悪魔こと秋月乃愛《あきづきのあ》からのメッセージ。

『──えへへ♪　《流星祭》始まったね、緋呂斗《ひろと》くん』

『乃愛《のあ》、今回のイベントも頑張っちゃうから！　緋呂斗くんの愛好属性を全部集めて、告白して……えへへ、緋呂斗くんとラブラブカップルになっちゃうね♡』

「…………」

「いつにも増してあざとい方ですね……ではなく」

　俺の端末を覗《のぞ》き込《こ》むような形で秋月《あきづき》のメッセージを確認していた姫路《ひめじ》だったが、やがて嘆息と共に小さく首を横に振った。その他の通知も意味合い的には似たようなものだ。STOC《ストック》という場だからこそできる、俺に対する〝宣戦布告〟のようなもの。

「秋月が過剰にアプローチしてくるのはいつものことだけど……まあ、そうだよな。告白は別に男女どっちがするって決まってるわけじゃない。あくまでも《疑似恋愛ゲーム：CQ》の中でなら、俺を狙うプレイヤーだって少なくない……のかもしれない」

「そうですね。そこまで念入りに予防線を張らずとも、ご主人様とカップルになりたがっているプレイヤーは非常に多いと思いますよ」

「え、マジで」

「はい。……そんなに嬉《うれ》しそうな反応をされると少し複雑な気分になりますが」

　ジト目で俺を捉えつつ、姫路は涼やかな声音で続ける。

「まず、そもそもの知名度という要素があります。ご主人様の知名度は、現在の学園島《アカデミー》において最上位クラス。知らないプレイヤーのことは狙いようがありませんので、これは重要なポイントです。そして、ご主人様が7ツ星であることも間違いなくプラスの要因でしょう。《決闘《ゲーム》》に強いだけでなくユニークスキルが強力であることも分かり切っていますので、《疑似恋愛ゲーム：CQ》を勝ち抜くためのパートナーとしては最適です」

「ま、まあ……俺が同意するのもどうかと思うけど、そうかもな」

「はい。少なくとも、アイドル枠の方々と同じくらいには人気が集中すると思います。試しにisland tube《アイ・チューブ》のコメント欄で検索を掛けてみましたが……〝ご主人様を狙う〟旨の発言をされている方が数百人は引っ掛かりました」

「数百人……!?」

　姫路の言葉に戦慄する俺。……いや、もちろん〝嬉しい〟という気持ちがないわけじゃない。《流星祭》最大規模の《競技《プログラム》》で俺をパートナーに選んでくれたという事実そのものは——その根拠の大部分が〝嘘《うそ》〟ではあるものの——まあ光栄なことではある。

　ただそれでも、最悪のユニークスキルを抱えているこの状況では……〝アイドル枠の誰かとしかカップルになれない〟現状では、その人気がマイナスに働く可能性がある。

「俺が設定してる愛好属性を一つでも持ってるやつは俺に〝告白〟できる……そこまではいい。告白が被《かぶ》った場合の優先度は、確か〝両想《りょうおも》い〟が一番だったよな？」

「そうですね。ご主人様が誰かと相互で〝告白〟をしていれば、他の方からの告白は全てスルーできます。ただそうでなかった場合、最も優先されるのは〝相手の愛好属性を多く持っているプレイヤー〟の告白……同数なら早い者勝ちです。つまり、誰かがご主人様の愛好属性を二つ以上集めてしまった場合、その方の告白は高確率で通ります」

「それを阻止したければアイドル枠の誰かと〝両想い《りょうおも》〟になるか、そいつの愛好属性を少なくとも二つ集めた上で俺を狙う連中の妨害もしなきゃいけないってことか……？」

「はい、そうなりますね。……衝撃的なことに」

理不尽過ぎる状況に、そっと息を吐きつつ小さく首を横に振る姫路《ひめじ》。

「…………」

思わず頬《ほお》が引《ひ》き攣《つ》ってしまうが……しかし、姫路の説明は何も間違っていない。《疑似恋愛ゲーム：ＣＱ》のルールを考えれば、俺を狙うプレイヤーが少ないなんてことはないだろう。けれど俺は、そんな連中の〝告白〟を全てスルーして、アイドル枠の誰かと〝カップル〟にならなければならない。何故《なぜ》なら、それが《ＣＱ》に勝利する〝最低条件〟だからだ。そして《ＣＱ》に勝てなければ《流星祭》で個人ランキング一位になることはまず出来ない。そうなれば色付き星の黄《ユニークスター・イエロー》は俺以外の誰かに渡り、俺の嘘《うそ》は崩壊する。

だから、つまり――

（て……敵は、女子全員《ヒロイン》ってことかよ!?）

――こうして、波乱に満ちた《流星祭》が始まった。

【総参加者：20学区24万8392人／総《競技》《プログラム》数：809】
【個人優勝報酬：色付き星の黄《ユニークスター・イエロー》】
【全島統一学園祭イベント《流星祭》――開幕】

Please tell me. Himeji san

教えて姫路さん

《流星祭》ってどんなイベント？

《流星祭》とは？

年に一度行われる全島統一学園祭イベントの名称です。学園島側が全てのルールを設定している通常のイベント戦とは違い、有志のプレイヤーが《競技》の申請および運営を行う——つまりプレイヤー自身が“ゲームマスター”になれるという形式が特徴的です。

個人スコアとランキング

《流星祭》では、様々な《競技》に参加した際、その成績や順位に応じて“個人スコア”が獲得できます。規模の大きな《競技》となると当然勝つのは難しくなりますが、その分大量のスコアを狙える……という具合です。そして各《競技》で獲得した個人スコアは累計で加算され、個人ランキングという形で順位付けが為されます。

規定順位について

《流星祭》は学区対抗戦ではなく個人戦です。そのため、報酬やペナルティは全て個人ランキングの順位を元に決定されます。例えば3ツ星のプレイヤーであれば【15万位以下で降格／5万位以内で島内通貨&限定アビリティ獲得／5千位以内で昇格】というようなイメージですね。ご主人様の場合、10位以下になってしまうと6ツ星に降格し、色付き星の喪失により全ての嘘がバレてしまいます。

1位報酬は色付き星！

等級ごとの報酬とはまた別に、《流星祭》の個人ランキング1位には色付き星——黄色の星が与えられます。付随する特殊アビリティは《正しき天秤》。あらゆる不正を許さない強力なアビリティです。わたしたちの天敵となりますので、確実に入手しなければなりません。……今回も大変な戦いになりそうですね、ご主人様。

第二章　難攻不落のアイドル

＃

『全く……ほんとにもう、篠原《しのはら》はこれだから……』

――《流星祭》の開幕セレモニーが終わってしばし。

攻略方針を練り直すため姫路《ひめじ》と一緒にいつもの中庭へ移動した俺に対し、端末越しに嘆息を零《こぼ》しているのは他でもない、桜花《おうか》の《女帝》こと彩園寺更紗《さいおんじさらさ》だった。

彼女から連絡があったのはついさっきのことだ。《ライブラ》の風見《かざみ》によって《疑似恋愛ゲーム：CQ》の仕様が判明し、《流星祭》スタートとなってすぐのタイミング。用件自体は単なる状況確認だったのだが、どうせならということで例の〝アイドル枠の誰かとしかカップルになれない〟縛りを遠回しに伝えたばかりである。

彩園寺は呆《あき》れたような声音で続ける。

『あんた、本当にいつもいつも窮地に陥るわね……ここまで来たらもはや趣味みたいなものだわ。まさか狙ってやってるのかしら？』

「そんなわけないだろ。作戦会議が無駄になりそうで頭を抱えてるところだっての」

『ふふん、あんたのことだからどうせユキとカップルになる予定だったんでしょ？　残念だったわね、計画通りにいかなくて』

「う……あのな、彩園寺《さいおんじ》。言っとくけど、俺が負けたらお前もヤバいんだからな」

『分かってるわよ、もう……だからこうやって平静を取り戻そうとしてるんじゃない』

端末の向こうでそっと溜《た》め息《いき》を吐《つ》く彩園寺。例の〝共犯関係〟がある以上、俺の窮地というのはそのまま彼女の窮地でもある。焦《あせ》るのは当然、といったところだろう。

こほん、と彩園寺は仕切り直すように咳払《せきばら》いをしてから口を開く。

『とにかく……さっきの言い分だと、誰と組んでもダメってわけじゃないのよね？　アイドル枠となら問題なくカップルになれる――なら、四の五の言ってないで誰かを全力で落とすしかないわ。少し癪《しゃく》な気もするけれど』

「ああ。……って、癪？　何の話だよ？」

『？　だから、篠原《しのはら》があたしでもユキでもない女の子とカップルになるっていうのがちょっとだけ――じゃないっ！　あ、あんたなんかがアイドル枠の子とカップルになるなんて烏滸《おこ》がましいって言ってるの！　そのくらい分かりなさいよバカ篠原！』

「お、おう……悪い」

途中から声を上擦らせながらそんな突っ込みを入れてくる彩園寺。何故《なぜ》怒られたのかはよく分からないが……まあ、それでも彼女の言い分は正しい。事前の作戦が潰されたのは間違いないが、だからと言って絶対に勝てなくなったというわけでもないんだ。難易度は高くとも明確な〝勝ち筋〟があるんだから、それを狙わない手はないだろう。

「とにかく、ありがとな彩園寺。またどっかのタイミングで連絡する」

『手遅れになる前にお願いね。それと……篠原、ユキのこともちゃんと守ってあげなさいよ？　７ツ星のあんたが大人気なのは置いといて、ユキだって信じられないくらいファンがいるんだから。放っておいたら色んな男の子から告白されちゃうわ』

「あー……確かに」

彩園寺の指摘にそっと頰を掻《か》く俺。《ＣＱ》のルールを考えれば告白されるのは何も悪いことじゃないのだが、とはいえ姫路《ひめじ》は異性と接するのがあまり得意ではない。知らない男子と強制的に組まされる、というのは可能な限り避けたいところだ。

改めて感謝の意を伝えつつ、彩園寺との通話を終わらせる。

「ふぅ……」

そうして俺は、静かに顔を持ち上げた——現在時刻は午前十一時十五分。開幕セレモニーの終了と共に《流星祭》は既に始動している。ただし学園島《アカデミー》中で《競技《プログラム》》が行われることと、またエントリーするには現地へ赴かなくてはならない《競技》が大半となっていることから、どれだけ早く実施される《競技》でもエントリー締め切りは午後零時だ。焦って行動を始めるより、戦略を練ってから動いた方がよっぽど良い。

と、いうわけで。

「とりあえず……ルールも揃《そろ》ったことだし、一旦《流星祭》の流れを整理しておこうぜ」

ベンチに座って単刀直入に切り出す俺に対し、右隣に腰掛けた姫路《ひめじ》も「はい」と小さく頷《うなず》きながら白銀の髪をふわりと揺らした。

「風見《かざみ》様の説明にもあった通り、《流星祭》では今日から五日間、学園島《アカデミー》の至るところで有志主体の《競技《プログラム》》が開催されます。わたしたちプレイヤーはそれらの《競技》に自由に参加し、好成績を収めることでスコアを稼ぐ……これが最も基本的なルールです」

「ああ。確か、《競技》の一覧は端末から確認できるんだったよな？」

「その通りです、ご主人様。こちらが《競技》一覧ですね」

そう言って姫路が俺たちの目の前に投影展開させたのは、学園島《アカデミー》の全体マップだ。左側に出ている日付と時間のバーをスライドさせることで、そのタイミングで行われている全ての《競技》が一目で確認できるようになっているらしい。

「五日間で実施される《競技》総数は809……凄《すご》いな、これ。いつどこに行っても何かしらの《競技》には参加できる、って感じか」

「そうですね。《競技》を申請する権利は学園島《アカデミー》のプレイヤー全員にありましたので、人数規模を考えればこれでも少ないくらいでしょう。おそらく実際にはもっとたくさんの申請があって、ルールが破綻しているものや実現不可能なものは残念ながら不採用になっているのだと思います。ちなみにですが、《流星祭》におけるアビリティの設定は《競技》

単位で行います。エントリーした《競技》のルールに従いましょう」

「……なるほど」

姫路の説明に一つ頷く。《流星祭》全体でアビリティ三つ、だとかなり悩ましいものがあると思っていたのだが、さすがにそこまで鬼畜な仕様ではないようだ。またこれは余談だが、《競技》の中には運営メンバーの体調不良やら何やらで〝実行不能〟になってしまったものもいくらかあるらしい。その枠を使って《競技》の追加申請を認める、という通達がつい先ほど《ライブラ》から回っていた。

とにもかくにも、隣に座る姫路が涼やかな声音で続ける。

「プレイヤーが各《競技》で獲得したスコアは累計でカウントされ、個人ランキングという形で序列が付けられます。等級ごとに規定順位や報酬のラインが異なりますので、どのプレイヤーにも旨味があるルールと言えそうですね」

「ああ。中でも大きいのは個人ランキング一位の報酬だ。色付き星の黄《ユニークスター・イエロー》——付随する特殊アビリティは、《決闘《ゲーム》》から一切の不正やら運の偏りを排除する《正しき天秤《てんびん》》。こいつを取られないためにも、俺は絶対に《流星祭》で一位を取らなきゃいけない」

「ですね。そのためご主人様は、誰よりも効率的にスコアを獲得していかなければなりません。そして、数ある《競技》の中で最も獲得できるスコアが大きいのが競技ナンバー001こと《疑似恋愛ゲーム：CQ》——というわけです」

　全体マップの外側、特殊な位置にアイコンが配置されている《CQ》に指を触れさせながら静かに呟《つぶや》く姫路《ひめじ》。……そう、《流星祭》の《競技《プログラム》》は物によってルールや規模が全く違うため、獲得できるスコアにもかなりのバラつきがある。その点、《CQ》は全員参加かつ五日間ぶっ通しの《競技》だ。当然ながら報酬も破格の設定になっている。

「だから俺は、《疑似恋愛ゲーム：CQ》に勝たなきゃいけない。そのために、姫路の愛好属性が設定されてる《競技》に挑みまくって〝カップル〟を成立させる……ってなる予定だったんだけどな」

「はい。その作戦は、ご主人様に与えられた〝ユニークスキル〟によって脆《もろ》くも崩れ去りました。アイドル枠の誰かとでなければカップルになれない……なので、方針はある意味簡単です。まずはご主人様が誰を落としたいか明確にし、その方の〝愛好属性〟を獲得できる《競技》に挑みます。そこでスコアと属性を同時に稼ぐのが鉄板でしょう」

「だな……〝落としたい〟っていうと何かアレな気もするけど」

「？　では表現を変えましょう。ご主人様がわたしやリナを差し置いてカップルになりたいと思っている女性を明確にし——」

「いやだからごめんって！」

　淡々と紡がれる姫路の追撃にがばっと頭を下げる俺。……約束を反故《ほご》にしてしまったようなものだから姫路が怒るのは当然だが、アイドル枠の誰かと組まなきゃいけない、という縛りは俺だって決して本意じゃない。

「俺だって、本当は……」

「……はい。本当は、何でしょうか？」

「っ……あ、いや……えっと」

うっかり致命的な何かを口走ってしまいそうになり、慌てて口を噤《つぐ》む俺。姫路はそんな俺に澄んだ碧《あお》の瞳をじっと向けていたが、やがて微《かす》かに口元を緩ませると、

「冗談です、ご主人様。……少し拗《す》ねてみただけですよ、本当に」

くすりと悪戯《いたずら》っぽくそんなことを言う。

そうして彼女は、どこか上機嫌な様子で白銀の髪をふわりと揺らして続けた。

「すみません、話を戻しましょう。ご主人様の場合、カップルの候補になるのはたったの三人です。男性のアイドル枠も含めれば六人になりますが、愛好属性を全て集めるというのはさすがに少し難しすぎますので……ひとまずは女性に絞って良いかと思います」

「あ、ああ……そうだな」

俺が頷《うなず》くのとほぼ同時、姫路は白手袋に包まれた右手で端末を操作し始めた。と、それに従って俺たちの目の前に三人の少女の姿が映し出される。アイドル枠の女子三人――ありがたいことに、全員それなりの交流はある相手だ。

「まずはわたしたちの後輩にあたる英明《えいめい》学園の一年生、水上摩理《みなかみまり》様。黒髪ロングの美しい

容姿と真面目で一生懸命な性格から多くのプレイヤーに支持されています。真《ま》っ直《す》ぐな気高さと守ってあげたくなる弱さを併せ持つ稀有《けう》な人材だ、と」

「……まあ、分からなくもないな」

「はい。そして二年生枠が、桜花《おうか》学園の風見鈴蘭《かざみすずらん》様――こちらも、学園島《アカデミー》の住人なら誰にとっても馴染み深い方でしょう。ボーイッシュな野球帽《キャップ》と〝敏腕記者〟の腕章がトレードマークのアイドル記者。知名度はご主人様と並んでトップクラスかと」

「トップクラスっていうか、普通に断トツなんじゃないか？　風見のことを見ない日なんかほとんどないし……俺とか彩園寺《さいおんじ》の記事だって要はあいつが書いてるわけだしな」

「確かにそうかもしれません。……そして、最後が天音坂《あまねざか》学園の三年生、奈切来火《なきりらいか》様。先月の《習熟戦《リフレイン》》ではご主人様と火花を散らした十七番区の〝序列一位〟です。感情《オン》モードの性格は非常に男勝りなそれですが、容姿もまた羨ましいくらいに整っています」

　目の前に並んだ三人の写真をスライドさせながら簡単な説明を入れてくれる姫路《ひめじ》。そうして彼女は、白銀の髪を揺らすようにして小さく首を傾《かし》げてみせる。

「……この中で一人を〝落とす〟のであれば、やはり水上様になるでしょうか？」

「ん……まあ、そうなるよな。付き合いの長さで言ったら風見で、単純な強さで言ったら奈切になるような気はするんだけど……それでも、水上《みなかみ》は英明《えいめい》の仲間だからな。何度か共闘した経験があるっていうのはかなり大きい」

「そうですね。カップルを組める可能性、という意味でも水上様が最適だと思います。風見様はアイドル枠の中でも屈指の倍率になりそうですし、奈切様に至ってはご主人様に協力してくれる未来が一切見えませんので」

静かに首を振りながら呟《つぶや》く姫路。……確かに、彼女の言う通りだ。風見や奈切のルートもないわけじゃないが、やはり本命は水上ルートだろう。俺が《CQ》の勝者となるためには、後輩である水上摩理《まり》を〝落とす〟のが最善だ。

「では、水上様の設定している性癖、もとい〝愛好属性〟を確認してみましょう。既に検索できるようになっているはずですが——あ、これですね。こちらの三つです」

「【正義感】【先輩】【面倒見】……か。確かに水上っぽいラインナップだな」

「……そうですね。少しばかり良からぬ傾向は感じますが、水上様らしくはあります」

何故《なぜ》か俺にジト目を向けつつそんなことを言う姫路。

が、まあともかく——水上が〝好ましい〟と思っている属性、すなわち愛好属性は【正義感】【先輩】【面倒見】の三つだ。彼女に告白するためには、この中から最低二つの属性を集める必要がある。それが叶《かな》わなければ決して水上ルートには入れない。

「ええと……」

次に、姫路はそれらの属性を〝逆検索〟に掛け始めた。該当の属性がどの《競技《プログラム》》で獲得できるのか、という方向の検索だ。この過程を経ることで、俺がエントリーすべき《競技》が正確に炙《あぶ》り出《だ》されることになる。

　そして——、

「——お待たせいたしました、ご主人様」

　姫路《ひめじ》が顔を上げたのは、それからすぐのことだった。

「水上様《みなかみ》が設定している愛好属性の一つ——【面倒見】を獲得できる《競技《プログラム》》が、本日の正午より十四番区にて行われます。同じ時刻に風見《かざみ》様の愛好属性が手に入る《競技》も行われるようですが……いえ、そちらに人が流れると考えれば、タイミングとしてはむしろ最適かもしれませんね」

「なるほどな。競技ナンバー006《三色玉入れ》……か」

《競技》の名称から察するに、おそらく体育祭の定番である〝玉入れ〟をベースにしたものなのだろう。概要を流し読みしつつ、開催場所までの道のり《ルート》を確認しておく。

「あの、ちなみにですが……ご主人様」

　そこで、隣に座る姫路が微《かす》かに首を傾《かし》げながらそっと声を掛けてきた。

「本来の予定では、わたしはご主人様の愛好属性を集めて〝両想《りょうおも》い〟でのカップル成立を目指すはずでした。ですが、こうなってしまった以上はわたし自身が〝個別ルート〟に進む意義があるとも思えません。どのように動くのがベストでしょうか？」

「ん……そうだな」

姫路の問い掛けを受け、俺は静かに右手を口元へ遣《や》る。

今話していた通りに水上と、あるいは他のアイドル枠と組むことが出来れば、今後の展開にさほど支障はない。ただ〝姫路と組む〟という当初の案より安全性が落ちるのは間違いないし、そもそも上手《うま》くいく保証もない……そう考えれば、何かしらの手は打っておくべきだろう。けれどついさっき彩園寺《さいおんじ》にも釘《くぎ》を刺されたように、姫路を《CQ》に参加させるのは——もとい、見知らぬ異性と組ませるのは気乗りしない。

「じゃあ……」

だから俺は、とりあえず現状で打てる策を伝え——

「……なるほど。承知いたしました、ご主人様」

それを受けた姫路は、真《ま》っ直《す》ぐに俺の目を見てこくりと小さく頷《うなず》いた。

＃

——十一月七日、午後零時ちょうど。

《ライブラ》主催の開幕セレモニーから一時間と少しが経過したそのタイミングで、学園《アカデ》島《ミー》の各地ではいくつもの《競技》が同時に幕を開けた。

全島統一学園祭イベント《流星祭》——このイベントの期間中、学園島《アカデミー》では至るところで有志による《競技》が開催される。プレイヤーは各々の選んだ《競技》に参加し、スコアを稼いで〝個人ランキング〟の上位を目指すことになる。

俺と姫路《ひめじ》が最初の《競技《プログラム》》に選んだのは、先ほどの作戦会議で確認した通り《三色玉入れ》なるものだ。十四番区外れの総合グラウンドで実施される《競技》であり、エントリー上限は設定なし。所要時間は一時間前後の見込み、とある。

「ん……」

俺たちがグラウンドに着いた頃、そこでは既に百人以上のプレイヤーが《競技》の開始を待ち侘《ま》わびていた。学区も男女もバラバラだが、どちらかと言えばやや男子の割合が多いように見える。もしかしたら、俺の他にも〝アイドル枠〟である水上《みなかみ》の愛好属性を狙っているプレイヤーが集まっているのかもしれない。

――と、

「む……そこにいるのは、ストーカーさん。それに、可愛《かわい》いメイドさん……」

その時、横合いから不意に聞き覚えのある声が投げ掛けられた。

あまり温度を感じない淡々とした声音。釣られて振り返ってみれば、そこに立っていたのは思った通り皆実雫《みなみしずく》だ。清楚《せいそ》なお嬢様っぽいイメージの制服に、さらさらの青いショートヘア。眠たげな瞳は相変わらずだが、その奥に虎視眈々《こしたんたん》といった闘志が宿っているのは間違いない。《凪《なぎ》の蒼炎《そうえん》》の異名を持つ聖《せい》ロザリアの6ツ星ランカーである。

当の皆実は、俺と姫路の顔を順に見つめながら訊《き》いてくる。

「ストーカーさんの魔の手が、こんなところまで……今回は、誰がターゲット？」

「……妙な言い方すんなっての。っていうか、《CQ》は〝リアル恋愛シミュレーションゲーム〟だぞ？　誰を追い掛けてたってストーカー呼ばわりされる筋合いはねえよ」

「ストーカーさんにしては、真っ当な意見……そう、筋合いはない。だから、わたしが可愛い女の子を追い掛けても問題ない。最高の、イベント……」

こくこくと頷《うなず》きながらそんなことを言う皆実。そう――これまでの絡みの中でとっくに分かっていることだが――皆実雫は〝可愛い女の子が大好き〟だと公言して憚《はばか》らない少女だ。今回の《CQ》でも、狙いは異性ではなく同性の方なのだろう。

「ちなみに、もう相手は決まってるのか？　ここにいるってことは、まさか水上……？」

「ん……水上ちゃんは大好きだけど、今回は違う。わたしの狙いは、この子……」

言いながらくるりと身体《からだ》を後ろへ向ける皆実――ただでさえ人が多いため今まで意識の中に入っていなかったが、そこには一人の少女が立っていた。群青色のセミロングの髪を靡《なび》かせた、皆実よりも少しだけ背の高い女の子。聖ロザリアの制服の上からゆったりとしたベージュのカーディガンを羽織り、何というか柔らかな雰囲気を醸し出している。

「……お？」

俺と姫路と皆実が揃《そろ》って視線を向けたことでようやく〝呼ばれている〟ことに気付いたのだろう、彼女はふわりとスカートの裾を揺らしながら俺たちの方を振り向いた。そこで初めて顔が目に入ったが、端的に言ってとても可愛《かわい》らしい少女だ。綺麗《きれい》、というよりはどこか隙を感じさせる身近な可愛さと、親しみやすく砕けた表情。首を傾《かし》げる仕草はやや大《おお》袈裟《げさ》なくらいだが、それも含めて魅力的に感じられる。

「もしかしてボクのことを話してくれてたの!? 何だよ何だよ、水臭いなあもう！ そんなに気になるなら遠慮なく話し掛けてくれていいのに！」

俺がそんなことを考えていると、彼女はぱっと嬉《うれ》しそうな表情を浮かべながら一歩だけ俺たちとの距離を詰めてきた。そうしてトンっと片手を胸に当てながら続ける。

「ボクの名前は梓沢翼《あずさわつばさ》！ 十四番区聖《せい》ロザリア女学院の三年生……なんだけど、ちょっとした事情があって二年くらい留年してるんだ。本当なら花の女子大生なんだぞ？ ふっふーん、だからキミたちにとっては頼れる先輩というわけだね！」

「は、はあ……えっと、そうなのか」

梓沢翼、と名乗った少女の勢いに押され、曖昧な答えを返してしまう俺。表情の変化やら細かな仕草やら、一つ一つが皆実《みなみ》とは正反対なくらいにオーバーな先輩だ。四字熟語で言うなら天真爛漫とか純粋無垢《むく》とか、その手の表現がよく似合うだろう。

——それにしても、

（留年……？ 学園島《アカデミー》じゃ珍しい話だな、それ）

不意にそんな疑問が脳裏を過《よ》ぎる。

例えば。例えば四月に俺と《決闘《ゲーム》》を行った十一番区の浦坂波留《うらさかはる》は、聞いた話だと〝高校浪人〟組。入学時期が遅れただけで留年しているわけじゃない。星獲《と》りシステムの仕様上、高校在学年数の増してしまう〝留年〟は、場合によってはメリットになってしまうんだ。故に、ただ成績が悪いからというような理由で進級が妨げられることはない。

もっと言えば、かつて水上《みなかみ》が所属していた《ヘキサグラム》という組織は、1ツ星のプレイヤーからさらに星を奪うことで学園島《アカデミー》から追放する……という残酷な仕打ちを行っていたことがある。ただ、こちらについては〝退学〟あるいは〝学籍抹消〟に相当するものだ。いずれにしても〝留年〟とは違う概念になる。

それなのに留年しているということは、何かしらの理由があるのだとは思うが。

「あれ？　っていうかキミ……も、もしかして！」

「…………」

と、そこで彼女——梓沢翼は、ふと何かに思い当たったようにぐいっとこちらへ顔を近付けてきた。そうしてしばし俺の目を覗《のぞ》き込《こ》んでから、嬉しそうな笑顔で続ける。

「キミ、篠原緋呂斗《しのはらひろと》くんだよね!?　学園島《アカデミー》最強の7ツ星——転校初日に《女帝》を倒した凄《すご》い人！　それに、隣にいるのは姫路白雪《ひめじしらゆき》ちゃん……だよね？　うん、絶対そう！　だってボク、記憶力にはすっごく自信があるんだから！」

「ありがとうございます、梓沢様。わたしのことまで覚えていただけて光栄です」

「へぁ!? め、メイドさんにお礼をされるなんて……ま、まあ？ 格好《かっこ》いい先輩ともなれば後輩の活躍を覚えてるのは当然っていうか……特に、少し前の《習熟戦《リフレイン》》！ あれは本当に凄《すご》かったよ。何回アーカイブを見たか分かんないもん！」

「……？ ああ、そりゃどうも。ま、アレくらいは勝って当然の《決闘《ゲーム》》だけどな」

大袈裟《おおげさ》なジェスチャーと共にそんな話題を振ってくる梓沢《あずさわ》に怪訝《けげん》な表情を返しつつ、それでも〝学園島《アカデミー》最強〟として不敵な台詞《せりふ》を口にする俺。

それに対し、梓沢は「だよね、だよね！」と興奮気味に頷《うなず》いて、

「ねえ、キミは――」

『――正午になりました』

『只今《ただいま》より競技ナンバー006《三色玉入れ》を開始いたします。エントリー済みのプレイヤーはグラウンド中央までお越しください』

『繰り返します――』

「……っと、ここで時間切れかぁ。うぅ、ツイてないなぁ……」

突如鳴り響いたアナウンスに言葉を遮られ、梓沢はがっくりと肩を落としてみせた。彼女が何を言いかけていたのか気にならないわけではなかったが、まあ今すぐ問《と》い質《ただ》すほどのことでもないだろう。今重要なのは当然ながら《競技《プログラム》》の方だ。

と、いうわけで。

「えいえい、おー……」

間延びした皆実《みなみ》の声を合図に、俺たちは第一の《競技》へ向かうことにした。


――競技ナンバー006《三色玉入れ》。エントリー人数：226人。

俺たちが最初にエントリーした《競技》は、簡単に言えば〝玉入れの改変版〟だ。

『この度は《三色玉入れ》にエントリーしていただき、誠にありがとうございます!!』

『まず――まずですね、みなさんに挑戦していただくのは〝玉入れ〟です！　見ての通りこのグラウンド内には無数の籠《カゴ》が設置されているので、みなさんはその籠に持っている玉を入れるだけ！　ここまでは普通の玉入れと何も変わりません！』

司会を務めるのは、おそらく聖《せい》ロザリアの生徒なのだろう。気合いの表れか制服ではなく運動着に身を包んだ少女だ。頭には鉢巻が巻かれていて、それでいて両手はしっかりとマイクに添えられている。何とも一生懸命で健気《けなげ》だと言えよう。

少女は続ける。

『ただ、ですね！　ご覧の通り、《三色玉入れ》で使う籠は少し特殊です――そう！　普通の玉入れと比べて背が低いんです、とっても！　わたしの腰くらいしかないので、投げるどころか落とすだけでも簡単に入れられます！』

『それもそのはず！　この《競技》は、玉入れの技術を競うものではないんですっ！』

司会の少女がマイク越しにそんなことを言い放った瞬間、彼女の背後に大きな大きな投影画面が現れた。そこには赤と白の鉢巻を巻いたプレイヤーが一人ずつ映し出され、続いてそれ以外の連中が彼らの元へと駆け寄る様子がアニメーションで表示される。

『——一つ！　《三色玉入れ》では、みなさんに〝赤組〟と〝白組〟の二チームに分かれて戦ってもらいます。分かれ方はランダム——ではありません！』

『まず初めに、二名の方に各組のリーダーとして立候補してもらいます！　これは純粋な早い者勝ちです！　一番早く立候補してくれた方が赤組、二番目の方が白組のリーダーです！　この《三色玉入れ》では、各組のリーダーだけがアビリティを登録することができます！　立候補が済んだら、それぞれ一つだけアビリティを選んでください！』

『そして次に、各組のリーダーに戦略をプレゼンしてもらいます——方法や内容は自由ですが、とにかく〝こういう戦略で勝つ！　だから俺についてこい！〟というようなプレゼンを他のみなさんにぶちかましてください！　全て正直に話してもいいですし、重要なところを伏せたり逆に盛ってアピールしたり、あるいは全くの嘘《うそ》でも構いません！』

『そのプレゼンを聞いたうえで、プレイヤーのみなさんは〝赤組〟と〝白組〟のどちらに入るのかを選ぶことになります！　《三色玉入れ》は〝脱落制〟の《競技《プログラム》》です！　入った玉の数が少なかったチームのプレイヤーはその時点で全員敗退！　その後、既定の人数になるまで同じことを繰り返すという流れです！』

『リーダーはどうやってプレイヤーを引き入れるか、プレイヤーはどちらのリーダーを信じるか……はったり勝負かつ心理戦！　それが《三色玉入れ》！　なのです!!』

自らの職務を全うするべく両手にマイクを持って全力で声を張り上げる少女。

そんな彼女の背後に浮かぶ投影画面では、チュートリアルとして赤組に50人、白組に150人のプレイヤーが集まった様子が映し出されている。この場合は、プレゼンとやらの内容を受けて〝白組の方が勝てそうだ〟と判断したプレイヤーが多かった、ということになるのだろう。

（それは分かるけど……やるのが玉入れなら、そもそも戦略も何もないような）

『そして――もう一つ！　今〝やるのが玉入れならそもそも戦略も何もないような〟と思ったみなさん、ご安心ください！　《三色玉入れ》はただの玉入れじゃないんです！』

『まずはこちらをご覧ください！』

見事に俺の内心を言い当ててみせた司会の少女は、おもむろに一つの〝玉〟を掲げてみせた。何の変哲もないピンク色の球体。大きさはテニスボールと同じくらいだろうか。

マイクを片手で持ち直しつつ、少女は元気よく続ける。

『これが、みなさんにお渡しする玉入れの〝玉〟です――そう！　一般的に、玉入れは赤組と白組の二手に分かれて玉を入れ、最後に自分たちの玉が一つでも多く籠に入っていたチームの勝利です。ただ《三色玉入れ》では、みなさんに配られるのは一人一つの、ピンク色の玉……そしてピンクは赤と白を混ぜた色！　つまり、この段階では〝赤色〟なのか〝白色〟なのか判別できないんです！』

『この玉は、籠に入った瞬間に色が判明する仕掛けになっています！　そして、籠の中の玉を取り出すことは出来ません――なので、闇雲に玉を入れるのはあまりお勧めしませんよ！　白組の方が〝赤の玉〟を入れてしまった場合ももちろん赤組の得点ですから！』

『ただ、これだけは単なる〝運〟の勝負です。せっかく《三色玉入れ》にエントリーしてくださったみなさんに、そんな中途半端な《競技《プログラム》》は提供できません……！』

『というわけで、《三色玉入れ》にはもう一つルールがあります――その名もずばり〝色判明〟！　このピンクの玉は、もう一つの玉とコツンとぶつけ合わせることで本当の色が分かる仕掛けになっているんです！　こうなれば話は簡単です！　持っている玉の色が全部分かれば、あとは自分のチームの色の玉を籠に入れればいいだけですから！』

『ですが……その場合、ちょっとしたデメリットが発生してしまいます』

　そこでほんの少しだけ声を潜める少女。

　観客がこくりと息を呑《の》む中、彼女は懸命な声音で続ける。

『実はですね、《三色玉入れ》という名前にも含まれている通り、この《競技》には三つめのチームが存在します。そうです！　赤と白に続く第三の色――〝ピンク〟は、わたしたち運営チームの色なんです！』

『そして！　先ほどお話しした〝色判明〟を行うと、それらの玉は次のゲームから〝固定ピンク〟の玉に変わります。色判明をしても籠に入れても〝ピンク〟のままで変わらない玉……これが、色判明をすればするほど増えていくんです！　後半になるとプレイヤーの数も減ってくるので、下手に色判明を繰り返しているとどこかのタイミングで詰んでしまうかもしれません……！　ご利用は計画的に、です！』

『各ゲームの勝利条件は玉入れと同じで、籠の中に自分のチームの色の玉が一番多く入っていること！　この時〝ピンク〟の数が最大ならもちろん全員敗退となります！　これを繰り返し、残りプレイヤーが10名以下になった段階で《競技》終了！　生き残ったみなさんが《三色玉入れ》の勝者です！』

『——以上！　説明はこれで終わりです！　一戦目は五分後から始めますっ‼』

ルール説明を終えた少女がやり切ったような表情でがばっと頭を下げる。その姿に方々から拍手や歓声が飛ぶが、それらもすぐに真剣なざわめきへと切り替わった。

「…………」

が、まあそれも当然の話だろう——競技ナンバー006《三色玉入れ》。玉入れの改変版であるこの《競技》は、見た目に反してかなりの心理戦だ。立候補を行わない場合はどちらのリーダーを信じるべきかという選択、逆にリーダーとしてプレゼンを行う場合は強烈な説得力を伴う戦略が必要になる。それも、ただ相手チームに勝つためだけの戦略では意味がない。なるべく次のゲームに影響が出ないやり方で勝たなければどこかで運営側《ピンク》に負けてしまう。そう判断されてしまえば、きっと相手方に支持が流れてしまうだろう。

「……これは、どのように攻略するのが筋なのでしょうか」

そこで、姫路《ひめじ》の声がポツリと耳朶《じだ》を打った。

「プレイヤーに与えられるピンクの玉は一人一つ……そして、玉は籠に入れるか色判明を行うことで〝赤〟か〝白〟に変わります。色判明を行えば確実に自チームの玉だけを選別できますが、代わりに次のゲームで〝固定ピンク〟の玉が増えてしまいます」

「ああ。だから、重要なのはやっぱりリーダーの戦略だな。どんなアビリティを採用するか、それをどう活《い》かすか……ってのが一つの鍵なる」

「そうですね。……ちなみに、ですが」

言って、姫路は白銀の髪をさらりと揺らしながらほんの少しだけ身体《からだ》をこちらへ寄せてきた。周りのプレイヤーに声が漏れないような耳打ちの姿勢。ふわりと甘い匂いが思考を鈍らせる中、囁《ささや》くような声音がそっと鼓膜を撫《な》でる。

「《カンパニー》はいつでも動かせる状況です、ご主人様。五日間続くイベントの初日ですので、今はあまり目立たない方が良いかと思いますが……それでも必要であればいつでも合図をください。わたしたちがご主人様を勝たせます」

「っ……あ、ああ、了解だ」

至近距離で放たれた言葉にドキドキと心臓を高鳴らせながら答えを絞り出す俺。……いつもながら頼りになりすぎる《カンパニー》だが、姫路の言う通り、この段階から頼るのは出来れば避けたいところだ。《カンパニー》の補佐《サポート》というのはあくまでも〝不正《イカサマ》〟なわけで、乱用すればするほどリスクが高くなる。もちろん状況次第ではあるが、加賀谷《かがや》さんや椎名《しいな》を頼るタイミングはしっかりと選ばなきゃいけない。

「…………」

そんなことを考えながら、俺は端末から《三色玉入れ》の詳細を確認することにした。

「最終勝者に残ると個人スコアが300加算……それ以外にも、勝利数に応じてスコアが入る仕様みたいだな。要は、一勝でも多く重ねた方がお得ってことだ」

「そのようですね。《三色玉入れ》はそれなりに規模の大きな《競技《プログラム》》ですし、300というスコアも悪くありません。スタートダッシュには最適かと」

「だな。んで、肝心の〝属性〟の方は……っと」

言いながら指先で端末画面をスクロールさせる。

《疑似恋愛ゲーム：ＣＱ》の肝である属性とは、言うなればゲームの〝トロフィー〟のようなものだ。《競技》内で特定の条件を満たすことで対応する属性が手に入る。四日目の中夜祭で誰かに〝告白〟するためには、そいつが〝愛好属性〟に設定している属性を一つ以上——アイドル枠なら二つ以上——獲得しておかなければならない。

そして、今回の《三色玉入れ》に設定されている属性は以下の通りだ。

【競技ナンバー006《三色玉入れ》獲得可能属性／条件一覧】

【金髪】――リーダーとして〝三回以上〟チームを勝利に導く。

【面倒見】――リーダーとして〝三倍以上〟の人数差があるチームを勝利に導く。

【兄貴】――〝一回以上〟リーダーになった上で最終勝者に残留する。

「……なるほど」

何となくシュールな字面を眺めつつ、俺は小さく首を横に振った。

「【面倒見】はともかく、【金髪】とか【兄貴】ってのはどういうことなんだろうな」

「言葉通りの意味でしょう。三回以上リーダーとして勝利すればご主人様は【金髪】になれますし、リーダーになった上で最終勝者に残れば【兄貴】にもなれます。不思議な語感ではありますが、それが《疑似恋愛ゲーム：CQ》ですので」

「髪色も家族構成も可変なのか……いや、まあいいけど」

要は恋愛シミュレーション系のゲームで〝金髪のキャラが好き〟とか〝兄キャラに目がない〟とか、そういう性癖――もとい属性《フェチ》に対応している、ということなのだろう。まだ初日だが、《CQ》のノリは何となく分かってきた。

「ともかく、水上《みなかみ》の愛好属性――【面倒見】を獲得したいなら、チームの人数をあえて少なくした状態で勝たなきゃいけないってことだよな。……というか、よく考えたらどの属性獲得条件もリーダーに絡んでるのか」

「そうですね。《三色玉入れ》自体は一度もリーダーにならないまま最終勝者に残ることも可能ですが、属性を獲得するには積極的に〝立候補〟を行う必要があるようです」

状況の整理を済ませ、小さく頷《うなず》き合う俺と姫路《ひめじ》。……《三色玉入れ》は、リーダーとそれ以外とで戦い方が全く違う。リーダーはリーダーで確実に相手チームに勝てる策を用意しなきゃいけないし、それを大勢に信じさせなきゃいけない。逆にそれ以外のプレイヤーは、どちらのリーダーが信じられるのか明確な根拠を持って選ばなきゃいけない。

そんなことを考えている間に、事前に指定されていた五分の時間が経過し――、

『それでは、第一回戦……リーダーになりたい人、端末から立候補をお願いします!!』

「「「――――！」」」

司会の少女がマイク越しにそんな言葉を放った瞬間、ピリッと辺りを窺《うかが》うような緊張がグラウンド中を駆け抜けた。……まあ、分からないでもない。《三色玉入れ》は一度負ければ即終了の脱落制。まだ攻略の方針も見えていない初戦のうちに〝リーダー〟という重責を負うのはなかなか勇気のいる行為だ。ただもちろん、アビリティを登録《セット》できるリーダーは唯一自分の意思で《競技《プログラム》》を進められる有利な立場でもある。

(初戦くらいはスルーしたかったところだけど……)

そんなことを考えながら俺が〝立候補〟のコマンドを叩《たた》こうとした――瞬間だった。

【――リーダー立候補者が出揃《でそろ》いました】

【赤組リーダー：皆実雫《みなみしずく》】

【白組リーダー：三柴浩紀《みしばひろき》】

【各リーダーはグラウンドの中央に進み出てください】

音声とテキストの両方でそんなアナウンスが流される。

同時、グラウンドのやや離れた位置にいた二人のプレイヤーの頭上に、紅白の鉢巻を模したアイコンが表示された。【赤組リーダー】の文字を背負っているのはつい先ほども話したばかりの少女・皆実雫《みなみしずく》。対する【白組リーダー】の方は、少なくとも俺は見覚えのないプレイヤーだ。名前は三柴浩紀、等級の表示は3ツ星となっている。

やがてグラウンドの中央に進み出た二人に対し、司会の少女からマイクが向けられた。

『ではお二方、簡単に自己紹介をお願いします！』

「自己紹介？　ああ、俺は三柴だ！　九番区神楽坂《かぐらざか》学園の二年！　で、そっちは？」

「…………」

「……お、おい、名前くらい言ったらどうなんだよ」

「？　皆実、雫……よろしく」

いつにも増して眠たげな様子で挨拶を済ませる皆実。名前以外の追加情報はないに等しいが、とはいえ彼女は島内でも指折りの有名プレイヤーだ。《凪《なぎ》の蒼炎《そうえん》》の異名を持つ6

ツ星ランカー。紹介なんてするまでもない、というのが実際のところではある。

とにもかくにも、司会の少女は取りなすように続けた。

『ありがとうございます！　それでは、お二人には今からアビリティの登録《セット》をしていただきます。それが終わったら肝心のプレゼンタイム！　アビリティの登録《セット》が遅かった方から順番にプレゼンをしてもらいます！』

『ではでは――スタート！』

【各リーダーは、第一回戦で使用するアビリティを登録《セット》してください】

「……ふぅん？　じゃあ――」

と……少女の説明が終わるか終わらないかといったタイミングで、青色のショートヘアを揺らした皆実が一瞬でアビリティ登録を完了させた。おそらく、どんな作戦で臨むのかは元々決まっていたのだろう。そうでなければ説明のつかない素早さだ。

「クソ……出遅れたか。けど、こっちももう決まってる！」

次いで皆実の対戦相手――こう聞くだけで既に不憫《ふびん》な気がしてしまうから不思議なものだが――もアビリティの登録《セット》を終える。両者の頭上に【登録完了】のアイコンが出るのと同時、司会の少女が白組リーダーである三柴にマイクを向けた。

『はい！　それじゃあ、第一回戦のプレゼンタイムに入ります！　まずは白組リーダーの三柴くん！　あなたの戦略を教えてください！』

「おうよ。いいか、俺が登録《セット》したのは《衝撃緩和》のアビリティだ！」

ドンッ、と片手で胸を叩《たた》きながら自信満々に告げる三柴《みしば》。

「こいつは百人に一人くらいしか持ってない激レアアビリティでな。色んな用途があるんだけど、今回のルールにもぴったりだ！　《衝撃緩和》があれば、色判明を行っても十回に一回の割合でしか〝固定ピンク〟が発生しない……！　要するに、俺のチームに入ってくれれば好き勝手に色判明してもＯＫってわけだ！」

「ふむ……なるほど」

三柴の説明を受け、小さな相槌《あいづち》を零《こぼ》しながらそっと右手を口元へ遣《や》る姫路《ひめじ》。

「《幸運》アビリティの効果範囲を狭めることで効力の底上げを狙った系統《タイプ》ですね。本来１００％の確率で発生する事象を10％にまで減少させるという……もしその割合が本当ならなかなか強力ですが」

「ああ。……もし本当なら、な」

俺の返答に対し、姫路は「はい」と同意を示しながら白銀の髪をさらりと揺らす。

「《三色玉入れ》の肝、というか本質はそこですからね。心理戦、あるいは演技力やはったりの勝負……今の話がどこまで本当なのか、どこからが盛られたものなのか、それは彼にしか分かりません。もちろん〝あえて負ける〟ような作戦は持ってきていないと思いますが、それでも嘘《うそ》が交じっている可能性は充分にあります。……もしかしたら、ご主人様にぴったりの《競技《プログラム》》なのかもしれませんね」

「いや、まあ……演技する側ならそうかもしれないけど」

俺はあくまでも〝表情をコントロールできる〟だけで、別に他人の嘘《うそ》を見抜く力に長《た》けているというわけじゃない。ただ、それでも白組・三柴浩紀《ひろき》の発言は少しばかり胡散《うさん》臭く感じられた。程度は分からないものの、やはり多少は〝盛って〟いるのだろう。

ともかく、司会の少女は続けて皆実《みなみ》にマイクを向ける。

『では、続きまして赤組リーダーの皆実さん！　あなたの戦略を教えてください！』

「ん……」

マイクに微《かす》かな吐息を乗せながら、皆実は相変わらず眠たげな瞳で周囲のプレイヤーたちをぐるりと見渡した。そうして俺と目を合わせたタイミングでほんの少し口元を緩ませたかと思うと、いつも通りの淡々とした声音でこんなことを言う。

「わたしのアビリティは、《発見器》……チーム内のプレイヤーが持ってるピンク色の玉から、赤色の玉を見つけるアビリティ。五回くらい、使える……」

『なるほど！　……って、五回だけ？　ほ、本当にその作戦で大丈夫ですか!?』

「？　大丈夫、に決まってる……だって、赤組はこれで必勝」

『必勝!?』

意味不明な供述をする皆実に対し、驚いたように声を裏返らせる司会。けれど、そんな反応を一切意に介すことなく皆実《みなみ》はマイペースな口調で続ける。

「そう……だって《三色玉入れ》は、相手より一つでも玉が多ければ勝てる《競技《プログラム》》。あなたが、そう言ったはず……」

『そ、それはそうですけど！　でも、だからって五つじゃ心許《こころもと》ないっていうか――』

「違う、これでいい。必要なのは、数じゃなくて確実性……この《競技》のルールを考えれば、分かるはず。ここにいるみんながわたしに付けば、ノーリスクで一勝できる……全員でスコア獲得。それが多分、最善手……」

「！　……そういうことか」

少し遅れて皆実の意図に思い当たり、微《かす》かに目を見開く俺。

なるほど、そうか――つまり彼女は、ここにいるプレイヤーたちを一人残らず赤組に引き入れようとしているんだ。白組リーダーの三柴《みしば》が用意した戦略はある程度フェアな確率論。対して、赤組リーダーの皆実が提供するのはこれ以上ない絶対の勝利だ。人数こそほとんど減らないものの、三柴以外の全員が確定でスコアを獲得できる。みんなで二回戦に進んで、そこから《競技》を仕切り直そうと言っている。

「全員がわたしに付いてくれれば、白組は一人だけ……一人じゃ色判明も出来ない。だから、わたしの勝ち……完璧な、策略」

「ぐっ……お、おいみんな、いいのか!?　あいつは作戦ミスをしてる！　何人かだけでも白組に来てくれれば一気に《競技》を終わらせられるかもしれないんだぞ!?」

「それも、悪手……今《競技》が終わったら、属性を手に入れられるのはあなただけ。そんなことになったら、《三色玉入れ》に参加した意味がない……違う?」

「っ……そう、かもしれないけど！」

　皆実の淡々とした物言いに押し切られ、ついには同意してしまう三柴。口論の中で自身のアビリティに触れもしない辺り、やはり先ほど話していた《衝撃緩和》の効果は誇張されたものだったのだろう。自分で〝嘘《うそ》〟だと分かっているから、いざという時に武器として使えない。こうなったらもう勝負を投げ出したようなものだ。

（やっぱりとんでもないな、皆実……一回戦でしか使えない手だけど、逆に一回戦ならこれしかないってくらい完璧な策だ）

　かつては〝最強〟と呼ばれていた少女に尊敬に近い感情を抱きながら、端末を叩《たた》いて赤組を選択する俺。他のプレイヤーがどちらを選択したのかは開示のタイミングまで分からないが、この状況で白組を選ぶプレイヤーなどまずいないだろう。

　そんな予想に反することなく、数秒後には赤の鉢巻がグラウンド中を埋め尽くし――。

　宣言通り《発見器》アビリティを使った皆実雫《しずく》が、赤の玉を五つだけ籠に押し込んだ。

『――そこまで、ですっ！』

『集計は……するまでもなさそうですね！　第一回戦の結果は５－０！　完封試合で赤組

の勝利となります……！　赤組のみなさん、第二回戦に進出です!!』

大きく手を掲げて赤組の勝利を宣言する司会の少女。……結果としては、皆実《みなみ》の戦略がこれ以上ないくらい完璧にハマった形だ。白組リーダーの三柴《みしば》は「くそおおお！」という断末魔と共にその場でがっくりと膝を突く。

「ん……」

対する皆実はと言えば、盛り上がるプレイヤーたちに見送られながらグラウンドの中央を去り、何故《なぜ》か俺たちの近くへ歩み寄ってきた。ちら、と視線を向けられたため、軽く肩を竦《すく》めて返答する。

「さすがだな、皆実。余裕のプレイングって感じだ」

「……実は、そうでもない。ちょっとだけ……危なかった」

「え？」

意外な言葉を口にした皆実に一瞬だけ眉を顰《ひそ》め、俺は自身の端末を確認してみることにする。《三色玉入れ》第一回戦結果……赤組２２４名が勝ち抜け、白組２名が敗北。

「……２名？」

そんな記述に思わず疑問の声を零《こぼ》す俺。

「あの状況で白組を選んだやつがいたのか。どう見ても赤一択って空気だったのに……」

「そう。翼《つばさ》ちゃんは、いけずだから……多分、照れてる」

「……しかも、あいつなのかよ」

皆実の視線を追って身体《からだ》の向きを変えてみれば、グラウンドの端の方でぐったりと壁に背中を預けている少女・梓沢《あずさわ》翼の姿が目に入る。やたらと悔しそうに見えるが、三柴の言っていたような〝一撃勝利〟の賭けにでも出たのだろうか。

あるいは――

「ご主人様、そろそろ二回戦が始まります」

「！　あ、ああ……ありがとな、姫路《ひめじ》」

思考の渦に囚《とら》われそうになっていた俺は、そこで掛けられた姫路の声に正気を取り戻して前を向いた。……そうだ、今はこんなことを考えている場合じゃない。

先ほどより二人だけ減ったプレイヤーに囲まれて、司会の少女が再び声を張り上げる。

『それでは第二回戦っ！　リーダーになりたい方、立候補をお願いします!!』

人数も状況もほとんど変わらない問い掛け――ただ、一回戦を経たことで《競技《プログラム》》の雰囲気、というか流れのようなものが何となく分かったからだろう。先ほどと違って、今回は多くのプレイヤーが一斉に端末を叩《たた》く。

その結果、

【――リーダー立候補者が出揃《でそろ》いました】

【赤組リーダー：篠原緋呂斗《しのはらひろと》】

【白組リーダー：浅宮七瀬《あさみやななせ》】
【各リーダーはグラウンドの中央に進み出てください】

「……へえ？」

無事リーダーに選ばれた俺の対戦相手になったのは、よく見知った少女だった。

＃

《流星祭》は学区対抗戦ではなく、あくまでも個人単位のランキング戦である。

故に、英明《えいめい》のプレイヤー同士がぶつかることも当然ある――のだが、まさか初戦からこんなマッチアップになるとは夢にも思っていなかった。

「あ、あはは……」

グラウンドの中央で俺の前に立ったのは、鮮やかな金髪と抜群のスタイルが特徴的な英明の三年生・浅宮七瀬。一時期はモデルをやっていたということもあり、立ち姿一つを取っても非常に洗練されている。それに、ただ可愛《かわい》いというだけじゃない。飛び抜けた運動神経とゲームセンスを持つ彼女は、英明に三人しかいない6ツ星ランカーの一人だ。

当の浅宮は、ちょっと困ったような笑顔で声を掛けてくる。

「まさかシノと当たるなんて思わなかったなぁ……もう、最初から難易度マックスってカンジ。でも普段は《決闘《ゲーム》》で戦うコトなんてないし、逆に良い機会かも？」

「確かに、それはそうだけど……」

嘆息交じりに同意して、それから俺は小さく首を傾《かし》げてみせる。そうして一言、

「この《競技《プログラム》》、もしかして榎本《えのもと》の愛好属性でも設定されてるのか？」

「うん、実は――って、ち、違うし！　確かに進司《しんじ》の愛好属性は設定されてるけど、それはたまたまっていうか偶然っていうか……ウチだって、さっき知ったところだから。進司狙いで来たとかじゃないからっ！」

「……まあ、それでもいいけど。ちなみにどの属性なんだ？」

「？　えっと、確か【金髪】ってやつ」

「………………」

鮮やかな金髪を揺らしながら何の気なしに答える浅宮に対し、俺は色々と言いたいことがあるのをぐっと飲み込みながら溜《た》め息《いき》を吐《つ》く。……なるほど、つまり榎本が浅宮の特徴である【金髪】を愛好属性に設定し、浅宮が榎本に告白するべくそれを獲得しようとしているわけか。何というか、もうさっさと付き合ってくれという感じだ。

が、まあとにもかくにも、浅宮は切り替えるようにびしっと指を突き付けてくる。

「進司のことは置いといて――せっかくやるからには、ウチだってシノに勝つつもりでいるからね。等級は一つ下だけど、そう簡単には負けてあげないし！」

「……ハッ、そうかよ。お手柔らかに頼むぜ、先輩」

笑顔のまま微《かす》かに目を細めた浅宮《あさみや》に対し、俺も不敵な表情を浮かべて挑発を返す。そう簡単に、も何も、浅宮七瀬《ななせ》は島内でも屈指の強豪プレイヤーだ。油断していたらすぐに足元を掬《すく》われてしまうと思っておいた方が良い。

その辺りで、モニター上を流れるシステムメッセージが〝アビリティ登録〟を促すそれへと切り替わった。

【――各リーダーは、第二回戦で使用するアビリティを登録《セット》してください】

同時、俺の脳裏にはいくつもの考えが巡らされる。

（リーダーが戦略を立てる時、大事なのは〝確実性〟と〝安全性〟……負ける可能性が高い作戦じゃ誰も付いてきてくれないけど、《三色玉入れ》で勝つ可能性を上げようと思ったらどうしても〝色判明〟を介する必要がある。ただ、一回や二回ならともかく、何回も色判明をしなきゃいけないような作戦は《競技《プログラム》》全体で見ればマイナスだ。それはそれで敬遠される……そのバランスを取れる戦略って言ったら、やっぱり一つは《表示バグ》系のアビリティだと思うんだよな）

そんなことを考えながら該当のアビリティを表示させる俺。……《表示バグ》。これまでも何度かお世話になっている、データの上書きを行えるアビリティだ。汎用性はなかなかのもので、例えば《三色玉入れ》なら色判明を行わないまま適当に玉を籠に入れ、白だった場合だけ〝赤く塗り替えて〟やればいい。

「ん……」

そこまで思考を巡らせた辺りで、俺は確認のために——あくまでさりげなく——右耳のイヤホンをトントンと叩《たた》いてみる。すると、ほんの一瞬ザザッと微かなノイズが走り、直後によく耳馴染んだ明るい声が聞こえてきた。

『にひひ、お待たせヒロきゅん。加賀谷《かがや》のおねーさんだよん！』

『《表示バグ》を使うなら、容量的に上書き40個くらいが限界かな。赤と白が均等にあるとして、取れる点数の見込みは80点……残ってるプレイヤーの数が224人、って考えたら結構微妙な数字だねん』

（……なるほど）

《カンパニー》の電子機器担当こと加賀谷さんの分析を聞きながら俺は小さく首を横に振る。……やはり、色判明のリスクを抑えた作戦では勝率に不安が出てしまうらしい。というわけで、俺は〝もう一つの候補〟として考えていたアビリティの方を登録《セット》する。

『篠原《しのはら》くん、登録完了——続いて浅宮さんも登録完了！　それでは、今から第二回戦のプレゼンタイムに入ります！　まずは白組リーダーの浅宮さんから、どうぞ！』

「ん、おっけ」

司会の少女に促され、プレイヤーたちの方へと身体《からだ》を向ける浅宮。左手を軽く腰に添えた佇《たたず》まいはさすが元モデルといった美しさで、後ろから見ているだけの俺でも思わず溜《た》め息《いき》が零《こぼ》れてしまうほどだ。

そうして浅宮《あさみや》は、堂々とした口調で切り出した。

「ウチが選んだアビリティは《漂白》――名前の通り〝白く染める〟アビリティ。色判明はしないままとにかく玉を籠に入れて、赤だったらそれを《漂白》するわけ。ざっくり計算した感じ、多分70個くらいは染められるハズ。……相手がシノだからね、中途半端な手なんか使えないし」

『なるほど！』

おそらくそれなりに盛っているのであろう数字を口にする浅宮。ただ、声音や態度の自然さと6ツ星ランカーとしての実績から、そのまま信じているプレイヤーも少なくはなさそうだ。赤玉70個を白く変えられるなら、見込みの得点は140点前後。現時点の残り人数でも充分勝てる数字になる。

作戦の開示を終えた浅宮は、挑発するような表情を浮かべて俺に身体《からだ》を向け直す。

「それで、シノの作戦は？　まさか、ウチと同じ手で勝負なんてコトしないよね」

「ハッ……安心しろよ、浅宮。俺のはそんな生温い手じゃない」

そう言って、俺は挑発に応えるように小さく口角を持ち上げた。怪訝《けげん》な顔をするプレイヤーもちらほらと見える中、ニヤリと笑って言葉を継ぐ。

「俺が採用したのは《数値管理》アビリティだ。用途としては最終的な得点をいくらか吊《つ》り上《あ》げるだけ……でも、大事なのはアビリティじゃなくて戦略の方だ。最初に言っておくけど、赤組は普通に色判明をする。それも集まったプレイヤー全員で、だ。得点は《数値管理》で嵩増《かさま》しできるから、人数さえいれば絶対に勝てる」

「……ふーん？」

胸の下辺りで緩やかに腕を組みながら少しだけ声を低くする浅宮。

「でもさシノ、そんなことしちゃっていいの？　確かにそれなら二回戦は力づくで勝てるかもだけど、次のゲームが大変なコトになるじゃん。全員で色判明とか……それ、下手したら全部の玉が〝固定ピンク〟になっちゃうし」

「そうかもな。けど、それがどうしたんだ？」

「へ？　それがどうしたって……いやいや、全部ピンクになったら絶対勝てないじゃん」

「いいや、そんなことはないだろ」

浅宮の呆《あき》れたような物言いに対し、俺は我が意を得たりとばかりに首を振る。

そうして一言、

「今お前が採用してるアビリティは何だよ、浅宮。《漂白》アビリティ……赤玉を〝白く染める〟アビリティ。そいつはつまり、籠に入った後で玉の色を変えられるんだろ？」

「うん。……って、あ」

「ハッ……そうだよ、そんなアビリティがあるなら固定ピンクがいくら増えようがどうだっていい。一つでも赤か白が残ってるならそいつを《発見器》みたいなアビリティで見つければいいし、一つもないなら染めればいい。アビリティが使える限り、色判明を何回やっても〝詰み〟になんかならないんだよ」

——そう。

玉と玉をぶつける〝色判明〟は確かにリスクを伴う行為だが、そのリスクはアビリティによって帳消しにすることが出来る。自身のチームだけが不利益を被るなら一考の余地はあるが、《三色玉入れ》は毎回チームの組み直しが発生するんだから、どちらかが一方的に不利になるということもない。ならばリスクなんてないようなものだ。

もしかしたら、俺以外にもその事実に気付いていたやつはいるのかもしれない——ただそれでも、この場でそれを公表することには大きな意味がある。何故《なぜ》なら俺の告発は、浅宮が登録している《漂白》アビリティを全くの無意味にするものだからだ。たった今、《三色玉入れ》ではいくら色判明を行ってもいいことになった。そのルールの下では《数値管理》を採用している俺の方が……つまり、赤組の方が圧倒的に強い。

「っ……じゃあ、シノは〝ルールを変えた〟ってこと？　なるべく色判明をしないで勝つ方法を探してたんじゃなくて、色判明をしてもいい理屈を作った……ってコト？」

「ま、そういうことになるな」

「すぅー……そっか、なるほどね。やっぱシノ、頭良すぎかも」

感心したような表情でそんなことを言う浅宮《あさみや》と、それに余裕の笑みを返す俺。

『――それではみなさん、所属したいチームを選んでください！』

想像以上にバチバチのやり合いとなった二回戦は、一回戦より遥《はる》かにチーム選択に時間がかかったものの……結局、リーダーを除く222人のうち190人以上のプレイヤーが赤組を選択し、点数的にもかなりの大差で俺たち赤組の勝利となった。

（よし……この勝ちは大きい。さっきの話で〝色判明〟ルールの捉え方が一気に変わったところだから、有効な作戦を立てられてるやつはまだそんなに多くないはずだ。水上《みなかみ》の愛好属性を獲《と》るためにも、今のうちに連続でリーダーになってやる……）

グラウンド中央から姫路《ひめじ》の近くへと戻りつつ、内心でそんなことを考える俺。

水上の愛好属性である【面倒見】――その獲得条件は【リーダーとして〝三倍以上〟の人数差があるチームを勝利に導く】ことだ。200人近いプレイヤーが残っているこの段階ではなかなか達成が難しい条件に思えるが、とはいえリーダーにならなければ挑戦する権利すら得られない。出来るだけチャンスは増やしておくべきだろう。

……などと。

そう意気込んでいたのだが。

『では、第三回戦――リーダーの立候補、お願いします！』

「っ……え？」

続く司会の宣言とほぼ同時に行った〝リーダー立候補〟の申請は、しかし呆気《あっけ》なく弾かれてしまった。《三色玉入れ》に連続でリーダーになることを禁じるようなルールは特にない。つまり、単純に押し負け――早さ勝負で負けた、ということだ。

(くそ……まさか、このタイミングで早押しになるなんて思わなかったんだけどな)

狙いを外した悔しさを抱えつつ、軽く視線を持ち上げてグラウンドのどこかにいる各組のリーダーを探す俺。と、そいつはすぐに見つかった。

「ふっ……やあ、ようやく僕の出番みたいだ。《CQ》のアイドル枠にして気高き6ツ星ランカーにして茨《いばら》学園の至高のエース、この結川奏《ゆいかわかなで》のね!!」

バッと大きく片手を広げ、最大限に格好を付けた自己紹介をかます男。

そう――プレイヤーたちの白い目に晒《さら》されながら自信満々に【赤組リーダー】の表示を背負っているのは、本人の申告通り結川奏だ。十五番区茨学園所属の6ツ星。ナルシスト的な言動から何度となく炎上や没落を繰り返しているが、その度に這《は》い上《あ》がってくることから〝茨のゾンビ〟の異名を持っている。

とにもかくにも、グラウンド中央へ移動した結川はふぁさりと前髪に触れつつ言う。

「さっきのゲームはなかなか刺激的な内容だったねえ。でも忘れてはいけないよ、ギャラリーのみんな。《アストラル》も《SFIA《スフィア》》も、彼――篠原緋呂斗《しのはらひろと》くんの劇的な勝利の裏には、この結川奏の密《ひそ》かな活躍が絡んでいるんだから!」

(え、ええ……いやまあ、確かに一ミリも関係ないわけじゃないけど……)

「だけど今回は僕の番だよ、篠原くん。君の活躍を踏み台にして、この《競技《プログラム》》では僕が最大限に目立たせてもらう。【面倒見】の獲得……そして最終的には〝アイドル枠〟同士でのカップルを成立させ、この僕が《CQ》で無双してやるんだッ！」

何故《なぜ》か対戦相手でもない俺に指を突き付けながら勢いよく告げる結川。

細かい話は置いておくとして……なるほど、アイドル枠同士のカップルか。確かに《CQ》のルールを見る限りそれも規制されてはいない。であれば、理論上は最強のカップルになるだろう。要するに、結川も俺と同じ〝水上《みなかみ》狙い〟というわけだ。

と——俺がそんなことを考えた、瞬間だった。

「ッ……!?」

ぞくっ、と不意に冷たい手で背中を撫《な》でられたような感触がして、俺は思わず目を見開いた。はっきりとした敵意と怨念めいた負の感情。そんなものを肌で感じた刹那、畳み掛けるように微《かす》かな声が耳朶《じだ》を打つ。

『摩理《まり》を狙うなんていい度胸。速やかに、叩《たた》き潰《つぶ》す——』

（……え？　今の……）

どこか聞き覚えのある合成音声めいた響きに俺が小さく眉を顰《ひそ》めた瞬間、司会の少女の後ろに浮かんでいた投影画面——《競技》中は得点状況なんかが表示されていた——にめちゃくちゃなノイズが走った。直後、画面に映ったのは小さなクマのぬいぐるみだ。

司会の少女が焦《あせ》ったように声を上げる。

『え……!? ちょっ、待ってください待ってください、ハッキングですか!?』

『否定。アビリティの登録《セット》が終わったから、その効果で画面を借りているだけ』

『な、なるほど。それなら確かに問題ないですが……って、アビリティ? では、あなたが白組のリーダーさんですか!?』

『その通り。英明《えいめい》学園三年、水上真由《みなかみまゆ》――よろしく(／・ω・)／』

顔文字を呟《つぶや》く超絶技巧と共に、画面外から伸びてきた手がクマの頭を下げさせる。

そう――一度聞いたら忘れないインパクト抜群な喋《しゃべ》り方《かた》を持つその人物の名前は、水上真由。英明学園の隠れた天才だ。自発的に《決闘《ゲーム》》やイベントに参加したことなどほとんどないにも関わらず、周囲の圧倒的評価によって5ツ星を与えられている少女。また名字からも分かる通り、俺のターゲットである水上摩理《まり》の姉にあたるプレイヤーでもある。

『水上真由さん……英明の、隠れた天才……』

あまりにも希少度《レア》の高いプレイヤーが参戦してきたためか司会の少女はしばし呆気《あっけ》に取られていたが、やがて気を取り直したように言葉を継ぐ。

『そ、それでは、改めて第三回戦に入ります！ 白組リーダーの水上さんは既にアビリティの登録まで済んでいるようですが……赤組の結川《ゆいかわ》くんはどうでしょうか？』

「ちょうど今終わったところさ。ただ、早さでは水上嬢に負けていたようだからね。戦略のプレゼンは僕から行わせてもらおう」

ふっ、と気取った仕草で額に指を触れさせながらそんなことを言う結川。

そうして彼は、自信満々な声音で自らの作戦を語り出した。

「僕が選んだアビリティは《高速培養》——赤組のプレイヤーにだけ一つではなく二つの玉が与えられる、というシンプルながら強力な効果を持つアビリティだ。ついさっき、篠《しの》原《はら》くんが〝色判明はいくら行っても問題ない〟と証明してくれたばかりだからね。思う存分ピンクの玉を打ち合わせて、僕のチームに相応《ふさわ》しい大量得点を狙わせてもらうよ」

『なるほど！　それでは、白組の水上さんはどうですか⁉』

ほんの少し背伸びをするような体勢で律儀《りちぎ》に投影画面へマイクを向ける司会の少女。それを受けて、画面の向こうのクマは小さく首を横に振る。

『特になし』

『……はい？』

『プレゼンはもう終わってる。だから、これ以上は時間の無駄(>_<)』

淡々と告げるクマ、もとい水上姉の衝撃的な発言に対し、プレイヤーたちの間に微《かす》かなざわめきが流れる。……まあ、それも当然の話だろう。《三色玉入れ》ははったりと心理戦がメインの《競技《プログラム》》。チーム決め前のプレゼンは紛《まぎ》れもなく最重要項目であり、そこを捨てる、なんていうのはプレイングとして有り得ない。

けれど――、

「なあ姫路《ひめじ》、これって……」

「……はい、ご主人様。わたしもそういうことだと思います」

俺と姫路には、それでも水上姉《みなかみ》のチームを選ぶだけの理由がいくつかあった。

まず一つは、単純に彼女の強さを知っているからだ。先ほど結川《ゆいかわ》がかましていた妄言ではないが、それこそ《アストラル》も《SFIA《スフィア》》も《習熟戦《リフレイン》》も、英明学園の勝利には全て水上姉の活躍が絡んでいる。彼女の助力がなければ負けていた《決闘《ゲーム》》もあったことだろう。その才能やゲームセンスは、6ツ星の結川と比べても全く見劣りしない。

そして二つ目の根拠が、彼女の選んだ作戦が何となく分かったから。何のプレゼンもしていないように見える水上姉だが、その実アビリティははっきりと見せている。投影画面の表示を乗っ取る効果のアビリティ……となれば、それはもう〝そういうこと〟なのだろう。そう考えると彼女の言動にも納得がいく。白組に――相手のチームにプレイヤーが流れれば流れるほど、水上姉の勝利は盤石になるわけだ。

（それに……）

何より、水上真由は大の――否、特大の〝妹好き〟である。

どこの馬の骨とも分からない結川奏《かなで》に妹を取られるような真似《まね》を、他でもない彼女が許すはずはないだろう。

『──第三回戦の組み分けが終了しました！』

俺がそこまで思考を巡らせた辺りで、司会の少女が渾身《こんしん》の声を振り絞った。グラウンドの中心に立った彼女は、周りを取り囲むプレイヤーたちにぐるりと視線を向けながら一生懸命な声音で告げる。

『結川くんの赤組、１８２人！　そして水上さんの白組、なんと６人！　圧倒的な差ですが、白組は覆《くつがえ》すことができるのでしょうか……!?』

彼女がそんな戦況を述べると同時、俺たちの頭上にも鉢巻のアイコンが現れた。視界に入るのは赤一色──反面、俺と姫路が掲げているのは〝白〟の鉢巻だ。赤組のプレイヤーたちは結川の《高速培養》によって二つになったピンクの玉を手元で打ち合わせ、赤色が確定した玉だけを手近な籠に入れていく。対して、白組の俺たちは何も出来ない……というより、何もしない。加算されていく赤組の得点をただただ黙って眺めている。

……そして。

『そこまで、ですっ！　みなさんお疲れ様でした！』

『第三回戦の結果は……赤組、１４９点！　白組、０点！』

『よって、勝者は赤組──！』

「ふっ、当然の結果だね。どうだい篠原《しのはら》くん、これで君も少しは……って、ん？」

ノリノリで俺に突っかかろうとして、その寸前で違和感に気付いたらしく微《かす》かに眉を顰《ひそ》める結川《ゆいかわ》。……が、そんな反応になってしまうのも当然だ。

何せ——ほんの一瞬前まで〝赤〟の鉢巻で埋め尽くされていたはずのグラウンドが、いつの間にか〝白〟で塗り替えられているんだから。

「白、一色……僕自身も？　だが、入っている玉の数は圧倒的に赤が多数……ということはまさか、まさかまさかまさか!?」

『——肯定』

さあっと顔を青褪《あおざ》めさせながら背後の投影画面を振り仰ぐ結川。それに対し、頭上に赤の鉢巻を出現させたクマが静かに頷《うなず》く。

『私のアビリティが〝映像に介入する〟ものであることは公開済み。そして第一回戦および第二回戦の流れから、チーム分けは鉢巻の色によって行われていることも確認済み。それなら、表示される鉢巻の色を交換することでチームも勝敗も裏返る』

「なっ……では、まさか最初からこのつもりで？」

『肯定。何故《なぜ》なら、気持ちよく攻めさせて最後だけ掻《か》っ攫《さら》えばほとんど手間がかからないから。貴方《あなた》に摩理《まり》は渡せない……というより』

言いながら、クマは厳かに視線を持ち上げて。

『摩理は、私と組むから。生半可な覚悟で割り込まないで(;・`д・´)』

【属性獲得／水上真由《みなかみまゆ》】

【リーダーとして〝三倍以上〟の人数差があるチームを勝利に導く】↓【面倒見】解放。

「「「う、うおおおおおおおおおおおおおおおお!?!!?」」」

――水上摩理の愛好属性を獲得しつつ、そんな宣言をぶちかましたのだった。

♯

鮮やかな手腕で6ツ星・結川奏《かなで》の策を退け、《三色玉入れ》を超高速で終わらせたとして、英明《えいめい》の隠れた天才こと水上姉のニュースは学園島《アカデミー》中に知れ渡った。

その反響には様々なものがあったが、特に大きかったのは英明学園内からのものだ。榎《えの》本《もと》や浅宮《あさみや》にも引けを取らない実力者と言われる彼女だが、これまで自発的にこうしたイベント戦に参加したことは一度もない。そんな彼女が――直接映ったのはクマを動かす手だけだが――人前に姿を晒《さら》す、というのは本当に衝撃的な事実なのだろう。

『それではみなさん、わたしたちの《三色玉入れ》にご参加いただき本当にありがとうございました！　良い《流星祭》を！』

何だかんだで一番頑張っていた司会の少女が再びがばっと頭を下げ、プレイヤーたちの拍手と共に《競技《プログラム》》が幕を下ろす。……競技ナンバー006《三色玉入れ》。200人以上のエントリーがあったこの《競技》は、事前の予想に反してたった三回の勝負で決着がついてしまった。最終勝者に残ったのは水上姉を含めて七人で、俺も姫路《ひめじ》も――ついでに皆実《みなみ》も——そこに名前を連ねている。

「…………」

そこまではいい、が……問題は、一連の流れによって〝水上摩理は落とせない〟というのがほとんど確定してしまったことの方だ。水上《みなかみ》を狙うには、その姉である水上真由《まゆ》と正面からやり合わなければならない。既に愛好属性を一つ取られている上、《習熟戦《リフレイン》》での戦いぶりを見る限り水上姉の実力は等級以上のそれだ。勝算はかなり低くなる。

（ヤバいな、これ……）

グラウンドの端で適当な壁に背中を預け、バラバラと解散していく面々を眺めながら俺は静かに思考を巡らせる。……正直なところ、水上姉が動くのは予想外だった。彼女が本格的に参戦してくるのであれば、そもそも〝アイドル枠の中では比較的狙いやすい〟という水上の評価そのものが間違っていたということになる。

「いかがなさいますか、ご主人様？」

と、そこで、いつの間にかすぐ隣に控えていた姫路《ひめじ》がそっと声を掛けてきた。両手を身体《からだ》の前で揃《そろ》えた彼女は、白銀の髪をさらりと揺らしながら真《ま》っ直《す》ぐに尋ねてくる。

「水上様のお姉様——真由様とやり合うのはあまりお勧めしません。対等な条件ならともかく既に愛好属性を一つ獲得されていますので、今から追い付くには〝妨害〟も視野に入れる必要があります。その上で水上様の愛好属性を二つ以上集める、というのは、《カンパニー》の協力を踏まえてもなかなか厳しい条件かと」

「だよな、俺もそう思う……ったく」

つくづくチート級のプレイヤーだが、学園島《アカデミー》はそんなやつばっかりだから仕方ない。

となれば、他の〝アイドル枠〟に狙いを変えるしかないのだが――

「……風見《かざみ》様は、同じく厳しいかもしれません」

右耳のイヤホンにそっと指を遣《や》った姫路が、少しばかり固い声音で続ける。

「開幕セレモニーの直後にもお話ししましたが……《三色玉入れ》と同じタイミングで開催されていた《競技《プログラム》》の一つに、風見様の愛好属性が設定されたものがありました。エントリー人数は２３０９人――その中で、当該属性を獲得したプレイヤーは９人。……既にこれだけのプレイヤーが風見様の攻略に乗り出しています。加賀谷《かがや》さんの試算では、倍率が五桁を下回ることはないだろう……とのことです」

「さすがアイドル実況者《レポーター》って感じだな。水上の人気も充分すぎるくらいだってのに」

「ですね。単純な知名度や露出度もそうですが、おそらく〝《ライブラ》が《決闘《ゲーム》》に参加する〟という希少価値が人気を底上げしているのだと思います。風見様と一緒に遊びたい、という女性ファンも非常に多くいるはずですので」

「……なるほど」

もちろんそれが分かっていたから候補から外していた、という経緯はあるが、改めて聞くとやはり凄《すさ》まじい。一つ目の愛好属性を獲得できたのが9人しかいないなら挽回《ばんかい》の余地はまだあるかもしれないが、同名の属性が獲得可能な《競技《プログラム》》は最速で明日の夕方だ。出遅れた、としか言いようがない。

「そうなると、残るは天音坂《あまねざか》学園の序列一位こと奈切来火《なきりらいか》様になりますが……」

「あー……それなんだけどな、姫路《ひめじ》」

次なる案を提示してくれた姫路に対し、俺は小さく溜《た》め息《いき》を吐《つ》きながら自身の端末を取り出した。そうして表示させたのは、《三色玉入れ》の真っ最中に届いていたＳＴＯＣ《ストック》のダイレクトメッセージだ。

『――久しぶりだな、篠原《しのはら》』

『覚えてるか、俺のこと？　いや、忘れられてたら結構凹《へこ》むんだけど……俺だよ、ルナ島で色々と世話になった【ファントム】だ』

「……え？」

最初の数行を読んだだけで隣の姫路《ひめじ》が目を丸くする。が、まあそんな反応になってしまうのも無理はないだろう。記されているのはそれくらい意外な名前だ。

ルナ島の【ファントム】――もとい竜胆戒。彼は九月の末に行われた《修学旅行戦《フォルテツシモ》》において、俺たち英明《えいめい》学園の逆転勝利に一役買ってくれた人物だ。元々は十七番区天音坂学園の学長を務める男の息子であり、とある理由《トラウマ》からルナ島へと逃亡していた少年。それでも《修学旅行戦》の激闘の中で俺や彩園寺《さいおんじ》と手を組み、トラウマの原因であった【バイオレット】――羽衣紫音《はごろもしおん》に立ち向かったという経緯を持つ。

そんな彼が送ってきたのは、何やら衝撃的なメッセージだ。

『実は俺、学園島に戻ってきてるんだ』

『篠原たちのおかげでメンタルは結構立て直せたから、元々いつか帰ろうとは思ってたんだけど……なんか、学園島《そっち》にいる従姉《いとこ》から爆裂な連絡があって。……あ、ちなみに従姉ってのは来火――天音坂の奈切来火ってやつなんだけど』

『どうしても《流星祭》が始まるまでに帰ってこい、って言われてさ』

『どんな用件なのか分からないから超怖いんだけど……篠原、何か知らない？』

『って、篠原に姉ちゃんのことなんか訊《き》いても分かるわけないよなあ……はぁ……』

憂鬱そうなテンションでメッセージを締めくくる竜胆《りんどう》。その文面を何度か読み返してから、俺は何とも言えない微妙な表情で隣の姫路と目を見合わせる。

「これって……要は、そういうことだよな？」

「はい、おそらく間違いないでしょう。奈切様が《疑似恋愛ゲーム：CQ》の〝カップル候補〟として、竜胆様をルナ島から呼び戻したのだと思われます」

どこか微笑《ほほえ》ましいような色も滲《にじ》ませながら白銀の髪をさらりと揺らす姫路。

そう――一般的にあまり有名な事実ではないが、《習熟戦《リフレイン》》で奈切とやり合った俺たちは、彼女が従弟にあたる竜胆戒《りんどうかい》を強烈に意識していることを知っている。意識しているというか、平たく言えば大好きなんだ。故に、このタイミングで彼を学園島《アカデミー》へ呼び戻したのであれば、それは十中八九〝カップル成立〟を狙ってのことだと断言できる。

「で……そうなると、奈切狙《なきり》いも一気に厳しくなるんだよな。多分あいつは、竜胆以外と組もうとしない。奈切と竜胆がお互いに〝告白〟するなら、俺がいくら奈切の愛好属性を集めてたって意味がない」

「そうですね。本意ではないのかもしれませんが、竜胆様にとっても《流星祭》は学園島《アカデミー》の復帰戦になります。きちんと勝利して天音坂《あまねざか》のプレイヤーたちを見返そう、あるいは今度こそ認められるように振る舞おう……などと考えているのであれば、トップクラスのプレイヤーである奈切様はこの上ない相棒です。誘いを断る理由がありません」

「【ファントム】と《灼熱《しゃくねつ》の猛獣》をどっちも相手取るってことか……キツいな、それは」

小さく息を吐き出す俺。

いや——もちろん、竜胆戒の復帰自体は俺にとっても喜ばしいことだ。ルナ島である程度は仲良くなれたような気がしているし、帰島に際してメッセージを送ってくれたのは普通に嬉《うれ》しい。ただそれでも、彼はルナ島最強の【ストレンジャー】だったのだ。あのカジノ島で磨かれたゲームセンスが学園島《アカデミー》でも発揮されると考えれば、彼は間違いなく新たな脅威となる。中間ランキング三位の天音坂学園がより一層強力な集団になる。

そして。

この《疑似恋愛ゲーム：ＣＱ》に関して言えば……奈切来火はもう落とせないだろう。

「…………」

無言のまま思考を回転させる。……正直なところ、状況はかなりマズかった。現在時刻は午後一時二十分。《流星祭》が始まってまだそれほど経《た》っていないタイミングだというのに、早くもアイドル枠の三人——水上摩理、風見鈴蘭、奈切来火の攻略がほぼほぼ行き詰ってしまったということだ。《ＣＱ》には二十五万人弱のプレイヤーが参加しているのだから簡単な話じゃないのは当然だが、それにしたって展開が早い。早すぎる。

（っ……こうなったら、絶望的な勝負になるって分かってても同性のアイドル枠を狙いに行くしかないか？　もしくは《カンパニー》の力を借りて無理やり風見《かざみ》か水上《みなかみ》の愛好属性を集めまくるか、だ。でも、そうなると不正《イカサマ》がバレるリスクが——って、ん？）

……と。

そこまで考えた辺りで、ふと端末の上部に一件の通知が来ているのが目に入った。

いや、気付くのが遅れただけで、きっと数分前には届いていたのだろう——それは《三色玉入れ》のリザルト表示だ。累計の勝利数と最終勝者に残った正規報酬とで、個人スコアは＋３３０。そして【〝一回以上〟リーダーになった上で最終勝者に残留する】という条件をクリアしているため、【兄貴】の属性が付与されている。

獲得条件がそれなりに難しいことを考えれば、一つ目の《競技《プログラム》》でさっそく属性を手に入れられた、というのは一般的に悪くない滑り出しなのだろう。ただ、アイドル枠のプレイヤーにしか告白できない俺の場合、属性なら何でもいいというわけじゃない。

（水上《みなかみ》の愛好属性は【正義感】と【先輩】と【面倒見】……【兄貴】は入ってない。他のアイドル枠が愛好属性に設定してた記憶もないけど……まあ、一応調べてみるか）

そんなことを考えながら【兄貴】の属性をタップする俺。と、それに従って逆引きの一覧——つまり【兄貴】を愛好属性に設定しているプレイヤーがずらりと表示される。

するとその中に、見知った顔と名前を見つけた。

「梓沢翼……？　これ、さっきのやつか」

何の気なしにポツリと呟《つぶや》く。

「ん……」

そう——彼女は、《三色玉入れ》の開始前に少しだけコンタクトを取った聖《せい》ロザリアの三年生だ。皆実《みなみ》が《疑似恋愛ゲーム：CQ》のターゲットにしているという少女。少しの驚きと共に、俺は得心して一つ頷《うなず》く。……なるほど、だから皆実も《三色玉入れ》に参加していたのか。彼女も〝一度以上リーダーになった〟上で〝最終勝者に残っている〟のだから、俺と同じく【兄貴】の属性を獲得している。皆実が兄貴というのは妙な話だが、まあその辺りは《CQ》ならではの遊び心といったところだろう。

「梓沢《あずさわ》様、ですか？」

俺の呟きが聞こえたのか、姫路《ひめじ》が澄んだ碧《あお》の瞳をこちらへ向けながら白銀の髪をさらりと揺らした。そうして彼女は、白手袋に包まれた右手をそっと口元へ近付ける。

「そういえば……あの時は遮ってしまいましたが、梓沢様だけ一回戦で妙な負け方をされていましたね。あれは、どのような意図があったのでしょうか？」

「ああ……確かに、そうだったな」

《三色玉入れ》の一回戦。200人以上のプレイヤーがほぼ全員皆実の赤組を選んだ場面で、梓沢だけは何故か白組を選んで敗北している。あの時は《競技》中だったため一旦後回しにしていたが、やはり疑問の残る負け方だ。

「ん……」

だから俺は、詰まりかけた思考を解《ほぐ》すための息抜きも兼ねて彼女の情報を検索に掛けてみることにした。《疑似恋愛ゲーム：CQ》において、プレイヤーが設定している愛好属性は全て公開情報だ。名前と学園を入力することですぐに本人がヒットする。

【梓沢　翼《つばさ》／十四番区聖ロザリア女学院所属／1ツ星】

【愛好属性／兄貴・王子様・楽観的】

【ユニークスキル／堕天使の囁き――個別ルート攻略中、あなたは常に不幸に見舞われる】

「――……は？」

そんな表示を目にした瞬間、俺の思考が完全にフリーズした。

いや――いや、だっておかしいだろう。等級の低さやら愛好属性の癖はひとまず置いておくとして、どうしてユニークスキルが公開されているんだ？　風見《かざみ》が強調していたように、《疑似恋愛ゲーム：CQ》におけるユニークスキルは〝シークレット要素〟だ。誰かにバレた時点で即敗退。それなのに、梓沢《あずさわ》は平気で《競技《プログラム》》を続けている。

そんなことが許されるのは――アイドル枠のプレイヤー、だけのはずなのだが。

「っ……ご主人様、そういえば」

微《かす》かに声を上擦らせながら姫路《ひめじ》が澄んだ碧《あお》の瞳を俺に向ける。

「《流星祭》の開幕セレモニーでアイドル枠の方々を紹介する際、風見様が言葉を濁した一幕がありました。アイドル枠のプレイヤーはもう一人いる、と……例外的な事情でセレモニーには登壇しなかった〝七人目〟がいると」

「ああ……しかも、だ」

突如降って湧いた希望に少しだけ口角を持ち上げつつ、俺は決定的な根拠を告げる。

「アイドル枠は各学年の男女に一人ずつ……その決まりが〝入学年度〟で設定されてるんだとしたら、三年生より上の代からも選ばれてるはずだ。滅多《めった》にいない〝留年組〟の梓沢がその枠に入っててもおかしくはない」

「ですね。ただ、どちらにしても確証がありません。なので――」

そこまで言って一旦言葉を切る姫路。彼女に促されるような形で顔を上げてみれば、まだグラウンドに残っていた皆実雫《みなみしずく》と梓沢翼《つばさ》の二人が目に入って。

「――本人に、直接訊《き》いてみましょう」

微かに口元を緩ませながら、姫路は澄んだ声音でそう言った。

#

「やっぱり、所詮はストーカーさん……」

グラウンドの片隅で声を掛けた途端、皆実は嘆息と共にそんな言葉を返してきた。

「ギラギラの目で、わたしの翼ちゃんを見てる……性欲の、鬼。わたしだけじゃ飽き足らず、翼ちゃんまで毒牙に掛けようとしてるの……？」

「うえっ!? ま、待ってよ待ってよ、ボクって今から篠原《しのはら》くんに襲われるの!?」

「……襲わねえよ。そもそも皆実を毒牙に掛けた覚えもない」

誇張に誇張を重ねた糾弾に呆《あき》れ交じりの否定を返す俺。確かに青のショートヘアを揺らす皆実雫は無表情ながら目を瞠《みは》るほど可愛《かわい》いが、だからと言って節操なく手を出すような俺ではない。そのくらいの理性は常に保っている。

「まあでも、そいつに用があるのは確かだよ。梓沢翼……だったよな？　さっきの《三色玉入れ》では妙な負け方してたけど」

「み、見てたの⁉　うぅ、恥ずかしいなぁ……本当は、本当はボクだって雫《しずく》に付こうと思ってたんだよ？　でも操作ミスで〝白組〟を選んじゃったっていうか……そ、そんなに責めないでくれよぉ。ボク、これでもキミの先輩だよ？」

「いや、別に責めちゃいないけど……操作ミス？　そいつは災難だったな」

学園島《アカデミー》の《決闘《ゲーム》》ではあまり聞かない敗因に少し首を傾《かし》げるが、まあそういうこともあるかと気を取り直して相槌《あいづち》を打つ。

そうして俺は、さっそく本題に入ることにした。

「っと……実はさっき、梓沢《あずさわ》のステータス画面を見せてもらった。ユニークスキルが公開状態ってことは、アンタが七人目の〝アイドル枠〟ってことでいいんだよな？」

「へ？　ああうん、そうだよ！　ボクは四年前の入学生……つまり五年生ってことになるんだけど、他に候補がいないから自動的に〝アイドル枠〟に選ばれちゃったみたい。まあでも、きっと妥当な評価だよね！　だってボク、どう見てもアイドル向きだもん！」

「そう……翼《つばさ》ちゃんは、スーパーアイドル」

ぎゅ、と横合いから腕を絡めるような形で梓沢にくっつく皆実《みなみ》。彼女は相変わらず眠たげな青の瞳をこちらへ向けながら淡々とした調子で続ける。

「可愛《かわい》い子がいっぱいの聖《せい》ロザリアの中でも、屈指の美少女……だから、今回はわたしが狙ってる。ストーカーさんは、邪魔しないで……」

「し、雫《しずく》!? あ、あのあの、今のはあくまでもツッコミ待ちだったんだけど……!」

「? でも、事実だから……翼《つばさ》ちゃんは、こんなに可愛《かわい》い」

「……へえ? 今回は随分そいつにこだわるんだな、皆実《みなみ》。お前、可愛い女子と組めば何でもいいってタイプじゃなかったのか?」

「大正解。でも、今は翼ちゃんに夢中……メロメロの、実」

「はいはい、そうかよ」

嘆息と共に告げる俺。

「別にお前の恋路を邪魔しようとは思っちゃいないけど……こっちにもちょっとした事情ってやつがあってな。その先輩と〝カップル〟にならなきゃいけないんだ」

「……ふぅん? わたしと、じゃなくて?」

「へ?」

「間違えた。……翼ちゃん狙いとは、言語道断。わたしが、相手になる……」

一瞬だけ何故《なぜ》か不満げなジト目を向けてきた皆実だったが、やがてそんな雰囲気は霧散させ、いつもの捉えどころのない口調で静かに啖呵《たんか》を切ってきた。そう——梓沢《あずさわ》を狙うということは、つまり皆実が俺の〝恋敵《ライバル》〟になるということだ。七人目の例外的なアイドル枠であっても、競争が発生しないというわけじゃない。

と——その時、

「あ、あのさ！　ちょっといいかな、篠原《しのはら》くん」

　皆実の拘束からどうにか抜け出しつつ、当の梓沢が一歩こちらへ歩みを寄せてきた。彼女は人差し指で頰《ほお》を掻《か》くと、照れたような仕草と声音でこう切り出す。

「その、7ツ星のキミがボクと付き合いたいって言ってくれるのは、ちょっとだけドキドキするっていうか……う、嬉《うれ》しいなって思わないこともないんだけど！」

「……ご主人様が言っているのは〝付き合いたい〟という意味ではなく、あくまで〝《CQ》のペアを組みたい〟というだけのことです。勘違いしないでください、梓沢様」

「わ、分かってる、分かってるよぅ。でも……でも篠原くん、先輩として一つだけ忠告しておくよ？　もしキミが《疑似恋愛ゲーム：CQ》に勝ちたいと思っているなら——《流星祭》の一位を目指してるなら、ボクと組むのは絶対にやめておいた方がいい」

「…………へえ？」

　ほんの少しだけ悲しげな表情でそんなことを言う梓沢に対し、俺は表情を変えないまま小さく目を眇《すが》める。……《CQ》で勝ちたいなら自分とは組まない方がいい。真意の読めない発言だが、どうやら単なる謙遜というわけでもなさそうだ。

「どういう意味だ、それ？」

「ど、どうって、言葉通りの意味だよぅ。ボクは先輩だけど、学園島《アカデミー》最強のキミと違って1ツ星だし……それに、さっきの負け方を見てたんでしょ？　ボクは不幸なんだ、それもとびっきりに。その証拠に、ボクはこれまで一度も《決闘《ゲーム》》に勝ったことがない」

「え？　……一度も？」

「そうだよ？　だから、いつまで経っても卒業できないんだもん。聖《せい》ロザリアの簡単な卒業認定試験にすら合格できないから――〝勝てない〟から、ボクはこうして学園島《アカデミー》に縛られてるの。……そんなボクと組もうだなんて、ほとんど自殺行為みたいなものだよ？　いくらボクが可愛《かわい》いからってお勧めできるわけないじゃないかぁ！」

「……ん……」

冗談めかした所作で首を振る梓沢《あずさわ》と、その隣で静かな視線を俺に向けてくる皆実《みなみ》。

おそらく、彼女たちにも何か事情があるのだろう――というのはすぐに分かった。梓沢の言っていた通り、十四番区聖ロザリア女学院はさほど《決闘《ゲーム》》に力を入れていない学園だ。卒業認定試験とやらの難易度は高が知れているし、救済制度だってたっぷり用意されているに違いない。それでも卒業できずに燻《くすぶ》っているくらい、梓沢翼《つばさ》は《決闘《ゲーム》》に勝つことが出来ないのだという。不幸、なのだという。

「…………」

そんなプレイヤーとカップルになる、というのは、《ＣＱ》を攻略するにあたって少なくとも最善の手ではないだろう。実際、梓沢の持つユニークスキル《堕天使の囁《ささや》き》は〝個別ルート〟中の不幸を示唆するもの――つまり、明らかなデメリット効果だ。《ＣＱ》

に勝てなければ色付き星の黄《ユニークスター・イエロー》を手に入れられる可能性は限りなく0に近付くわけで、そう考えれば避けなければならない相手であることは間違いない。

けれど、俺にはもう彼女しかいないから。

正規のアイドル枠を落とすルートが全て閉ざされてしまった以上、イレギュラーな〝七人目〟である彼女を射止める以外に〝嘘《うそ》〟を守る術《すべ》がないから。

だから――、

「奇遇だな、梓沢。俺は、今まで一度も《決闘》に負けたことがない――ちょうどいい機会だし、アンタに初めての勝利でもプレゼントしてやるよ」

「「っ……！」」

――俺は、なるべく煽《あお》るような口調と表情で〝宣戦布告〟をかましたのだった。

第三章　敗北の女神

＃

【《流星祭》一日目終了時点――篠原緋呂斗《しのはらひろと》／個人スコア1080】
【獲得属性：《兄貴》《年下》《優等生》】

――《三色玉入れ》の終了後も、俺と姫路《ひめじ》はいくつかの《競技《プログラム》》に参加した。障害物競走や楽器の演奏を伴うもの、果てはリアル脱出ゲーム……など、学園祭をイメージした《競技》は単純に楽しいものが多く、時間があっという間に過ぎていく。属性や個人スコアもそれなりに稼げており、初日としてはまずまずの進捗と言えるだろう。

そして、現在時刻は夜十時。

自宅のリビングにて、《カンパニー》の面々を交えた作戦会議――をする前に、まずは腹ごしらえを済ませておこう、という話になったところだ。

「――お待たせ、お兄ちゃん！」

ととと、と軽やかな足音と共に俺の目の前まで駆け寄ってきたのは、漆黒と深紅のオッドアイが特徴的な中二病系女子・椎名紬《しいなつむぎ》だ。ひょんなことから《カンパニー》の一員に加わった天才中学生。普段から魔王めいたゴスロリドレスに身を包んでいる彼女だが、今日はその上から可愛《かわい》らしいエプロンを纏《まと》っている。

そんな椎名がトレイに乗せて持ってきたのは、魚介たっぷりのクリームパスタだ。

「じゃじゃーん！　わたし特製のスペシャルパスタだよ。メイドのお姉ちゃんにいっぱい手伝ってもらっちゃったけど……でも、初めての手料理！　だよね、お姉ちゃん!?」

「はい、紬さん」

椎名の後ろからついてきたメイド服姿の姫路が優しげな表情でこくりと頷《うなず》く。

「確かにとても……それはもう大変に手こずりましたが、今日の夕食は間違いなく紬さんの手料理だと断言できます。わたしはお手伝いをさせていただいただけですので」

「ほえ～……ツムツム、料理も出来るんだ。すごい」

「ですね。加賀谷《かがや》さんのように無茶《むちゃ》なアレンジをしない分、紬さんの方がまだ将来性を感じます。というより、加賀谷さんはもう二度とキッチンに立たないでください」

「え、白雪《しらゆき》ちゃんひどくない!?　せっかくレシピにはないミラクルを作り出そうとおねーさんなりに頑張ってるのに……うぅ、ヒロきゅん慰めてよ～」

「アレンジどころか創作料理の域ですけどね、それ……」

俺の対面で拗《す》ねたように唇を尖《とが》らせている生活力皆無の残念美人・加賀谷さんの絡みに対し、俺は苦笑交じりに言葉を返す。あれだけ緻密なアビリティやらシステムが組めるんだからレシピさえ守れば料理だって出来そうなものだが、それが出来ないのが加賀谷《かがや》さんの加賀谷さんたる所以《ゆえん》だろう。

「ね、ね、それより早く食べてよお兄ちゃん～！　冷めちゃうよ？」

と──そこで、パスタの皿を俺の前に配膳し終えた椎名《しいな》がそんなことを言ってきた。彼女は俺のすぐ隣に立ったまま、わくわくわくわくとこちらを覗《のぞ》き込《こ》んでいる。

「ああ、分かった分かった」

そんな椎名の勢いに押された俺は一足先にフォークを手に取ると、パスタを一巻き口の中へと運ぶことにした。……瞬間、大きなエビのぷりぷりとした食感と、パスタそのもののもっちりとした舌触り、そしてそれらを優しく包み込む濃厚なホワイトソースの旨味が一気に口の中全体へ広がっていく。

「どうかな、どうかな⁉」

感想が待ちきれない、という表情で俺の膝に両手を乗せつつ大きく身を乗り出してくる椎名。そんな彼女に対し、俺は大きく頷《うなず》きながら心の底からの評価を下す──。

「……120点だ」

「わーい、やったー!!!」

（──⁉）

よほど嬉《うれ》しかったのか、椎名は両手を広げて歓声を上げるとそのまま腰の辺りに抱き着

いてきた。さらさらとした黒髪やら全体的に柔らかな感触やら甘い匂いやらが一気に飛び込んできて脳がバグりそうになるが、なるべく不埒《ふらち》な感情を抱かないよう自制しつつ、俺はポンポンと彼女の頭に手を乗せる。……実際、椎名《しいな》のお手製クリームパスタは最高の出来だった。もちろん姫路《ひめじ》が監修に入っているのだから当然と言えば当然なのだが、とはいえ加賀谷《かがや》さんのような例もある。一生懸命作ってくれたからこその味だろう。

ともかく、その後は四人全員で椎名の作ったパスタをたっぷりと堪能《たんのう》して——。

食後の休憩を少し挟んだ後、改めて口火を切ったのは他でもない加賀谷さんだった。

「よーしっ！　それじゃ、まずはヒロきゅんに頼まれてた女の子の件からだねん」

俺と姫路が並んで座り、テーブルを挟んだ対面に加賀谷さんと椎名が——まあ椎名は半分くらい加賀谷さんの椅子に侵入しているが——並んでいるような配置。そんな中で、加賀谷さんは端末とタブレットを併用しながら俺たちの前にとあるデータを提示する。

「聖《せい》ロザリア女学院の梓沢翼《あずさわつばさ》ちゃん——１ツ星の三年生。ボクっ娘《こ》でリアクションがオーバーで、たまに出るドヤ顔が物凄《ものすご》く可愛《かわい》い先輩。ヒロきゅんが虜《とりこ》になっちゃうのもよく分かるけど、置かれてる境遇は結構……うーん、かなり特殊かな」

「虜になってる云々《うんぬん》は一旦置いておくとして……境遇が特殊っていうのは、あいつが最後に言ってたやつですか？　不幸だとか、《決闘《ゲーム》》に勝ったことが一度もないとか」

「確かに言っていましたね。……ですが、そのようなことが有り得るのでしょうか？」

　そこで疑問を呈したのは、俺の隣に座る姫路白雪《しらゆき》だ。彼女は加賀谷さんの端末に映し出されたデータを静かに見つめながら、白銀の髪をさらりと揺らして続ける。

「どれだけ運が悪くても、繰り返しやっていればいつかは成功するのが〝確率〟という概念です。それに、仕掛ける《決闘《ゲーム》》のルールは自分で決められるのですから、なるべく運が絡まない内容にすれば良いのではないでしょうか？」

「うーん、まあ普通ならそうだよねん。ただ、梓沢ちゃんの場合はちょっと違うかも」

「違う？　というと……」

「そんな生温《なまぬる》い〝不幸〟じゃないってこと。先にネタバレしちゃうけど――あの子、色付き星所持者だよ。聖ロザリアに入学してすぐの頃からずっと同じ色付き星《ユニークスター》を持ってる」

「「え……？」」

　加賀谷さんの口から漏れた意外な言葉に、俺と姫路は揃《そろ》ってポカンと口を開ける。

　梓沢翼が色付き星所持者《シングルカラー》――それは、全く予想だにしていなかったことだ。何しろ色付き星というのは、特殊な能力を持つ代わりに多くのプレイヤーから狙われるもの。一度でも《決闘《ゲーム》》に負ければ真っ先に奪われてしまうため、手に入れるのと同じくらい守り抜くのも難しい。まして梓沢は〝一度も《決闘《ゲーム》》に勝ったことがない〟んだ。色付き星など持っているはずがないのだが。

　そんな俺の内心を見透かすように、ボサボサ髪の加賀谷さんが「ん」と一つ頷《うなず》く。

「まあ、普通ビックリするよね。でも間違いなく、梓沢《あずさわ》ちゃんは〝色付き星《ユニークスター》〟を持ってるよん――ただ、ヒロきゅんとか白雪《しらゆき》ちゃんが想像してるような色付き星とはちょっと違うかも。あの子が持ってるのはいわゆる〝冥星〟ってやつだから」

言って。

加賀谷《かがや》さんは、隣の椅子に置いていた鞄《かばん》からもう一台のタブレットを取り出した。そこに映し出されているのは、不穏な色に染まった一つの星とその効果を表すテキストだ。通常の色付き星とは全く異なり、所持者にマイナスの影響を与える負の星――冥星。どちらかと言えば〝呪い〟のようなそれであり、仮に《決闘《ゲーム》》に負けたとしても他者へと移ることはない。定められた条件を満たさない限り所持者の手元に残り続ける。

「っ……何ですか、これ」

「書いてある通りのモノだよん。所持者の足を引っ張る負の星〝冥星〟……色付き星よりさらにレア、ってくらい数は少ないんだけど、学園島《アカデミー》にはこの手の星がいくつか出回ってるんだって。出自は厳密に言えば不明――だけど、噂《うわさ》なら色々知ってるよん。色付き星の対《つい》として作られた星だとか、過去の7ツ星が生み出した呪いの星だとか……まあでも、一つだけ確かなのは、これまで理事会も管理部も全く動いてないってことだねん。運営側でも対処できないのか、もしくは〝しないようにしてる〟のかはよく知らないけど」

「どっちにしても自分で何とかするしかない、ってわけですね。《決闘《ゲーム》》に負けても手放せない呪いの星、か……そんなのに悩まされ続けて二年も留年するくらいなら、いっそ学園島《アカデミー》を出るって手もあるような気がしますけど」

「まあそうなんだけど……あのね、ヒロきゅん。さっき〝冥星は普通の方法じゃ移動しない〟って言ったでしょ？　じゃあどういう時なら移動が発生するのかって、それは冥星の所持者が学園島を去った時なんだよ。つまり、梓沢ちゃんが退学なり何なりで学園島《アカデミー》からいなくなったら、冥星はなくならずに別の誰かに移っちゃう……基本的には自学区内の誰かにランダム譲渡って感じだねん。だから退学しない、のかも」

「……そういうことか」

　あまり気分のいい話ではないが、確かにそれなら色々と納得がいく。１ツ星の梓沢が持つ唯一の星とは〝冥星〟のことで、それは彼女が島を去ると別の誰かに渡ってしまう。故に梓沢は逃げることすら出来ずにいる、というわけだ。

「ちなみに、加賀谷さん。梓沢の冥星が具体的にどんな効果なのかって分かりますか？」

「もち！　っていうか、基本的には梓沢ちゃんが言ってた通りだよん――あの子の持ってる冥星の効果は、特殊アビリティ《敗北の女神》の強制発動。まあ、簡単に言えば〝勝利の女神〟の真逆の存在、みたいな感じだねん」

「勝利の女神の真逆……ですか。つまり、極端に〝ツキ〟がなくなると？」

「そうそう、そういうこと。７ツ星クラスの《幸運》アビリティをいくつも逆向きに作用させたみたいに、とにかく運が悪くなるんだよん。ランダム要素の絡む《決闘《ゲーム》》では必ず自分にとって最悪の状況がずっと続くし、そうじゃない《決闘《ゲーム》》の場合でも何かしらのハプニングで攻略が行き詰る。別に超自然的な何かが起こるってわけじゃないんだけど、学園島《デミーアカ》の《決闘《ゲーム》》は絶対に端末を使うから……例えば、バグとか通信エラーなんかで勝ちを妨害されることもあるみたい」

「な……」

「ほら、今日の《三色玉入れ》だってそうだったでしょ？　多分あの子、本当に皆実《みなみ》ちゃんのチームに所属申請しようとしたんだと思うよん。ただ操作の時にタイミング悪く通信エラーが起こって、端末の画面が乱れてた。それを一生懸命タップしてたら間違って白組の申請を押しちゃった……ってところだねん。こういうのが積み重なって、これまでの戦績は１３９戦１３９敗。勝率に直すと０％だよ」

「む、むむぅ……それじゃ、いくら頑張ってもダメなのかな？　わたしなら【魔眼】があるから、女神でも冥星でも簡単に倒せちゃうけど……」

「うんうん。ツムツム以外の一般人には難しいんだよねん、それが」

困ったような顔で隣の加賀谷《かがや》さんを見上げる椎名《しいな》と、そんな椎名の頭にぽんっと手を置く加賀谷さん。彼女は視線だけをちらりとこちらへ向けて続ける。

「だからあの子、ヒロきゅんにあんなこと言ってきたんだろうね。ボクとは組まない方がいい、って……まあ、気持ちは分からないでもないけどさ。ねえ白雪《しらゆき》ちゃん？」

「そう、ですね……そう考えると、余計に無視できないような気がしてしまいますが」

言いながらそっと右手を口元へ持っていく姫路《ひめじ》。……まあ、言わんとしているところは分からないでもない。要するに、梓沢《あずさわ》の〝拒絶〟は誇張でも何でもなく、ただただ俺に対する〝気遣い〟だったわけだ。感覚の問題でも確率論でもない。単なる事実として、彼女と組んだら絶対に勝てない。《敗北の女神》によって引《ひ》き摺《ず》り下ろされる。

ただ――俺は、それとは全く別の部分に引っ掛かりを覚えていた。

「でもさ。だったら……そもそも、何であいつは《流星祭》に参加してるんだ？」

「……え？」

「矛盾してるだろ。絶対に勝てないって言っておきながら、梓沢は《流星祭》をまともに攻略しようとしてる。《CQ》の愛好属性は設定してたし、《三色玉入れ》にもエントリーしてた。というか、このまま進めばあいつは皆実とカップルになって〝個別ルート〟に入るんだろ？　普通に手堅いプレイングだ。どうせ負ける、なんて思ってるやつの動きとは思えない。……それに」

そこまで言ったところで、俺はポケットから自身の端末を取り出すことにした。続けて表示させるのは《流星祭》全体の概要説明だ。《ライブラ》が丁寧にまとめてくれたのであろうそのページには、当然ながら報酬である色付き星《ユニークスター》の情報まで載っている。

「色付き星の黄《ユニークスター・イエロー》——特殊アビリティ《正しき天秤《てんびん》》。こいつが発動してる《決闘《ゲーム》》では正々堂々とした戦いしか許されない。イカサマやら不正行為はもちろん、確率操作系の効果も軒並み無効化される。……これ、完璧だろ。《敗北の女神》を追い払うにはこれ以上ないってくらいうってつけのアビリティだ」

「ぁ……確かに、言われてみればその通りですね」

「ほんとだ！　お兄ちゃんすごい、これがあれば女神にも勝てる！」

「ああ。だから多分、梓沢《あずさわ》は勝つために《流星祭》に参加してると思うんだよ。《敗北の女神》の呪縛から逃れるために……色付き星の黄《ユニークスター・イエロー》を手に入れるために。だったら、俺と利害は一致してるはずだ。梓沢は《敗北の女神》のせいで《決闘《ゲーム》》に勝てない——あの皆実《みなみ》雫《しずく》と組めるっていう現状でも、あいつは〝絶対に勝てない〟と思ってる。それでも諦めてないんだから、あいつはきっと探してるんだ。《敗北の女神》を叩《たた》き落《お》とせるくらい強力なパートナーを探してる。それくらい本気で勝とうとしてる。……なら、俺にとっても都合がいい。アイドル枠っていう条件も満たしてるしな」

「え……でもでも、色付き星の黄《ユニークスター・イエロー》を手に入れられるのは《流星祭》の一位《トップ》だけだよん？」

「はい、だから俺じゃなくて梓沢が一位になってくれればいいんですよ。あいつが《正しき天秤》を必要としてるのは卒業試験とやらに勝つまでの間だけ……それが終わったら俺と《決闘《ゲーム》》をする約束でも取り付けておけばいい。つまり、俺の目的は勝つことじゃなくて、梓沢翼を勝たせること――あいつを《流星祭》の一位に仕立てあげること」

自分自身の思考を整理するように、俺はそんな目的を打ち立てる。もちろん7ツ星の規定順位である〝10位以内〟には入っておく必要があるが、一位になるのは俺じゃなくていい。梓沢に色付き星の黄《ユニークスター・イエロー》を獲得してもらい、冥星のしがらみを叩き壊す――そのためにも、まずは梓沢にこちらを向いてもらわなければならない。俺と組めば《敗北の女神》に勝てると、そう信じてもわらなければいけない。

「ん……でもさ、ヒロきゅん」

と。

俺がそこまで思考を巡らせた辺りで、対面の席に座る加賀谷《かがや》さんが神妙な声音で口を挟んできた。彼女はしばし口籠ってから言いづらそうに続ける。

「分かってるとは思うけど、梓沢ちゃんと組むっていうのは相当リスキーだよん？　なんてったって《敗北の女神》を背負って戦うようなものなんだから」

「そう、ですね……わたしも、あまりお勧めは出来ません。いえ、アイドル枠のプレイヤーがほとんど攻略不能になっている以上、他に選択肢はないのですが……」

「わたしは、お兄ちゃんなら大丈夫だと思うけど……でも、ちょっとだけ心配だよ？」

加賀谷さんに続いて、姫路《ひめじ》と椎名《しいな》もそれぞれに不安や懸念の色を乗せながら俺の顔を覗《のぞ》き込《こ》んでくる。どれも間違いなく俺を気遣っての発言だ。じんわりと胸が熱くなり、咄嗟《とっさ》に返す言葉に詰まってしまう。

——けれど、それでも。

（リスキーなのは分かってるけど、やっぱり他に道はない……梓沢《あずさわ》に〝俺と組んだら勝てる〟と思わせて、合意の上でカップルになって〝個別ルート〟に挑むしかない。だとしたら、もう思考を切り替えるべきだ。どんな手を使ってでも《敗北の女神》を超える——そのための準備を、徹底的にやるべきだ）

俺の脳裏を過《よ》ぎるのはそんな作戦だ。おそらく今の状況では、まともなやり方で《流星祭》の一位になることなど不可能だろう。けれど、俺はそもそも〝偽りの7ツ星〟だ。まだ本物の7ツ星には程遠いが、嘘《うそ》つきの俺にしか使えない策というのも確かにある。

だから、

「……大丈夫だよ、姫路《ひめじ》。加賀谷《かがや》さんも椎名《しいな》も、そんなに心配しなくていい」

俺は、なるべく不敵な表情を浮かべながらこんな返事を口にした。

「だって——俺には《カンパニー》っていう、女神より心強い仲間がいるんだから」

「「「！」」」

そんな俺の発言に加賀谷さんは驚いたように目を見開き、椎名はぱぁっと嬉《うれ》しそうに表情を明るくし、姫路は姫路で照れたように少しだけ顔を俯《うつむ》かせる。……なかなか気障《きざ》ったらしい言い回しになってしまったが、今の言葉は俺の本心だ。たとえ《敗北の女神》が相手でも、《カンパニー》が付いていれば俺は負けない。そういう意味でも俺と梓沢は完全に利害が一致している。

「ってわけで……まずは、《疑似恋愛ゲーム：ＣＱ》の前半戦。愛好属性を揃《そろ》えて梓沢をきっちり〝落とす〟ところからだ」

「ですね。梓沢様が設定している愛好属性は【兄貴】【王子様】【楽観的】の三種類……ご主人様は既に【兄貴】を獲得していますので、告白のためには【王子様】か【楽観的】のどちらかを手に入れる必要があります。三つ全てを集めるか、あるいは〝両想《りょうおも》い〟になればベストですが……まあ、その辺りは臨機応変に動きましょう」

姫路《ひめじ》の言葉に「ああ」と短く頷《うなず》いて、それから三人の顔をぐるりと見渡す俺。

というわけで――今ここに、七人目のアイドル枠こと〝梓沢翼《つばさ》〟攻略戦が幕を開けた。

＃

【《流星祭》二日目／午後二時二十五分】
【競技ナンバー１３８《特撮お化け屋敷》――篠原《しのはら》＆姫路ペアの攻略開始から四十分後】

「ん……」

――ひたひたと、薄暗がりの廊下に二人分の足音がやけに響く。

隣を歩く姫路《ひめじ》の表情も先ほどから微《かす》かに強張《こわば》っていて、吐息と溜《た》め息《いき》の中間くらいの声が時折零《こぼ》れる。トクントクンと一定間隔で心音が鳴っているのだが、それが自分自身のものなのか、あるいは肩を触れ合わせている姫路のものなのかはよく分からない。

「ご無事ですか、ご主人様？」

「ああ。姫路の方こそ、大丈夫か？　あんまり怖いのが得意ってイメージないけど」

「問題ありません。わたしはご主人様の専属メイドですので、何があろうと絶対にご主人様のことをお守りいたします。なので……ご主人様も、絶対にわたしの傍《そば》から離れないようにしてください。お願いします」

「……了解、肝に銘じとくよ」

そっと俺の制服の裾を掴《つか》みながら縋《すが》るような声音でそんなことを言う姫路に、俺は微かに口元を緩めながら一つ頷《うなず》く。普段頼れる姿ばかりを見ているせいか、この程度の狼狽《ろうばい》でもかなり新鮮だ。恐怖とはまた別の意味で少しドキドキしてしまう。

（っていっても、俺だって別に得意なわけじゃないんだよな……）

表情には出さないよう内心でそんなことを考える。……ひんやりと冷たい空気に、数メートル先の様子すらはっきりとは分からない絶妙な光量。加えて完全な静寂というわけでもなく、耳を澄ませば時折何かが蠢《うごめ》いている音が遠くから聞こえてくるようだ。全ての演出がいちいちリアルで、一歩進むごとにごくりと息を呑《の》み込んでしまう。

「ん……とりあえず、一旦このフロアを最後まで探索しちまうか。で、端まで行ったら適当な部屋に入ってちょっと休け――」

　そこまで言った、瞬間だった。

「「っ……!?」」

　俺たちが歩いていた廊下の先に当たる曲がり角から、青白く発光する〝何か〟が突如として姿を現した。ざっくり人型をしてはいるものの目や鼻といった器官があるわけではなく、両手両足はまるで軟体動物かのようにぐにょりと力なく垂れ落ちている。

　それでも――そいつは、明確に俺と姫路の姿を捉えた。

『――――――!』

「ひゃあっ――!?」

　突然の遭遇だったにも関わらず欠片《かけら》も躊躇《ちゅうちょ》することなく襲い掛かってきたそいつに、隣の姫路がぎゅっと目を瞑《つぶ》りながら悲鳴を上げた。今すぐ逃げなければ二人して捕まってしまう――が、面倒なことに〝こいつら〟は俺たちよりも足が速い。背中を向けた瞬間に終わりを迎えるのは目に見えている。

　だから、

「くそっ……」

　俺は手に持っていたカメラを顔の前に真《ま》っ直《す》ぐ構えると、青白いそいつをフレームに入れてパシャリと撮影ボタンを押下した。すると、俺たちの目と鼻の先まで迫っていたそいつの姿は幻のように消え、代わりにポラロイド式のカメラからはその姿を捉えた一枚の写真が吐き出される。異様に写りのいい心霊写真、といったところだが……いや、今はそんなことを言っている場合じゃない。

「ここから離れるぞ、姫路《ひめじ》。すぐに別の〝お化け〟が来る」

「す、すみません、ご主人様。ありがとうございます……！」

そう言って、俺たちは手袋越しにぎゅっと手を握り合うと、広い〝お化け屋敷〟の中を脇目も振らずに駆け始めた。

「「ふぅ……」」

――十分後。

俺と姫路は、セーフルーム内の長椅子にぐったりと並んで腰掛けていた。

セーフルームというのは、各フロアに三部屋ほど存在する〝お化けに襲われない〟安全地帯だ。どんな方法を使っても〝お化け〟側がこの部屋に入ることは出来ないため、神経を尖《とが》らせることなくゆっくりと休憩することが出来る。

「もう大丈夫か、姫路？」

「はい。……すみません、ご主人様。先ほどは頼りない姿を見せてしまって」

メイドとしての矜持《きょうじ》があるためだろう、やや落ち込んだ様子で答える姫路。それを受けて、俺は小さく肩を竦《すく》めながら苦笑と共に首を振る。

「いや、お化け屋敷なんだから仕方ないって。しかもこのクオリティじゃな」

「そうですね……さすがは桜花《おうか》学園の本気、といったところでしょうか」

「ああ。ちょっとやり過ぎなくらいだ」

白銀の髪をさらりと揺らす姫路に心からの同意を返しつつ、俺はこの《競技《プログラム》》に参加するまでの経緯《いきさつ》を軽く振り返ってみることにする。

全島統一学園祭イベント《流星祭》二日目——今日も今日とて、俺と姫路は様々な《競技》にエントリーしていた。昨日からの累計で、現在の個人スコアは＋１７９２。ついさっき確認した段階では個人ランキングも13位に入っていたから、まあ悪いペースではないはずだ。《ＣＱ》に勝てばどう考えても10位以内には繰り上がる。

そして、肝心の梓沢《あずさわ》攻略について。……彼女の愛好属性の一つに【王子様】なるものがあるのだが、それが獲得可能になっているのが今まさに俺たちが参加している《競技》だった。三番区桜花学園の有志によって運営される《特撮お化け屋敷》。エントリー人数は現時点で５０００人オーバー、推定クリア時間は三時間越えの大型《競技》だ。

ルールとしては、ざっくりこんなところである。

【――競技ナンバー138《特撮お化け屋敷》】

【プレイヤーは三人以下のチームを組んで〝お化け屋敷〟に入り、一階層にある出口から脱出することを最終的な目的とする】

【お化け屋敷の内部には無数の〝お化け〟が存在する。お化けはC級幽霊／B級幽霊／A級幽霊の三種類にランク分けされ、それぞれ次のような効果や性質を持つ】

【C級幽霊――決まったルートを徘徊《はいかい》するだけのお化け。プレイヤーを見つけても能動的には襲ってこないが、周囲のお化けに自身の位置を知らせる警報器《アラート》の能力を持つ。

B級幽霊――フロア内をランダムな道順で移動しているお化け。C級の警報を聞くと真っ先に駆けつけてくる。また、プレイヤーを見つけると積極的に襲い掛かってくる。

A級幽霊――C級やB級と違って桜花《おうか》学園のプレイヤーが一人一体の操作を担当し、明確な意思を持って行動するお化け。電気系統を操る能力を持ち、エレベーターの起動や電子ロックの解除などを行える。また端末の操作権限も有するため、操作プレイヤーが登録《セット》したアビリティ（一種類／途中変更不可）を使用することもできる】

【A級からC級まで種類を問わず、一瞬でもお化けに触れてしまったプレイヤーはその時点で《特撮お化け屋敷》から脱落となる。脱落したプレイヤーは、仮にチームメンバーが生還していた場合でも脱出報酬は獲得できない】

【《特撮お化け屋敷》を攻略するにあたって、プレイヤーに与えられている武器は〝アビリティ〟と〝カメラ〟の二つである。アビリティの登録《セット》は一人一つとし、それらはチーム内で共有される。またカメラはポラロイド式であり、お化けの撮影に成功するとすぐさまそれを現像可能。ただし、一度撮影を行うとそれから三分間は新たな対象を撮影することが出来なくなる（硬直時間《クールタイム》）。このカメラは一チームに一台与えられる】

【お化けの写真には二通りの用途がある。まず一つに、プレイヤーがお化け屋敷からの脱出に成功した場合、所持していた写真の枚数に応じて追加の個人スコアを得る。C級は一枚につきスコア＋5、B級は一枚につき＋10、A級は一枚につき＋30。これらが、脱出成功報酬である個人スコア＋1000に加算される】

【次に、お化けの写真は〝写っているお化けの能力を一定時間借りる〟目的でも使用できる。これは現像された写真を破ることで即座に使用可能であり、幽霊装填《リリース》と呼称する。C

級の写真は《救難信号》、B級の写真は《迎撃能力》、A級の写真は《電子適性》の能力として扱われる。元のお化けに備わっていた能力は全て使用できるものとするが、持続時間は最大三分。また、一度破った写真はいずれの用途でも再使用できないものとする】

【《競技《プログラム》》の舞台となるお化け屋敷は地下に存在しており、内部は五つの階層《フロア》に分かれている。プレイヤーたちのスタート位置は三階層のランダムな地点で、ゴールとなる出口は一階層を抜けた先に存在する。お化けはどの階層にも出現するが、深い階層へ下れば下るほどB級やA級の出現頻度が高くなる。また最深部――五階層のとある部屋では〝到達の証《あかし》〟というアイテムを獲得可能。これを所持した上で脱出に成功した場合、前述の報酬に追加して＋1000の個人スコアを得る】

【《特撮お化け屋敷》の内部では、アビリティを介さない通信機能の類《たぐい》は全て〝圏外〟になるものとする】

「ん……」

絶賛攻略中である《競技》のルールを頭の中で再確認し、俺はそっと汗を拭う。

既に体感している部分も多くあるが、この《特撮お化け屋敷》は一風変わった〝探索ゲーム〞だ。プレイヤーたちが挑むのは五階層からなるお化け屋敷。三階のどこかから《競技》をスタートし、一階にある〝出口〞から外へと脱出することでクリアとなる。ただし館内にはたくさんの〝お化け〞が存在しており、彼らに捕まると……つまり接触してしまうと、その時点で《競技》から脱落となってしまう。

「各階層《フロア》の構造は方眼紙みたいなイメージ……縦と横に一定の間隔で〝廊下〞がいくつも並んでて、それに囲まれた場所に〝部屋〞がある。お化けがいるのは基本的に廊下の方だから部屋にいればそう襲われないけど、隠れてるだけじゃ何も進まない。上か下の階に進むための〝階段〞は各階層に三つずつ。これを見つけようと思ったら積極的に移動する必要がある――それに、A級幽霊は平気で部屋の中にも入ってくるらしいからな」

「はい。聞けば各部屋を構成している壁は全て拡張現実《AR》機能による再現であり、ダメージの蓄積やお化けの持つ能力によって〝破壊〞や〝すり抜け〞といった判定が自動的に為《な》される仕様だそうです。相当に作り込まれた《競技》ですね」

「だな……まあでも、真っ直《まっす》ぐ出口を目指すだけなら多分そこまで難しいわけじゃないんだよな。上の階にA級幽霊なんかほとんど出ないって話だし、短期決戦になるならある程度はアビリティでごり押しできる。それでスコア＋１０００ならかなり美味《うま》い」

「ですね。ただ、脱出時にお化けの写真を持っていればいるだけ加点……さらに最深部にあるという〝到達の証〞を所持していれば追加でスコア＋１０００、ですので、ついつい欲を掻《か》きたくなるのが人の性《さが》というものでしょう」

「ああ。で、そうやって欲を出してお化けに捕まったら、それまでいくら稼いでようがパーだからな。チキンレース風っていうか何ていうか……お化け側も本気だろうし」

嘆息交じりに呟《つぶや》く俺。

そう——《特撮お化け屋敷》のルール内にも明記されているが、お化けの中でも〝A級幽霊〟にあたる連中は、他でもない三番区桜花《おうか》のプレイヤーたちがその操作を担当している。そして彼らは彼らで、捕まえたプレイヤーの数に応じて個人スコアが加算される仕様になっているらしいのだ。となれば、当然ながら〝防衛〟側にも熱が入る。

そんな諸々《もろもろ》をまとめるように、隣の姫路《ひめじ》がこくりと頷《うなず》いてから静かに口を開いた。

「個人ランキングはまだ少し心許《こころもと》ない順位ですし、ここでなるべく大きく稼いでおきましょう。そして……ご主人様にとっては個人スコア以上に重要なのが、梓沢様の愛好属性を確実に獲得することです」

「……ああ、分かってる」

姫路の碧《あお》い瞳に見つめられ、俺は静かに首を縦に振る。……彼女の言う通り、俺たちがこの《特撮お化け屋敷》に参加しているのは何よりも〝属性獲得〟が目的だ。梓沢《あずさわ》の愛好属性である【王子様】——これを獲得できる《競技《プログラム》》がどうやらかなり少ないらしく、ここで取りこぼそうものなら〝告白〟に間に合わなくなってしまう可能性すらある。

ちなみに、《特撮お化け屋敷》の獲得可能属性は以下の通りだ。

【競技ナンバー138《特撮お化け屋敷》獲得可能属性／条件一覧】

【全能感】――C級、B級、A級すべての写真を持った状態で脱出に成功する。

【不良】――幽霊装填《リリース》を用いて攻撃を行い、他のプレイヤーを〝三人以上〟脱落させる。

【王子様】――条件不明《シークレット》（最深部にある〝到達の証《あかし》〟を獲得することで開示）。

「ん……」

既に何度も確認しているそれらを見つめつつ、改めて右手を口元へ遣《や》る俺。

「前の二つはいいとして……肝心の【王子様】が〝獲得条件不明〟になってる辺り、そろそろ《敗北の女神》に足を引っ張られてる感じだよな。開示される条件ってのが絶対に達成できないような内容《モノ》じゃなきゃいいんだけど」

「そうですね。……でなければ、こうして危険を冒している甲斐《かい》がありません」

俺の言葉に同意して、姫路が自らを鼓舞するような声音で静かに呟く。……そう、実は今、俺と姫路がいるのはスタート地点よりも一つ深い四階層だ。最短クリアを目指すなら訪れる必要のないフロア。わざわざこんなところに来ているのは、当然ながら最深部にあるという〝到達の証〟を手に入れるため――ひいては【王子様】を獲得するためである。

だからこそ、

「館内に長居すればするだけ危険だってのは分かってるけど、梓沢の愛好属性を獲得できなきゃこの《競技《プログラム》》に参加した意味がないからな。最深部まで行くしかない」

「はい。ハイリスクハイリターンの賭けではありますが……仕方ないですね」

さらりと白銀の髪を揺らして頷《うなず》く姫路《ひめじ》。探索×ホラー×チキンレースの要素も持つ《特撮お化け屋敷》——手軽に稼いで脱出するプレイヤーも少なくない中、俺たちに限っては最深部までしっかりと探索することが求められる。

そこまで思考を整理した辺りで、姫路が懐から数枚の写真を取り出した。

「ともかく、です。この《競技》でわたしたちに与えられた武器は、一人一つのアビリティとチームで一台のカメラのみ。このカメラでお化けを撮影すると、該当のお化けは一瞬にして消滅します。またカメラはポラロイド式になっており、撮影した端から写真を現像してくれます——そして、これまでに獲得した〝心霊写真〟がこちらですね」

「心霊写真……まあ、やっぱりそういう表現になるよな」

「ですね。それはもう、憎たらしいくらいはっきり写っていますので」

冷静になったことで多少は恐怖感が薄れてきたのか、むぅと微《かす》かに唇を尖《とが》らせながらそんなことを言う姫路。彼女が手にしている写真は全部で四枚だ。B級幽霊——先ほど襲い掛かってきた青白いお化けの写真が一枚と、三階層で遭遇したオレンジ色のC級幽霊が三枚。少なくとも、ここまでの道中でA級幽霊とは一度も対面していない。

静かに視線を持ち上げながら姫路は続ける。

「これらの写真は最終的なスコア加算か、あるいは武器として活用できます。お化け屋敷の中で写真を破ることで、写っているお化けの能力を借りることが出来る——幽霊装填《リリース》と呼ばれる手段ですね。例えばC級幽霊なら他のプレイヤーに対する救難信号《SOS》を、B級幽霊なら同格以下のお化けを撃退する迎撃《カウンター》能力を一定時間使用することが出来ます」

「ああ。《特撮お化け屋敷》は他のチームのやつを助けるメリットが基本ない《競技》だから、C級の能力を借りる機会はほとんどない……けど、B級の方は悪くないな。お化けと鉢合わせても強引に突破するって手が使えるようになる」

「そうですね。A級幽霊には敵《かな》いませんので完全に安心は出来ませんが、あるに越したことはないはずです。先ほども四階層へ降りた途端に襲われましたし……ここからは、B級以上のお化けが大量に出てくると思っておいた方がいいでしょう」

「……だな」

　言いながらこくりと頷く俺。……既に分かっている通り、この《特撮お化け屋敷》では深い階層に潜れば潜るほど強力なお化けが湧きやすくなる。そう考えれば武器も決して潤沢とは言えないが、道中で写真を増やしながら進むしかないだろう。

「って……そうだ姫路。武器と言えば、確か加賀谷《かがや》さんに頼んで隠密《おんみつ》系のアビリティを用意してもらったんだよな。あれ、効果とか回数制限はどんな感じだ？」

「あ、はい。アビリティ名《隠密行動》——十分間あらゆるお化けに視認されなくなる効果です。回数制限は三回ですね」

「三回か。最深部で一回、脱出の時のごり押し用に一回……として、一回は〝稼ぎ〟に使っても良さそうだな」

「同感です、ご主人様。今のうちになるべく写真を揃《そろ》えておきましょう」

目を合わせながらそう言って、俺と姫路《ひめじ》はようやく長椅子を立つことにした。そのままセーフルームの扉を開けて廊下の様子を窺《うかが》い、少なくとも目視できる範囲にお化けがいないことを確認してから外に出る。

そして、

「――《隠密行動《おんみつ》》アビリティ、発動」

姫路の涼やかな発声の直後、早足で廊下を歩き始める――《隠密行動》が切れるまでの十分間。事実上の〝無敵時間〟を利用して、俺たちは心霊写真の撮影および最深部に続く階段の捜索を開始した。

＃

結論から言えば、《隠密行動》を介した四階層での稼ぎはそれなりに上手《うま》くいった。例のカメラは一度撮影するごとに三分間の硬直時間《クールタイム》が発生するため、十分間で撮れる写真は最大四枚。その四枚をB級幽霊三枚とA級幽霊一枚――《加速》系のアビリティを採用した全く見覚えのない男子生徒だった——というまずまずのラインナップで収め、さらには《隠密行動》が切れる直前に最深部へ至る階段も見つけることが出来た。

シン、と暗く静まり返った最下層へと至る道。

自然と神妙な顔つきになる姫路にちらりと視線を向けつつ、俺自身も静かに息を呑《の》みながら一歩一歩と階段を下る。——そして、

「ここが……」

最後の段を下り切ったところで、俺は呼吸と共にポツリと声を零《こぼ》した。

《特撮お化け屋敷》の最深部、第五階層——そこは、なかなかに雰囲気のあるフロアだった。基本的な構造は四階層までと同じく碁盤の目状だが、拡張現実《AR》機能で味付けされた見た目の印象がかなり違う。おそらく、ベースは〝学校〟……もとい〝廃校〟になるのだろうか。廊下の両脇に並ぶ部屋は教室のような外観だが、窓ガラスはことごとく割れているし床には埃《ほこり》が積もっている。本当にお化けでも出てきそうな空気感だ。

さりげない仕草でそっと一歩だけ俺に近付きつつ、姫路が静かに口を開く。

「本当に、お化け屋敷としては満点のクオリティですね……ここならどんな心霊現象が起こっても自然と受け入れられるような気がします。ただ、構造が変わらないのはありがたい話でしょうか。基本的な動き方は上階とそう変わりません」

「だな。窓ガラスが割れまくってるせいでお化けから隠れられるエリアが少ないのは気に

なるけど、どうにか死角を作れば問題なさそうだ。廊下に出る場合は曲がり角を上手《うま》く使って視線を逸《そ》らして、両側を挟まれないように意識する……って感じだな」

姫路《ひめじ》の言葉に同意を返しつつ、俺は思考を巡らせるためそっと右手を口元へ遣《や》った。

この最深部に至るまで、俺たちは既に何体かのお化けに遭遇している――が、いずれのピンチも問題なく切り抜けることが出来ている。というのも、《特撮お化け屋敷》でプレイヤーに与えられている〝カメラ〟という武器が相当に使い勝手のいい代物だからだ。シャッターを切るだけで目の前のお化けを封印できる万能性。この先にどんなA級幽霊が待ち受けているのだとしても、カメラが使えれば敵ではないという気さえする。

もし仮に、それが叶《かな》わない場面があるとすればどんな時か？

（このお化け屋敷に入ってすぐの頃、C級幽霊四体に囲まれて脱落していったチームを見かけた……そうだよな、カメラの弱点はとにかく〝連写できない〟ことだ。一体ならいくら強くても対処できるけど、代わりに複数体での襲撃には弱い……）

そこまで考えた辺りで、俺はふと気になって《特撮お化け屋敷》の詳細に目を通してみることにした。三番区桜花《おうか》学園の有志メンバーによって運営されている《競技《プログラム》》。A級幽霊の操作担当にはかなりの数のプレイヤーが列挙されており、その中には見知った名前もいくつか並んでいる。水上《みなかみ》や夢野《ゆめの》と並ぶ一年生の筆頭プレイヤー飛鳥萌々《あすかもも》、桜花二年の裏エースと名高い6ツ星ランカー藤代慶也《ふじしろけいや》、加えて《習熟戦《リフレイン》》で対峙《たいじ》した生徒会長の坂巻夕《さかまきゆう》聖《せい》や《女帝》親衛隊のトップこと清水綾乃《しみずあやの》の名前まである。

「…………」

これだけ強力なメンバーが揃《そろ》っていて、最深部の守りがお粗末なはずはないだろう。カメラ一台で突破できるボーナスステージになどなっているはずがない。

そんな思考が脳裏を過《よ》ぎった、瞬間だった。

「「!?」」

ドンッ、と爆発音のようなものが響いた刹那、曲がり角の向こうから——否《いな》、教室と廊下の間の壁をぶち抜くような形で一体のお化けが姿を現した。B級以下のようなぐにゃぐにゃとした軟体ではなく、半透明の人型を持つA級幽霊。それも、一応は面識のあるプレイヤーだ。三番区桜花学園期待の一年生、飛鳥萌々。

『！　いたッス、敵！　それも超大物……！　絶対に仕留《しと》めてみせるッス!!』

俺と姫路の姿を認めるなり好戦的に口角を持ち上げた彼女は、おもむろに何かを持った右手をこちらへ向けてきた。……そう。A級幽霊の厄介なところは、C級やB級とは一線を画す能力にある。それこそが〝電子機器の操作〟——エレベーターや電子錠なんかもそうだが、学園島《アカデミー》において電子機器と言えばまず真っ先に〝端末〟のことだ。故に全てのA級幽霊は、操作プレイヤーが設定したアビリティを一つだけ使えることになる。

よって、

『食らうッス！』

【運営側プレイヤー：飛鳥萌々《あすかもも》が《爆裂破》アビリティを使用しました】

「!?　くっそ……壁なんかお構いなしってことかよ!?」

拡張現実《AR》で作られた壁を派手にぶち壊しながら、今度は俺と姫路《ひめじ》にアビリティ――《爆裂破》を向けてくる飛鳥。それを姫路と共に間一髪で躱《かわ》しつつ、俺は高速で思考を巡らせる。……お化けたちに設定されている移動速度はプレイヤーのそれをやや上回る。純粋な追いかけっこになれば勝ち目はないわけで、逃げるには何かしら策が必要だ。

もちろん、普通ならカメラを向けてしまえばいいだけだが――

「っ!?　ご主人様、後ろからも……！」

瞬間、微《かす》かな怯《おび》えの混じった声が耳朶《じだ》を打ち、俺は弾《はじ》かれるように背後へと視線を向けた。するとそこには、いつの間に近付いてきていたのかもう一体のA級幽霊がゆらりと佇《たたず》んでいる。《習熟戦《リフレイン》》で桜花《おうか》の指揮を執っていた三年生、清水綾乃《しみずあやの》……彼女の方は飛鳥ほど好戦的な様子ではないが、代わりに一切の隙を生じさせないよう静かに距離を詰めてきている。さらに、その後ろに控えているのは数体のB級幽霊だ。

『ふふっ……これでチェックメイトでしょうか、７ツ星さん？』

おっとりとした笑顔のまま煽《あお》りとも挑発とも取れる台詞《せりふ》を繰り出す清水。……彼女の言う通り、現在の状況は最悪に近かった。部屋と部屋に挟まれた一本道の通路。その前後を強力なA級幽霊に封じられ、前にも後ろにも引けない状況だと言っていい。仮にどちらかを写真に収めても、こんなに見通しのいい廊下では絶対に逃げ切れない。

そんなわけで、

(――――アビリティ、発動！)

俺は、この《特撮お化け屋敷》を攻略するために用意したとある、アビ、リ、テ、ィ、を使用することにした。その名も《探索》……ではないのだが、アビリティの使用を宣言した瞬間に視界が一気に切り替わる。俺の目を通したそれではなく、画面を通じてフロア全体を俯瞰《ふかん》するような視界。ゲームのような視点をもって、俺は〝あるもの〟を探し始める。

探して、探して、探しまくって――

『貰《もら》ったッス――！』

「っ……姫路、撮ってくれ！」

「はい、ご主人様！」

――瞬間、俺たちの目の前でもう一度《爆裂破》を放とうとしていた飛鳥に対し、ポラロイドカメラを構えた姫路が躊躇《ちゅうちょ》なくパシャリとシャッターを切った。即座に半透明の飛鳥、もといA級幽霊が消滅し、彼女を写した一枚の〝心霊写真〟がカメラの下部から吐き出される。そうして俺はすぐさまその写真を手に取ると、指先に力を入れて端の方を軽く破ることにした。この《競技《プログラム》》でプレイヤーに与えられた一つの能力。写真に封印したお化けの力をその身に纏《まと》う超常の術。

「幽霊装填《リリース》――〝A級〟」

【プレイヤー：篠原緋呂斗《しのはらひろと》がA級幽霊〝飛鳥萌々《あすかもも》〟の能力を使用しました】

と――俺が写真を破ったその刹那、真っ白なエフェクトがまるでオーラか何かのように俺の身体《からだ》を覆い始めた。これこそが〝幽霊装填《リリース》〟と呼ばれる行動《コマンド》だ。C級幽霊の写真を破れば救難信号《SOS》を発する能力、B級幽霊の写真なら迎撃能力《カウンター》といったように、写真に封じられたお化けが元々持っていた能力を一時的に借りることが出来る。

そして、A級幽霊〝飛鳥萌々〟の能力とは……すなわち、

「――《爆裂破》だ」

そんな言葉と共に俺が右手を持ち上げた瞬間、拡張現実《AR》機能で投影された壁が一定のダメージを受けて爆散した。一本道のはずだった通路に突如として大きな横穴が出現する。当然、そこにあるのは教室だ。

「行くぞ、姫路《ひめじ》！」

「あ、ありがとうございます、ご主人様……！」

それを確認した俺は、半ば放心しかけていた姫路の手を取ると、そのまま当の横穴に飛び込んだ。背後では『このっ……！』と清水《しみず》が加速しているのが感じられるが、一本道の廊下と違ってジグザグな軌道で逃げられるため――加えて角を曲がったり横穴に飛び込ん

だりする度に〝どっちへ逃げたのか〟という思考を強いることが出来るため、追手との距離は徐々に開いていく。

　ただし《爆裂破》も万能というわけじゃない。このアビリティの欠点は、とにかく大きな音が鳴ることだ。移動がスムーズになる代わり居場所は常に補足される。このままだと逃げ切るのは不可能に近い……というわけで、俺と姫路は先ほどアビリティを介して見つけた〝あるもの〟を目指してジグザグ軌道で走っていく。

　そして、都合八回目の《爆裂破》が教室の壁を粉々にした直後、それは俺たちの目の前に現れた。上向きの△マークが一つだけ表示された操作盤と両開きの扉。部屋の片隅に鎮座するそいつは、紛うことなきエレベーターだ。

「よし……」

　俯瞰《ふかん》視点で予《あらかじ》め確認してはいたものの、現物を目にしたことで多少なりともホッとしながら俺はそいつに歩みを寄せる。清水たちの姿はまだ見えていないが、追い付いてくるのは時間の問題だろう。彼女に限らず、爆発音を聞き付けた別のA級幽霊がいつこの教室に踏み込んできてもおかしくはない。

「最深部の守りをちょっと舐《な》めてたかもしれないな……このままじゃジリ貧だし、一旦こいつで上に避難しよう。普通のエレベーターみたいに一階層まで直通、ってわけにはいかないけど、一つ上の階になら戻れるみたいだ。四階層で稼ぎ直しだな」

「ん……確かに、そうした方が良さそうですね。先ほどの局面も、もう少し手持ちの写真が揃《そろ》っていれば強引に突破できそうな余地はありましたので。……ただ、このエレベーターは動くのでしょうか？　電源が入っているようには見えませんが……」

「ああ、多分な。だって……」

言いながら俺は、白いオーラを纏《まと》った指先をピッと操作盤に触れさせた。すると、その瞬間にゴウン……と鈍い音がして、操作盤に仄《ほの》かな光が灯《とも》る。

それを見て俺は「ふぅ……」と安堵《あんど》の息を吐いた。

「A級幽霊の能力は〝電子機器の操作〟……メインは端末なんだろうけど、この手の機械もA級を装填《そうてん》してる間なら起動できる。要するにエレベーター《こいつ》は、A級幽霊の写真を消費するのと引き換えに乗れるボーナス的な移動手段ってことだ。コストがかかる代わり、普通の階段よりも使いやすい位置にある」

「なるほど、そういうことでしたか……」

微《かす》かな安堵を浮かべた姫路《ひめじ》がそう言って白銀の髪をさらりと揺らす。清水《しみず》たちとのデッドヒートは時間にすれば百秒にも満たないものだったが、体感的には一時間近くやり合っていたような気さえする。ようやく緊張が解けた、といったところだろう。

そんなわけで、俺たちは今か今かとエレベーターの到着を待って。

やがて両開きの扉が静かに開いた……その時だった。

「「っ……!?」」

小さく目を見開いて、お互いを庇《かば》い合うような形でその場から飛《と》び退《の》く俺と姫路。

が、まあそれもそのはずだろう——何となれば、俺たちが到着を待ち侘《わ》びていたエレベーターの中には先客がいたからだ。それも、《特撮お化け屋敷》を攻略している別のプレイヤーというわけじゃない。青白い軟体をぐにょりと曲げたB級幽霊が三体と、右手に端末を持ったA級幽霊……くすんだ金髪の不良少年、6ツ星ランカー藤代慶也。

『あ？　ンだよ、ようやく掛かったかと思えばテメェらか……ダリぃな』

桜花《おうか》の最終兵器と称されるほど抜群の戦績を残している彼は、片手を首へ遣《や》りながら鋭い視線をこちらへ向けた。その表情はあからさまに〝面倒臭い〟といった様子だが、だからと言って見逃してくれるというわけではないらしい。ドスの利いた声音と凶悪な相貌はたとえ半透明の幽霊であっても凄《すさ》まじい威圧感を放っている。

（くそっ……トラップ!?　でもそりゃそうか、向こうも狩りに来てるんだもんな！）

ぐっと下唇を噛《か》みながら、俺は刹那のうちに様々な思考を巡らせる。

まず一つ、もうすぐ装填時間の切れそうなA級幽霊・飛鳥萌々《あすかもも》の《爆裂破》で藤代《ふじしろ》を攻撃……というのは悪手だろう。彼の登録《セット》しているアビリティ次第では倒せるかもしれないが、同時に後ろの壁も粉々に破壊してしまう。それでエレベーターに〝使用不能〟の判定が出てしまえば、退路がなくなって詰んでしまうこと請け合いだ。

けれど、かといって他の手段では藤代慶也《ふじしろけいや》を倒せない。飛鳥《あすか》の能力がまだ消えていないということは、幽霊装填《リリース》から三分も経《た》っていないということ——つまり、必殺の武器であるカメラも未だ硬直時間《クールタイム》を消化できていない。というか、この状況で藤代だけ封印してもあまり意味がないだろう。エレベーターの中にはB級幽霊が三体もいるのに加え、ちらりと視線を横へ向けてみれば、俺たちが開けた横穴の向こうに清水綾乃《しみずあやの》を筆頭としたA級およびB級幽霊の姿が小さく見え始めている。

「っ……姫路《ひめじ》。《隠密行動《おんみつ》》はこの状況で使っても無意味なんだよな？」

「その通りです、ご主人様。《隠密行動》は全ての干渉を無効化する類《たぐい》のアビリティではなく、あくまでも〝視認されなくなる〟だけのものです。既に見つかっている状況では何の効果もありません……！」

「だよな。……よし、分かった」

使える手札と状況の確認を素早く終え、俺は静かに首を横に振った。状況はそれなりに絶望的だ——藤代たちの一団は既にエレベーターを出てこちらへ迫っており、清水たちも横穴を超えて続々と室内に乗り込んできている。その上、頼みの綱であるA級幽霊・飛鳥萌々《もも》の能力はあと数秒もすれば消滅してしまう。一見すれば〝詰み〟の場面。

それでも、

「なあ姫路——今からそのカメラを構えてエレベーターの方に向かってくれないか？　な

るべく堂々と歩いてくれるだけでいい。こっちは7ツ星とその従者《メイド》だからな、向こうも勝手に警戒してくれる……もちろん、危なくなったらすぐに写真を使ってくれ。それにカメラの硬直時間《クールタイム》もそろそろ切れるはずだ」

「え？　ですが、それではご主人様が――」

「俺なら大丈夫だ。というかむしろ、この状況を躱《かわ》すにはそれしか手がない」

「っ……はい、分かりました！」

ほんの少しだけ迷うような素振りを見せながらも、俺の目を見つめて真《ま》っ直《す》ぐに頷《うなず》いてくれる姫路。そうして彼女は首から提げたカメラを両手で構え、それこそ銃口を向けるかのようにお化けたちを牽制《けんせい》しながらじりじりと俺から距離を取り始めた。狙うべき相手が二手に分かれたことで知能の低いB級幽霊はやや動きが鈍くなり、藤代と清水に関してはわずかに警戒したような面持ちで姫路――ではなく俺を見る。

その瞬間を見逃さずに、俺は。

「――《爆裂破》!!」

あえて全員に聞こえるような大声でアビリティの使用を宣言した。ギリギリのタイミングだったのか俺の周囲に纏《まと》わりつく白のオーラは相当に薄らいでいたが、それでも宣言に応じて俺の真横で派手な爆発が生じる。拡張現実《AR》機能で生成された壁をぶち壊すには充分なダメージが入り、俺のすぐ後ろに緊急避難用の横穴が開く。

『チッ……面倒クセェな、おい』

『止まってください7ツ星さん！　私たちから逃げられると思ったら大間違いですよ！』

それを見た藤代《ふじしろ》と清水《しみず》、および多数のB級幽霊たちは一斉に俺へと狙いを定めたようだった。まあ、それも当然と言えば当然だ。カメラを構えた姫路《ひめじ》に対し、幽霊装填《リリース》の切れた俺は完全な丸腰——確実に潰すならどう考えても俺からに決まっているだろう。無数の視線が向けられる。意識が向けられる。身体《からだ》が向けられる。

すなわち……エ、レ、ベ、ー、タ、ー、へ、の、マ、ー、ク、が、これ以上ないくらいに薄、く、な、る。

『っ……姫路、エレベーターだ！』

だから俺は、先ほどと同じアビリティを介して姫路のイヤホンにそんな声を飛ばしていた。彼女だけに聞こえるよう、可能な限り潜めた声音で口早に作戦を伝える。

『操作盤の灯《あか》りはまだ消えてない。中に入れば普通に動くはずだ——だから、姫路は今すぐ四階層に戻ってくれ！　一旦別行動だ！』

『!?　な、何を言っているのですかご主人様！　カメラも持っていないご主人様を一人で置いていくなんて、そのようなことは——』

『いいから！　ここで共倒れになるよりは置いていかれた方が数倍マシだ。この場を切り抜ける策はちゃんとある……だから姫路は、大量の写真を集めて戻ってきてくれ！』

『……！』

俺の発言に、数メートル向こうの姫路はぎゅっと下唇を噛《か》み締《し》める。専属メイドの立場で主《あるじ》を置いていくなんて、という葛藤と、その主からの頼みであるという紛《まぎ》れもない事実が彼女を悩ませているのだろう。それを申し訳なく思う気持ちはあるものの、とはいえこれ以外に策はない。このままだと俺たちは数秒以内に脱落する。

そんな俺の内心を読み取ってくれたのか、姫路は白銀の髪をふわりと持ち上げて。

『分かり、ました。……絶対に、絶対にご主人様を助けに戻ってきます。それまで必ず無事でいてください！』

切羽詰まった声音でそう言うと、駆け足でエレベーターに乗り込んだ。藤代が弾《はじ》かれるように後ろを向いたが時すでに遅く、姫路を乗せたエレベーターは上の階へと動き出している。……退避完了、だ。ただそれでも、俺の危機的状況が何か改善されたというわけじゃない。無数のお化けたちは上階へ逃れた姫路を追うことを諦め、もはや躊躇《ちゅうちょ》することもなく真《ま》っ直《す》ぐに俺の方へと迫ってくる。

「ハッ……掛かってこいよ、有象無象《うぞうむぞう》の幽霊ども！」

だから俺は、ニヤリと口角を上げて彼らをまとめて挑発すると、《爆裂破》でぶち開けた大穴から教室の外へ出ることにした。そうして全速力で廊下を走り始める……が、既に思い知らされている通り、お化けの移動速度は俺たちよりも少しだけ速い。清水綾乃《あやの》を筆頭に、B級以上の幽霊たちがあっという間に近付いてきて、追い付かれて――

『『『────────!』』』

──そのまま、彼らは次々に俺を追い越していった。

(あ、あっぶねえ……!)

ドクンドクンと高鳴る心臓を抑えつけながら、俺は内心でそんな声を上げる。そうしている間にも残りのB級が俺のすぐ近くを駆け抜けたり、機転を利かせて回り込んでいたらしい藤代慶也《ふじしろけいや》が通路の先に現れたりしたものの、誰一人として俺を捕まえにくるお化けはいない。どころか、一瞥《いちべつ》すらも向けられない。

まあ、それも当然だろう──何故《なぜ》なら俺は今、《隠密行動》の影響下にあるからだ。

(あらゆるお化けに視認されなくなるアビリティ……確かに敵に囲まれた状態じゃ使っても意味はないけど、こうやって一瞬でも視界から外れられれば効果抜群、ってな)

そんなことを考えながらほっと胸を撫《な》で下ろした俺は、そのまま《隠密行動《おんみつ》》の効果が切れるまでしばしお化けたちとの距離を取り、なるべく死角の多そうな部屋に潜んでおくことにする。向こうに《探索》系のアビリティを採用しているA級幽霊がどのくらいいるのかは分からないが、これでしばらくはやり過ごせるだろう。

「とはいえ、だ……」

椅子のない部屋だったため黒板の近くにトンっと背を預けつつ、懐から数枚の写真を取り出す俺。……A級一枚とC級が二枚。姫路《ひめじ》と分散させて持っていたこともあり、俺の手元にある心霊写真はこれで全てだ。最深部を攻略して〝到達の証《あかし》〟を手に入れるには全く足りない……どころか、撤退するにも心許《こころもと》ない戦力だろう。加えてカメラは姫路に託してしまっているため、新しく写真が増えるようなことは絶対にない。

「だから、まあ……姫路の方は大丈夫だと思うけど」

ついさっき別行動となった彼女に思いを馳《は》せ、俺はそっと右手を口元へ遣《や》る。

エレベーターで四階層へと戻った姫路――写真の総数は俺と大して変わらないが、彼女には最強の武器であるカメラがある。さらに、四階層はこの最深部に比べれば遥《はる》かに安全だ。故に、生き残ってさえいればいつか姫路が助けに来てくれるはず。例のアビリティで連絡を取ってもいいのだが、残念ながら使用回数があまり残っていない。切り札はもっと重要な局面で使うべきだろう。

「だから、俺の役目はそれまで絶対に脱落しないこと……まあ、それが難しいんだけど」

嘆息交じりに呟《つぶや》く俺。

懸念していた通りと言えばそうなのだが、四階層までと違って《特撮お化け屋敷》の最深部ではA級幽霊が引っ切り無しに登場する。部屋に侵入することができ、一人一つのアビリティを持ち、何より歴戦のプレイヤーたちが操作を担当するA級幽霊。B級以下と比べると段違いに強く、先ほどのように囲まれてしまうとどうしようもない。

と――そこまで思考を巡らせた、瞬間だった。

「ん……？」

ポケットから微《かす》かな振動を感じ、俺は小さく眉を顰《ひそ》めつつ自身の端末を取り出した。アビリティを介さない通信手段が一切禁じられているこの《競技《プログラム》》において、island tube《アイ・チューブ》やらＳＴＯＣ《ストック》の通知が来るなんてことは基本的に有り得ない。何かしらの合図を受け取るとしたら《通信》系のアビリティか、そうでなければ可能性としては一つだけだ。

【――効果発動：救難信号《ＳＯＳ》】

【あなたの半径二十メートル以内でプレイヤー：梓沢翼がＣ級幽霊の能力を使用しました】

【助けに行きますか？　ＹＥＳ／ＮＯ】

……Ｃ級幽霊の持つ、周囲のプレイヤーに自身の居場所を伝える能力。

まず使われることなどないだろうと思っていた〝救難信号《ＳＯＳ》〟を発しているのは、見知った名前のプレイヤーだった。

♭

「うぅ……暗いなぁ……」

ポツリ、と、自身の口からやけに弱々しい声が零《こぼ》れる。

競技ナンバー１３８《特撮お化け屋敷》――その最深部の一室にて、翼《つばさ》は一人で膝を抱えていた。チームメンバーである皆実雫《みなみしずく》の活躍で四階層までは順調に来たものの、最深部に入ってからの展開は〝最悪〟の一言だ。階層《フロア》中のお化けがまとめて襲い掛かってきたのではないかと錯覚するほどの集中砲火……その過程で彼女とはぐれてしまい、今も連絡は取れていない。それから三十分以上はこうして引き籠もったままだ。

けれど、考えてみればこんな〝不幸〟は翼にとって日常だった。……冥星。所持者に負の効果を付与する色付き星《ユニークスター》。翼に取《と》り憑《つ》いている《敗北の女神》はあらゆる〝運〟を最低値にまで突き落とす代物《しろもの》で、だから翼が《決闘《ゲーム》》に勝つなど有り得ない。当然、そんなことは最初から分かっていた。いくら《流星祭》の報酬が翼にとって喉から手が出るくらい欲しいモノでも、どうせ勝てないのだから意味なんてない。

「でも、期待しちゃったんだよなぁ……ボクにも、勝てるかもしれないって」

何故《なぜ》か言い訳交じりの口調で、翼はそんな言葉を口にする。

思い返しているのは約一ヶ月前の《決闘《ゲーム》》だ——二学期学年別対抗戦《習熟戦《リフレイン》》。その上位ブロックにおいて、途中まで圧倒的に劣勢だった英明学園をたった一人のプレイヤーが見事に立て直した。本当に、目を覆いたくなるくらいの逆境だったんだ。それこそ《敗北の女神》に憑かれているのではないかと思ってしまうほどの絶望を、彼は一人で覆《くつがえ》してみせた。このくらいの不幸は何でもないと証明してくれたような気さえした。

だけどそれは、あくまでも〝彼〟が特別な人間だっただけで。

自分にも出来るかもしれない、なんていうのは、所詮ただの錯覚に過ぎなくて。

「……うぅ、ＳＯＳなんて出さなければ良かったよぉ」

一人の時間が長く続いたこともあり、もはや翼《つばさ》の頭には〝《競技《プログラム》》の放棄〟という選択肢すら浮かび始めていた。どの道《敗北の女神》に取《と》り憑《つ》かれた自分に助けなど来るはずがない。こんなところで惨めな思いをするくらいなら、諦めた方がよっぽどマシだ。

そう、思っていたのだが。

「……え？　今のって、まさか……」

微《かす》かな足音を捉え、翼は膝を抱えたまま呆《ほう》けたような声を零《こぼ》す。

部屋の外から聞こえてくる一人分の足音――慎重な足取りだが、音の重さから考えれば雫《しずく》ではないだろう。けれど、彼女でなければ一体誰だ？　少しドキドキとし始めてしまっている自分に気付き、翼は自戒するように「っ……」と首を振る。……翼の抱いているドキドキは、きっと期待と恐怖の両面だ。自分にも奇跡が起こるのかもしれないという期待と、それが裏切られるかもしれないという恐怖。だってそうだろう、もし彼がここに来てくれたとして――翼を助けようとしてくれたとして、そんな彼ですら《敗北の女神》に負けてしまったら自分はもう絶望するしかない。だったら、これ以上ぬか喜びしない方が良い気がする。このまま見捨てられた方が良い気がする。

だけど、それでも。それなのに。

「――よう、梓沢《あずさわ》」

翼の願いを拒絶するように、部屋の扉が静かに開けられた——。

♯

一瞬も迷わなかった、と言えば嘘《うそ》になるが、俺は梓沢のSOSに応えることにした。

例の救難信号が出されたのは俺が隠れていた部屋のすぐ隣だ。これに関しては単なる偶然か、あるいは梓沢の言う《敗北の女神》に誘われているのかもしれないが、とにかく彼女のSOSが届く位置にいたのは俺だけだったというのは間違いない。

廊下のお化けに補足されないよう、開いた扉を後ろ手ですぐに閉める。

「え……え？　篠原《しのはら》くん、何で……」

室内にいたのは聖《せい》ロザリアの制服にカーディガンを羽織った梓沢翼ただ一人だった。体育倉庫のようなイメージの部屋なのか、机や椅子の類《たぐい》がない代わりに分厚いマットが何枚か重ねて敷かれている。梓沢はそんなマットの上に、崩した体育座りのような形で……つまりは片足を投げ出すような格好で座っていた。スカート姿故に太ももの辺りがかなり際どいことになっていて、俺はなるべく視線を下げないようにしながら声を掛ける。

「一日ぶりだな、梓沢。救難信号《SOS》が出てたから顔を出してみたけど……これ、何かの罠《わな》だったりしないよな？」

「わ、罠!?　まさか、そんな下らないことのために何十分も引き籠もってられる女の子がいるわけないじゃないかぁ！　うぅ……っていうか、ダメだぞ篠原《しのはら》くん？　弱り切ってSOSを出した先輩に対する第一声が疑いだなんて、ボクが泣いたらどうするんだよぅ」

「気が利かなくて悪かったな。生憎《あいにく》、こんなところで脱落するわけにはいかないんだ」

トンっ、と扉に背を預けながら軽い口調で告げる俺。立ったままでいる必要は特にないのだが、見る限りこの部屋に他のマットはない。梓沢《あずさわ》の隣に座るのも憚《はばか》られるし、今はこの位置取りがベストだろう。

とにもかくにも、さっさと本題に入ることにする。

「とりあえず……そっちの状況を軽く教えてくれるか、梓沢？　ここに来た経緯と写真の枚数、あとは出来ればアビリティも。SOSに応えておいてアレだけど、見ての通り俺も単独行動中なんだ。手を組まないと切り抜けられそうにない」

「手を組むって……ちょ、ちょっと、ちょっと待ってよ篠原くん！」

と、そこで、梓沢は相変わらず大袈裟《おおげさ》な仕草でわたわたと手を振りながら俺の言葉を遮ってきた。そうして彼女は、ポカンと驚いたような表情を浮かべて尋ねてくる。

「もしかして、キミ……ほ、本当にボクを助けようとしてくれてるの？」

「……は？　他に何があるっていうんだよ」

「え、いや、だって……だってさぁ！」

動揺に声を上擦らせながらも梓沢はさらに言葉を継ぐ。

「確かにSOSを出したのはボクだけど、まさか本当に誰かが来てくれるなんてこれっぽっちも……うぅ、これっぽっちも信じてなかったわけじゃないけど、でもほんのちょっとしか期待してなかったんだよ。だって、他のプレイヤーにはボクを助ける理由がない。篠《しの》原《はら》くんだってそうじゃないかぁ！」

「そうか？　単純に、梓沢の手持ち写真とかアビリティが目当てだったって可能性も充分あるだろ。俺だって最深部《ここ》を攻略するための武器はいくらでも欲しい」

「うぅ、ボクが持ってる写真はさっき使ったC級幽霊で最後だよぅ。それに、登録《セット》してるアビリティは自動的に《敗北の女神》だし……ど、どう？　これを聞いて帰りたくなったなら、今すぐ扉を開けて出て行ってくれても責めないよ。ほら、ボクはこう見えても我慢強い先輩だからね。一人ぼっちで取り残されてもイジけたりしないもん！」

「意外とタフなんだな。……いや、まあ帰らないけど」

「だから、何で——って、え？　じゃ、じゃあもしかして、ボクの身体《からだ》が目当てだったりするの!?　だ、ダメだよ篠原くん！　いくらボクに気があるからって、そういうのは結婚した夫婦がするものだって法律で決まってるんだから！　ま、まだ気が早いよぅ！」

「何の話だよ、おい……」

ささっとカーディガンの前を揃《そろ》えながらマットの奥に逃れる梓沢に半眼を向けつつ、俺は小さく溜《た》め息《いき》を吐《つ》く。色々と認識がおかしい、が……まあ確かに、彼女からすれば意味の分からない話ではあるだろう。《特撮お化け屋敷》のルール上、俺が彼女を助ける道理など一つもない。不審に思って当然だ。

けれど――俺の立場からすれば、助けない理由の方が思い浮かばないくらいだった。

「俺が梓沢《あずさわ》のSOSに応えた理由……その一つ目は、ちょっと曖昧な推測だ」

「推測？」

「ああ。アンタが救難信号《SOS》を出すのに使ったC級幽霊の写真、あるだろ？　あれが【王子様】の獲得条件に絡んでるんじゃないかって思ってるんだよ」

「え……そ、そうなの!?」

「多分だけどな。……だって、他のお化けを攻撃できるB級と端末が使えるA級は明らかに便利で強いのに、SOSなんてこの《競技《プログラム》》じゃほとんど意味がない。でも、本当に使い道がない能力なんて設定されてるわけがない――そう考えた時に、【王子様】の獲得条件が〝シークレット〟になってたのを思い出した」

端末でルール文章《テキスト》を投影展開させながらそんな言葉を口にする。この《競技》に設定された三つの属性――そのうちの一つ、【王子様】の獲得条件は伏せられている。それを開示させるためにこそ、俺と姫路《ひめじ》は最深部にまで来て〝到達の証《あかし》〟を探していたんだ。

「だからまあ、最終的には〝到達の証〟を手に入れないと確定できないんだけど……それでも、可能性は充分あると思う。例えば〝他チームのプレイヤーからのSOSに応えた上で生還する〟とか、テキストにすればそんな感じだ」

「な、なるほど……じゃあキミは、どうしてもボクに〝告白〟したいからこんなに頑張ってくれてるってことなんだ？　ボクのＳＯＳに応えてくれたのは【王子様】を手に入れるため……それって、ボクとカップルになるためってことだよね？」

「あー……ま、端的に言えばそうだな」

「うにゃっ⁉　ば、ババババカ！　何で肯定しちゃうんだよぅ！　そんなこと言われたらボクまで勘違い――じゃなくて、照れちゃうじゃないかぁ！」

からかってきたくせに一瞬で顔を真っ赤にし、膝に顔を押し当てながらわーわーと文句を言ってくる梓沢。そんな姿を見て口元を緩めつつ、俺は小さく首を横に振る。

「まあ……告白って言ってもあくまで《疑似恋愛ゲーム：ＣＱ》での話だけどな。《流星祭》でトップになるためには《ＣＱ》に勝たなきゃいけない……だから、ＳＯＳに乗った二つ目の理由はそれだ。梓沢からの好感度を少しでも稼いでおこうと思ってな」

「こ、好感度って……でも、そっか。篠原《しのはら》くんは《流星祭》の一位を狙ってるんだ」

「ああ。……っていうか、アンタもそうなんだろ？」

真《ま》っ直《す》ぐに彼女を見つめて告げる俺。

「《流星祭》の個人ランキング一位報酬・色付き星の黄《ユニークスター・イエロー》――俺もアンタも、あれが欲しくて仕方ない。だからアンタは皆実《みなみ》と一緒に《ＣＱ》を攻略しようとしてる……けど、それじゃ勝てないとも思ってる。違うか？」

「え……待って。待って待って、え⁉」

　俺の話をそこまで聞いたところで、梓沢《あずさわ》は驚いたように目を見開いた。そうして長い髪を揺らしながら、恐る恐るといった様子で訊《き》いてくる。

「も、もしかして……キミ、ボクの事情を知ってるの？　め、冥星のことも⁉」

「そりゃまあ、７ツ星の情報閲覧権限は学園島《アカデミー》内でもトップクラスだからな。梓沢が《敗北の女神》に憑《つ》かれてることも、そのせいで誰にも勝てず卒業すら出来てないことも、この《流星祭》で一位になって色付き星の黄《ユニークスター・イエロー》を手に入れればそんな運命から解き放たれることも……大体のことは知ってるつもりだ」

「う……嘘《うそ》は良くないよ、嘘は」

「嘘なんか一つもついてねえよ。……今は」

「そ、それも嘘だよ！　だって、そこまで知ってるのにボクのことを助けに来てくれるなんて、そんな都合のいいことがあるわけないじゃないか！　ボクには《敗北の女神》が憑《つ》いてるんだよ？　ボクといたら絶対に負ける。《敗北の女神》に負けさせられる」

　ぎゅ、と膝の上で拳を握りながら、梓沢は思い詰めたような声音で告げる。

「確かに、ボクだって《流星祭》は大チャンスだって思ってたけど……うぅ、やっぱりボクには無理なんだよぅ。あれだけ強い雫《しずく》とチームを組んでてもこんなことになってるんだから、期待するだけ無駄なんだ。だからここにいちゃダメだよ、篠原《しのはら》くん。救難信号《SOS》は取り消すから、ボクのことは放っておいてくれる？」

「……嫌だって言ったらどうするんだ？」

「こ、困るよぅ、そんなの。……だって、勘違いしちゃうじゃないか」

俺の言葉を否定しながら、梓沢は泣きそうな顔を持ち上げる。

「これ以上、ボクに夢を見させないで欲しい——無理なんだ、どうせ。ボクなんかが勝てるわけない。また負けるって分かってる。なのに、それなのに……他でもないキミが目の前にいたら、どうしても期待しちゃうじゃないかぁっ！」

「…………」

「だって、だってそうでしょ？　あれだけ絶望的だった《習熟戦《リフレイン》》を、キミは見事に引っ繰り返した！　だから、もしかしたらボクもあんな風にって……思っちゃうんだ。勝手に希望を持たされたんだよ！　それが残酷な仕打ちだって分かってるの!?」

「……残酷？　いや、そんなことはないだろ。だって、アンタが今言ったことは何も間違ってない——はっきり言っておくぜ、梓沢。俺は、皆実から、アンタを横取りしようと思ってる。俺と組んでくれればアンタを《流星祭》の一位《トップ》に仕立ててあげられる——だから、アンタも俺に協力してくれ。梓沢以外の誰かに色付き星の黄《ユニークスター・イエロー》を取られると困っちまう」

「っ……ほ、本当に？　篠原くん、それって本気で言ってるの……？　ボクなんかとカップルになって、この《流星祭》のトップになるって？」

「隅から隅まで本気だっての。大体な、7ツ星が嘘《うそ》なんかつくわけないだろ」

震える声で訊《き》いてきた梓沢《あずさわ》に対し、俺は微《かす》かに口角を持ち上げながらそんな言葉を返すことにする。もちろん、絶対に勝てるなんて保証は——もとい、梓沢を勝たせられるなんて保証はどこにもない。けれど、先ほどの言葉は紛うことなき本音だ。《敗北の女神》だか何だか知らないが、学園島最強は誰にも負けられない。

だから俺は、可能な限り真摯な口調で続ける。

「梓沢は愛好属性に【王子様】を入れてたけど……多分、俺の立ち位置はそんな立派なもんじゃない。俺は単にアンタを利用するだけだ。アンタと組まなきゃ勝てないから、《敗北の女神》とやり合うことになってでもアンタと組む……それだけだ。だから、カップルっていうよりビジネスパートナーの方が近いのかもしれないな。けど、ビジネスライクな関係なら〝相互利益〟が基本中の基本だ。ま、絶対に損はさせねえよ」

「……ふうん？　ってことは……つまり、篠原《しのはら》くんの本命はボクの他にいるってこと？」

「…………そうは言ってないけど」

「えぇ～？　いいじゃないか、ボクの後輩なんだからもっと可愛《かわい》げを見せてくれても！」

冗談交じりにそんなことを言いながら、梓沢はゆっくりと顔を持ち上げた。その拍子に長い髪がはらりと首筋に垂れ、同時に彼女は試すような視線を俺に向ける。

そうして一言、

「それじゃあ……その、証明してみせて欲しいな。ボクと一緒にいてもキミが《決闘《ゲーム》》に勝てるのかどうか、キミが《敗北の女神》と戦えるのかどうかを見せて欲しい。もし篠原くんがこの《競技《プログラム》》で【王子様】を手に入れられたら、ボクはキミの〝告白〟を受けることにする。ぼ、ボクが恋人になってあげる。うぅ……と、特別だよ⁉」

「……ああ、そりゃ光栄だ」

照れたように紡がれる条件提示に対し、俺は小さく肩を竦《すく》めて同意を返す。

こうして、俺と梓沢翼《つばさ》による一時的な〝共同戦線〟が張られたのだった。

♯

――競技ナンバー138《特撮お化け屋敷》最深部。

お互いにパートナーとはぐれて臨時でペアを組むことになった俺と梓沢は、部屋を出る前にひとまず状況の整理を行うことにした。

「俺の手持ち写真はA級一枚とC級二枚。カメラは姫路《ひめじ》に――チームメイトに預けてるから今は持ってない。で……もう一回訊くけど、梓沢は？」

「うぅ、だからボクは無一文なんだってば。カメラも写真も持ってないよ。……って、もしかしてちょっと怒ってる？　ま、まさか、出会って五分でコンビ解消っ⁉」

「なわけないだろ……戦力が足りないのは最初から分かってる」

大袈裟《おおげさ》なリアクションをする梓沢《あずさわ》に否定の意で首を振ってみせつつ、俺は思考を巡らせながらそっと右手を口元へ遣《や》る。

「ん……それじゃあ梓沢、この部屋まではどうやって来たんだよ？　ここ、一応《特撮お化け屋敷》の最深部だぞ。写真もアビリティもなしで辿《たど》り着けるような場所じゃない」

「あ、えっと……あのね？　ボク、ちょっと前まで――つい一時間くらい前までは雫《しずく》と一緒にいたんだよ。稼ぎやすい《競技《プログラム》》だからって、お化けの写真をいっぱい撮るために奥まで来たの。あとは、それこそ雫が【王子様】の属性を獲《と》るために〝到達の証《あかし》〟を狙ってたから……ボクはほら、先輩らしくその付き添いで！」

「へえ、皆実《みなみ》と組んでたのか。ちょっと意外だな、それ……ここで《敗北の女神》に邪魔されたら〝個別ルート〟の方で梓沢と組めなくなるかもしれないってのに」

「や、ボクもその方が良いって何回も言ったんだよ？　でも雫、ボクとデートしたいって聞かなくて……お、押し切られちゃった」

「…………」

あはは、と恥ずかしそうに頬《ほお》を掻《か》く梓沢と、その光景が容易に想像できて呆《あき》れ交じりの溜《た》め息《いき》を零《こぼ》す俺。皆実が〝可愛《かわい》い女子に対して異様に手が早い〟というのは既知の事実だし、梓沢は……こう、オブラートに包んで言えば見るからに〝押しに弱いタイプ〟だ。チヨロそうというか何というか、人の頼みを断れない純粋かつ純情な性格が窺《うかが》える。

が、まあそれはともかく。

「えっと……それでボクたち、途中までは順調に探索してたんだよ。《敗北の女神》のせいでお化けはたくさん出てきてたんだけど、雫が上手《うま》くカバーしてくれてたの。……でもやっぱり、この最深部は強い幽霊が多すぎるんだよぅ。途中で会ったA級幽霊に幻覚系のアビリティを使われて、雫と分断させられちゃって……うぅ、そこから先は思い出したくもないよ。手持ちの写真を消費しながら何とかここに逃げてきた、って感じかなぁ」

「なるほど。じゃあ、カメラは皆実が持ってたってことか？」

「う、それが……ボクが持ってたんだけど、さっき逃げてる途中で爆発？　みたいなのがあって。びっくりして放り投げてきちゃったんだよ。もう、いよいよ不幸だぁ……」

「…………」

その爆発とやらは十中八九俺の《爆裂破》だが、ここは黙っておくとしよう。

「とにかく……今の話を聞く限り、皆実はまだこの階層《フロア》にいそうだな。少なくとも〝到達の証〟が取れるまでは引き返す理由がないし、チームメイト――というか、お気に入りの女子を放置して逃げるようなやつじゃない」

「お、お気に入りの女子って……ま、まあそうかもだけどさぁ」

「かもじゃないって。……で、そうだとしたら俺も引き下がれない。ここで皆実が【王子様】を獲得して俺が手ぶらで帰るようなことになれば、そもそも梓沢《あずさわ》に〝告白〟できるのがあいつだけになっちまう可能性がある。そうなったら俺と梓沢がカップルになるのは不可能……その時点で詰みだ。それに、さっき《敗北の女神》に勝てることを証明するって約束しちまったばっかりだからな」

「う、うん、そうだね。そうなんだけど……あ、あのさぁ篠原《しのはら》くん、もうちょっとだけ表現どうにかならないかな⁉　告白とかカップルとか、そうやって先輩を恥ずかしがらせて困らせるのは良くないと思う！　ボク、そういうの耐性ないんだから！」

「いや、そんなこと言われても……《CQ》で使われてるルール上の言葉だし」

というか、俺もようやく慣れてきたところなんだから改めて意識させないで欲しい。

あう、と顔を赤らめている梓沢の目を見つめつつ、俺は確固たる意志で続ける。

「だから——梓沢、俺たちは俺たちで〝到達の証〟を探しに行くぞ。いつまでもここに引き籠もってたって何も進展しない。【王子様】の獲得条件さえ分かれば、あとは四階層に戻って好きなだけ稼げばいい……何ならさっさと脱出してもいい。けどそのためには、どうしても〝到達の証《あかし》〟が必要だ」

「え……」

そんな俺の提案に、座り込んだままの梓沢は驚いたように目を見開く。

「や、その、言いたいことは分かるんだけど……だ、大丈夫なのかな？　さっきも言ったけど、ボクの《敗北の女神》はお化けも引き寄せちゃうんだよ。最深部にはただでさえ強いお化けが多いのに、ボクの周りには特にうじゃうじゃ集まってくる……それに、ボクたちにはろくな武器がないって言ってるじゃないかぁ」

「いいや？　武器ならあるぜ、それもとびっきりのが」

言いながら、俺はニヤリと口角を持ち上げた。そうしてポケットから自身の端末を取り出すと、ここまでの道中で既に何度か使っているアビリティを起動し、同時にさりげない仕草で右耳に付けたイヤホンをトントンと叩《たた》くことにする。

そうして一言、

「俺がこの《競技《プログラム》》に持ち込んでるアビリティは7ツ星相当の《探査》だ。ソナーみたいにフロアの構造を調べて、どこに何があるのか一発で把握できる。階段もエレベーターもお化けの位置も、それから〝到達の証〟の在処《ありか》だってばっちりだ」

『いやいや、普通の《探査》アビリティがそんなに強いわけないってヒロきゅん。調べられるのはせいぜい20メートル四方かそこらだし、まだ見たこともない〝到達の証〟なんか検索に引っ掛かりもしない……普通なら、ね！』

『うん！《探査》と見せかけて、お兄ちゃんのアビリティは《カンパニー》との通信機能！　お兄ちゃんお兄ちゃん、わたしたちが一度もお化けに出会わないルートで〝到達の証〟まで案内してあげるね！』

俺の言葉に呼応するかの如《ごと》く、右耳のイヤホンから流れ込んできた二つの声。

そう——それは、紛《まぎ》れもなく俺の補佐部隊《カンパニー》のメンバーこと加賀谷《かがや》さんと椎名《しいな》の声だった。本来なら、外部との通信が完全に遮断される《特撮お化け屋敷》で彼女たちの協力を得るのは不可能だ。けれど、いやだからこそ俺は、それを無理やり突破するために《感度良好》なるアビリティを登録《セット》していた。館内、あるいは館外との通信を可能にするだけの単純なアビリティ……ただしその通信先が《カンパニー》になるだけで、通常のアビリティなど目ではないくらいの劇的な効果を生むことになる。文字通り、とびっきりの武器へと変貌する。

「え……な、７ツ星のアビリティってそんなに凄《すご》いんだ!? うぅ、先輩として不甲斐《ふがい》ないような、ちょっとだけ希望が見えてきたような……！」

俺の話を完全に信じてくれたらしく、色々な感情が混ざり合った複雑な表情でそんな言葉を零《こぼ》す梓沢《あずさわ》。分かりやすい反応に俺がほっと胸を撫《な》で下ろしている最中、イヤホンの向こうでは加賀谷さんと椎名がさらに続ける。

『ふふーん！ さっき一瞬だけ繋《つな》いでもらった時に最深部の構造は大体把握しておいたからねん。《敗北の女神》が一緒にいるだけあって〝到達の証《あかし》〟まではかなり距離があるみたいだけど……にひひ。ツムツムの言う通り、おねーさんたちが誘導してあげるよん』

『えへへ、うん！ お兄ちゃん支援部隊にお任せあれ！』

（……ったく。頼もしすぎるな、ほんと）

耳元から聞こえる声に思わず笑みを浮かべつつ、感謝の代わりに小さく首を振る俺。

「……？」

そんな俺を、目の前の梓沢が不思議そうな顔で見つめていた。

《カンパニー》に導かれながらの進軍は、当然のように順風満帆——とはいかなかった。

『——！』『——！』『『『——!!!』』』

（くっ……ああもう、何だよこいつら鬱陶しいな!?）

隠れていた部屋を出た瞬間に複数のC級幽霊とエンカウントし、彼らの発したアラートにより近くにいた五体以上のB級幽霊が乱入。早くも百鬼夜行ばりの大行進になったかと思えば、通路の向こうからA級——戦場復帰《リスポーン》した飛鳥萌々《あすかもも》が姿を現し、《爆裂破》の連発で物理的に行く手を防ごうと画策してきた。

対する俺たちはその攻撃を椎名によるハッキングで乗っ取り、後ろから迫ってきていたB級以下の群れを一掃。直後に生じた一瞬の隙を見て梓沢と二人で逃避行を再開し……今もなお、それほど離れていない位置にA級幽霊が三体も迫ってきている。

（ど、どうなってるんですか加賀谷さん!?）

『いや〜……これ、思った以上に強敵だねん』

俺のイヤホン連打に対し、端末の向こうの加賀谷《かがや》さんが申し訳なさそうな声を出す。

『言い訳するわけじゃないけど、おねーさんたちだって全然サボってるわけじゃないんだよん？　おねーさんが検索したルートの上にツムツムがお化けの位置をリアルタイムで反映してくれてるから、これが最適な道筋のはず。でもね、どうもA級幽霊には〝一旦ログアウトして別の場所から戦場復帰《リスポーン》する〟ってコマンドが用意されてるみたいなんだよ。もちろん待機時間《ラグ》はあるし、場所の指定も大まかにしかできないんだけど……』

『それがぜーんぶお兄ちゃんたちのすぐ近くに発生してるの！　ブラックホールくらいの吸引力だよ！　すごいすごい！』

（っ……なるほど、そういうことか）

下唇を噛《か》みながら小さく俯《うつむ》く俺。……十中八九、それもまた《敗北の女神》による負の影響なのだろう。《カンパニー》がどれだけ完璧なガイドをしてくれていても、運が絡む要素は全て俺たちにとってマイナスに働く。確率なんて関係ない。

「あ、あはは……ど、どう篠原《しのはら》くん？　これでボクのこと、少しは分かってくれた？」

隣を走る梓沢《あずさわ》が何とも言えない微妙な表情で尋ねてくる。

「自慢にも何にもならないけど……でも、これがボクの日常なんだよ。っていうか、ここまでお化けに捕まってないだけで奇跡みたいな大活躍なんだから。だから篠原くんも、怖くなったらボクを置いて一人で――」

「そんなことするくらいなら最初からＳＯＳになんて応えてねえよ。勝手に諦めるんじゃねえ、梓沢」

弱々しい台詞《せりふ》を一言で切り捨てる。確かに彼女が〝不幸〟なのは間違いない、が……例えば先ほどから俺たちを追ってきている三体のＡ級幽霊。そのうちの一人は、半透明ながらも豪奢な赤髪を靡かせる桜花の《女帝》こと彩園寺更紗だ。彼女は俺と梓沢に対して何故《なぜ》か不機嫌そうなジト目を向けているものの、さりげなく他のＡ級幽霊の妨害をしてくれている。彼女がここにいたことは、明らかに〝幸運〟の部類に入るだろう。

ともかく俺は、Ａ級幽霊たちを撒《ま》きながら加賀谷さんに一つの伝言を託して。

理想的な所要時間の十倍以上かかってしまったものの、やがてマップ西端の教室――すなわち〝到達の証《あかし》〟が置かれているはずの部屋へと辿《たど》り着いた。

「ん……」

漆黒の帳《とばり》が下りた教室。窓ガラスではなく四方を壁に囲まれているからか、先ほど俺と梓沢が隠れていた部屋よりもさらに暗く冷たい空気を肌で感じる。程度で言えば、ついさっきまで意気揚々と歩いていた梓沢がささっと俺の背中に隠れたくらいだ。

「わ、わわ、何だか暗いね……って、別にね？　ぼ、ボクは全然怖くないんだけど、篠原くんが怖がってたらいけないなって思って……ほら、先輩として！」

「なら堂々としてろっての。……もしかしたら、どこかに電気のスイッチか何かがあるのかもしれないな。だとしたらA級幽霊の写真が必要ってことになるけど――」

「――大正解。ご褒美に、わたしが明るくしてあげる……」

と。

その時、俺と梓沢《あずさわ》の会話に割り込むようにして聞き覚えのある声が耳朶《じだ》を打った。

同時、カチッと小さな音と共に真っ白な明かりが室内を照らす――全体的に薄暗い《特撮お化け屋敷》の中で長いこと探索していたため、唐突な光量に思わず片腕で目を庇《かば》ってしまう。数秒が経過した辺りでようやく目が慣れてきて、そこで初めて室内の様子を知ることが出来た。廊下から隔絶された正方形の部屋。奥に鎮座するエレベーター。右手の壁際には明かりのスイッチが設置されており、その傍《かたわ》らにA級幽霊の持つ真っ白なオーラを放ったプレイヤーがたった一人で立っている。

「……皆実《みなみ》、雫《しずく》……」

呼吸を整えてから静かに彼女の名前を呟《つぶや》く俺。

そう――案の定、と言えばその通りなのだが、俺たちを待ち構えていたプレイヤーは皆実だった。青のショートヘアに眠たげな瞳が特徴的な6ツ星ランカー。やる気なさげな無表情と時折見せる静かな闘志から《凪《なぎ》の蒼炎《そうえん》》の異名を持つ。

当の皆実は、いつも通り淡々とした調子で口を開いた。

「ん。そういうあなたは、粘着質なストーカーさん……こんなところまで追いかけてくるなんて、さすがにドン引き。身の危険を、感じる……」

「……いや、別にお前を追ってきたわけじゃねえよ」

無表情のまま責め立ててくる皆実に対し、俺は嘆息交じりに小さく肩を竦《すく》めてみせる。

「というか……お前こそこんなところで何してるんだよ、皆実。もう〝到達の証《あかし》〟は手に入れたのか？　それとも律儀《りちぎ》に相方の到着でも待ってたってのかよ」

「前半は、外れ……後半は、半分正解」

ゆるゆると首を横に振る皆実。その拍子に青のショートヘアがさらりと揺れる。

「〝到達の証〟は、まだ手に入れてない……正確には、手に入れられない。ここに来るだけじゃ、ダメ……もう一つ、条件が必要」

「条件？　って……何だよ、それ？」

「聞いて、驚き。この部屋で、一人以上のプレイヤーを脱落させること……それが〝到達の証〟を手に入れる条件。ここに、そう書いてある……」

自らの端末に表示された文面《テキスト》を投影展開しながら、皆実は相変わらず淡々とした口調でそんなことを言ってきた。念のため俺自身の端末でも確認してみるが、どうやら嘘《うそ》ではないようだ――〝この部屋で一人以上のプレイヤーを脱落させる〟こと。受ける印象こそ大したものではなさそうだが、実際この条件はなかなかに意地が悪い。

「《特撮お化け屋敷》のルール上、わざわざ最深部にまで潜ってくるペアなんてかなり珍しいはずだからな。誰かを脱落させたくても相手がいない。けど、チームを組んでる相方だってこの《競技》のプレイヤーではある——ってなれば、報酬を独り占めするためにチームメイトを引《ひ》き摺《ず》り下ろそうとする展開にだってなりかねないわけだ」

「そう。桜花《おうか》の《競技《プログラム》》にしては、ちょっと悪趣味……だから、多分《敗北の女神》のせい。《競技》の内容にも悪影響を及ぼす……悪魔的な、手腕」

「うえ!? そ、そんなことは……でもまあ、有り得なくもないかも」

皆実《みなみ》の推測に対し、俺の隣に立つ梓沢《あずさわ》が顔を引《ひ》き攣《つ》らせながら同意する。

「〝到達の証《あかし》〟を手に入れるための条件がランダムに決まるなら、《敗北の女神》のせいでハズレを引いてる可能性はあるもんね。だって、本当ならボクが雫《しずく》と一緒にここへ来るはずだったんだから。雫がボクの愛好属性を手に入れるためには、ボクを脱落させなきゃいけないはずだった……ひ、ひどくない!?」

「そういうこと。わたしと翼《つばさ》ちゃんの仲を引き裂こうとする、嫉妬の塊……」

と——そこまで言って、皆実は微《かす》かに顔を持ち上げた。相変わらず眠たげながらそれでも静かな闘志を秘めた瞳が真《ま》っ直《す》ぐに俺を捉える。

「だから、ストーカーさんが来てくれたのは幸運……誰か一人を脱落させればいいんだから、別に翼ちゃんじゃなくてもいい。ストーカーさん、わたしのために死んで?」

「……物騒だな、おい。一応、俺だって梓沢を勝たせようとしてるところなんだけど」

「翼ちゃんの恋人は、わたしの方が相応《ふさわ》しい……ストーカーさんには任せられない。わたしの相手なら、ともかく……」

「え？」

「何でもない。……とにかく、ストーカーさんはここで倒れる運命。そうすれば、わたしが翼ちゃんの愛好属性を獲得できる……翼ちゃんと付き合うのは、わたし」

ふふん、とやや得意げに鼻を鳴らしながら、皆実は制服のポケットから分厚い紙束を取り出した。紙束というか、よく見ればそれは写真の束だ。一枚や二枚というレベルではない、数十枚単位のお化けの写真。

それを見た梓沢が驚いたように目を丸くする。

「わ、わ……雫、それいつの間に撮ったの!?　ボクといる時は全然なかったのに……というか、カメラもボクが持ってたのに！」

「ん……そう。最初は、二枚しか持ってなかった……けど、翼ちゃんがいなくなってから探索のしやすさが格段に上がったから。B級幽霊の迎撃《カウンター》能力で他のチームを攻撃して、カメラと写真を手に入れて、自分でもいっぱい撮った……これが、わたしの実力。翼ちゃんは、泣いていい」

「そんな!?　う、うぅ……やっぱりボク、不幸なんだぁ」

皆実の言い分にがっくりと肩を落としてみせる梓沢。……まあ実際、皆実の言う通りな

に出現するのだから、それ以外の場所が危険地帯になるようなことは絶対にない。その大部分が梓沢《あずさわ》の近くのだろう。各階層に湧くお化けの総数はある程度決まっている。その大部分が梓沢の近く

で順に封印していくには絶好の狩り場というわけだ。

そうやって手に入れた大量の写真を掲げながら、皆実《みなみ》が挑発的にこちらを見る。

「わたしの手持ちはA級が7枚、B級が19枚とC級12枚。さっき装填《そうてん》したA級幽霊は、もうすぐ時間切れになっちゃうけど……ストーカーさんは？」

「そんなの教えるわけないだろ？　でもまあ、お前ほど溜《た》め込んでないから安心しろよ」

（い、いやいやいやいや、戦力の差がありすぎる……！）

余裕の表情で肩を竦《すく》めながらも俺は内心で絶叫する。皆実雫《しずく》という少女は、仮に同じ条件で戦ったとしても相当やりづらいレベルのプレイヤーだ。だというのに、今回は二倍や三倍どころじゃない戦力差があるのだという。確かに、それはなかなかの〝不幸〟だ。

「……えい」

そんな俺の内心なんか当然ながら知る由《よし》もなく、問答無用といった様子で新たな写真を破る皆実。薄くなっていた白のオーラが再び強くなり、幽霊装填状態《リリース》が上書きされたのだろうというのが一目で分かる。状況を考えれば、登録《セット》されているアビリティも――少なくとも手持ち写真の中では最大級に――強力なA級幽霊を選んでいるはずだ。

「う、うぅ……ね、ねえ篠原《しのはら》くん！　ボク、どっちを応援したらいいのかなぁ!?」

困ったような顔色になりながら、それでも俺の方を振り返ってくれる梓沢。確かに彼女の立ち位置は微妙なところだろう。俺も皆実も、基本的には梓沢の敵ではない。言うなれば彼女を救うための権利を争っているような状況だ。

——けれど、それでも。

「応援？　何言ってるんだよ、梓沢」

俺は、あえてニヤリと口角を持ち上げながら不敵な声音で答えを返す。

「そんなもん必要ない——だって、応援なんかされるまでもなく俺の勝ちだからな」

「え……」

俺の言葉に梓沢がポカンと口を開けた、刹那。

「幽霊装填《リリース》——〝A級〟」

言いながら、俺は数少ない手持ち写真の中からA級幽霊——四階層で手に入れた見知らぬ男子生徒のそれを選択すると、端の方を軽く破ってみせた。途端、俺の身体《からだ》を再び白のオーラが覆う……が、豊富な選択肢があった皆実と違い、こちらは苦し紛《まぎ》れの一枚だ。プレイヤーの等級を考えれば、アビリティの効力もそれほど高いものとは思えない。

それを見た皆実が青のショートへアを微《かす》かに揺らしながら口を開く。

「ふ……真っ向勝負とは、良い度胸。わたしが装填したA級幽霊は、《女帝》親衛隊の綾《あや》乃《の》ちゃん……つまり、５ツ星。アビリティも、結構強い……」

「へえ、そいつは良かったたな。まともに戦ってたら俺の負けだったかもしれない」

「？　……どういう、こと？」

「さあな。というか、それくらい自分で確かめてみたらどうだ？　聖《せい》ロザリアのエース」

「む……」

明言を避けて煽《あお》り続ける俺にイラっとしたのか、微《かす》かに不満げな声を零《こぼ》した皆実《みなみ》はそのまま右手を横薙《よこな》ぎに振るった。おそらく装填《そうてん》している清水綾乃《しみずあやの》が攻撃系、あるいは拘束系のアビリティを登録《セット》しているんだろう。不可視の何かが俺の元へと襲い来る。

けれど、その瞬間だった。

『――お待たせヒロきゅん！　準備ＯＫ！』

「ッ――《加速》、発動!!」

「え……？」

右耳のイヤホンから加賀谷《かがや》さんの声が流れ込み、直後に俺はＡ級幽霊が持つアビリティの使用を宣言していた。その名も《加速》、拡張現実《AR》機能で管理される諸々を軒並み減速させることで相対的に自身の移動速度が上昇するアビリティ。誰よりも速く動けるようになった俺は皆実の攻撃を躱《かわ》すと、そのまま高速で壁際へ駆け寄って電気のスイッチに触れる。圧倒的な光量が途端に消失し、漆黒が再び辺りを覆う。

「っ……真っ暗？」

（よし……！）

思惑通りに俺を見失ってくれたのだろう、皆実が困惑の声を上げる。もちろん、俺にも彼女の姿は見えていない――けれど《感度良好》を採用している俺には《カンパニー》から送られてくるマップがある。実物が見えなくても室内の様子は把握できている。

（A級幽霊の特殊能力は〝電子機器の操作〟……どうしてもアビリティの方に目が行きがちだけど、別にそれだけってわけじゃない。電気のオンオフ、それに……）

暗がりの中でそっと耳を澄ませる俺。……聞こえてくるのは様々な音だ。俺が何かしら企《たくら》んでいることに気付いたのか、皆実《みなみ》が対抗して新たな写真を破る音。俺の邪魔をしないよう一生懸命に息を殺しているのだろう梓沢《あずさわ》の吐息。イヤホン越しに聞こえる加賀谷さんの上機嫌な鼻歌と、椎名《しいな》のワクワクとした息遣い。

そして――チン、と、たった今この階層にエレベーターが到着したことを示す音。

「――幽霊装填：〝B級〟」

続けて最も聞き慣れた涼しげな声が耳朶《じだ》を打って……再び電気がついたのはその直後のことだった。視界に映るのは驚いたように目を見開いている皆実雫《しずく》と、その背後で一枚の写真を掲げているメイド服姿の少女・姫路白雪《ひめじしらゆき》。彼女がここにいるのはもちろん《感度良好》を通した打ち合わせの結果だ。俺の現在地を加賀谷さんから姫路に伝えてもらい、四階層の同じ座標に向かってもらっていた。背後からの奇襲を狙っていた。

故に——微《かす》かな青色の光を纏《まと》う姫路《ひめじ》の右手は、問題なく皆実《みなみ》の背中に触れていて。

「あなた、は……ストーカーさんの、可愛《かわい》いメイドさん」

「お褒めいただきありがとうございます、皆実様。状況が状況なら手心を加えたいところですが……今回は、ご主人様のために退《ひ》いてください」

「……そう。つまり、最初から…………不覚」

悔しげな呟《つぶや》きを零《こぼ》すと共に。

6ツ星ランカー皆実雫《しずく》は、《特撮お化け屋敷》から脱落することと相成った。

＃

姫路と合流してからは、何事もなく攻略が進んだ。

というより、その時点で何もかもが終わっていた……と表現した方が正確だろう。皆実雫を撃破したことで俺と姫路のペアは〝到達の証《あかし》〟を手に入れ、それによって属性【王子様】の獲得条件が開示された。ただ、その条件とは俺の読み通り〝他チームのSOSに応えた上で両者ともに生還すること〟——故に、梓沢《あずさわ》を連れた状態で《特撮お化け屋敷》を脱出できれば同時にお目当ての属性も獲得できる、という状況だった。

もちろん《敗北の女神》の影響で道中は常にお化けのバーゲンセールだったが、姫路が相当な数の写真を撮ってくれていたため基本的には力業で突破でき。

最終的な結果としては、こんな感じだ。
【篠原緋呂斗《しのはらひろと》――姫路白雪《しらゆき》チーム】
【正規脱出：個人スコア＋１０００／〝到達の証〟獲得：個人スコア＋１０００】
【所持写真：Ａ級１枚／Ｂ級４枚／Ｃ級９枚――個人スコア＋１１５】
【獲得属性：王子様／全能感】
……個人スコアの加算は合計で２１１５。一つの《競技《プログラム》》で得られるスコアとしては相当なものであり、《流星祭》の個人ランキングも６位まで順位を押し上げた。また、それ以上に大きいのが【王子様】の獲得だ。七人目のアイドル枠である梓沢翼《つばさ》が設定している愛好属性の一つ。これをもって、俺は彼女に〝告白〟を行う権利を得たことになる。
そして――

「あ、えっと……ご、ごめんね篠原くん、待った？」

――《特撮お化け屋敷》の終了後、俺は当の梓沢を近くの喫茶店に呼び出していた。

当然ながら、というと妙な話かもしれないが、ついさっきまで一緒にいた姫路や皆実は同席していない。話す内容が内容だけに席を外してもらった形だ。姫路には一通り事情を伝えてあるが、やや白い目で見られたような気がしなくもない。

が、まあそれはともかく。

「ん……いや、俺も今来たところだ」

しばらく思考に耽《ふけ》っていた俺は、軽く頭を振ってから対面の席に座る少女へと視線を遣《や》った。聖《せい》ロザリアの制服の上から柔らかい色のカーディガンを纏《まと》った少女、梓沢翼《あずさわつばさ》。皆実《みなみ》の評価が言い過ぎでないと思えるくらい、容姿だけでなく一つ一つの仕草がいちいち可愛《かわい》い先輩だ。学園島《アカデミー》へ来る前の俺だったら一瞬で見惚《みと》れてしまっていたかもしれない。

何となくそんなことを考えながら、俺は改めて話を切り出すことにする。

「というか、わざわざ来てくれてありがとな先輩。《特撮お化け屋敷》が終わったばっかりだってのに」

「へ？　いやいや、そんなお礼されるようなことじゃないって。学園島《アカデミー》最強の7ツ星に呼び出されるなんて悪い気はしないし……それに、次に参加する《競技《プログラム》》も決まってないから。……うぅ、ま、まあボクの場合はどれを選んでもきっと勝てないんだけど」

俺の言葉にわたわたと両手を振ってフォローしてきてくれたかと思えば、自分の発言に謎のダメージを受けて「あぅ……」と項垂《うなだ》れる梓沢。相変わらず全てのリアクションが大《おお》袈裟《げさ》な彼女は、やがて気を取り直したように訊《き》いてくる。

「えっと……それで、どうしたの篠原《しのはら》くん？　告白タイムはまだ先だけど、もしかしてちょっと気の早いプロポーズとか？」

「そんなわけな――ああいや、広い意味じゃそうかもしれないけど」

「ええっ⁉　な、何で肯定しちゃうんだよぅ！　今のはあくまでも冗談っていうか何ていうか……あ、えっとその、キミの気持ちを否定するわけじゃないんだけどっ！」

「落ち着けって。……少なくとも〝そういう意味〟でのプロポーズではねえよ」

あたふたと顔を赤くしながら捲《まく》し立てる梓沢に対し、俺は――若干の照れが顔に出ないよう気を付けながら――小さく肩を竦《すく》めて続ける。

「まずは、一つ確認だ。ついさっきまで参加してた《特撮お化け屋敷》で、俺は梓沢を連れたまま――《敗北の女神》に憑《つ》かれたまま皆実を倒して、アンタが愛好属性に設定してる【王子様】を手に入れた。これで、例の課題はクリアってことでいいんだよな？」

「……う、うん。もちろんだよ」

気恥ずかしさからかほんの少し目線を泳がせながら、梓沢はこくりと小さく頷《うなず》く。

「先輩に二言はないからね。篠原くんは確かにボクの愛好属性を獲得した。それも、あんなに強い雫《しずく》を上回って……だから、信じるよ。今回だけは期待することにする。裏切られるかもしれないけど、それでも勝てるかもしれないいって……救われるかもしれないって思うことにする。だ、だから……その、篠原くんとカップルになってあげる、よ？」

「そりゃどうも。信じてもらえて光栄の至りだよ」

「……ぅうう。ね、ねえ篠原くん？　ボク、これでも凄《すご》くドキドキしながら言ってるんだけど……もうちょっとこう、ないの⁉　顔を赤くしたりとかさぁ！」

「悪いけど、そういうのは本物の恋人とやってくれ」

「そ、そんな人いないもん！」

むぅ、と頬《ほお》を膨らませる梓沢《あずさわ》。……ただ、それは単に〝照れている〟というだけで、俺に何か思うところがあるわけではないのだろう。俺と彼女の間柄はあくまでも利害関係の一致。それ以上の私情が絡まないからお互いに割り切って協力することが出来る。

（にしても……）

アイスコーヒーを口へ運びながら、俺は静かに思考を巡らせ始める。

梓沢翼《つばさ》とのカップル成立――告白タイムを二日後に控えた現段階では〝予約〟のようなものでしかないが、組めること自体はほぼ確定だと思っていいだろう。アイドル枠のプレイヤーとしかカップルになれない、という過酷なユニークスキルを背負って始めた《疑似恋愛ゲーム：ＣＱ》だが、どうにか勝つためのルートが繋《つな》がった。

「……………」

ただ、安堵するにはまだまだ早すぎる。梓沢とカップルになる、というのは俺にとっての〝最低条件〟なんだ。この時点ではあくまでも〝個別ルート〟に挑めることが決まっただけ……それじゃダメなんだ。俺たちが《流星祭》の一位《トップ》になれなきゃ意味がない。

――だから、

「前提から整理させてくれ、梓沢。アンタは《敗北の女神》のせいで聖《せい》ロザリアの卒業試験をクリアできず、大学生になれずにいる。そしてそれは、色付き星の黄《ユニークスター・イエロー》の特殊アビリティ――《正しき天秤《てんびん》》で解決できる。ここまでは間違いないよな？」

「う、うん。《正しき天秤》があれば《敗北の女神》は無効になるから、そうなればいつもみたいな〝不幸〟はなくなるはず。……も、もしそれでも勝てなかったら単純にボクが弱すぎる、ってことになっちゃうけど！」

「あー、まあそれは確かに……」

「肯定されたっ!?」

「……いや、可能性としてはあると思っただけだって」

加賀谷《かがや》さんの調査報告を聞く限り、聖ロザリアの卒業試験は特に難関というわけじゃないらしい。それどころか、学園側が色々と趣向を凝らして梓沢を勝たせようとしているとすら聞いている。《敗北の女神》さえいなければ彼女が負けることはないだろう。

「卒業試験ってやつの日程は決まってるのか？」

「ううん、いつでも大丈夫だよ？　卒業試験っていうより、単に〝卒業までに一回は勝たなきゃいけない検定試験〟みたいな感じだから」

「なるほど……ちなみに、梓沢。その試験とやらが終わったら、俺に色付き星の黄《ユニークスター・イエロー》を譲ってくれないか？　何か交換条件みたいでアレだけど……まあ、梓沢が持ってたらいつ奪われてもおかしくないし」

「ひどっ!? うぅ、後輩くんが生意気だよぅ……でも、色付き星《ユニークスター》をキミにあげるのは全然いいよ? だってボク、ただ卒業したいだけだもん。色付き星《ユニークスター》なんか持ってたら色んな人に狙われちゃうし……だから、試験が終わったらすぐ返す」

「……ああ、なら良かった」

素直に頷《うなず》いてくれた梓沢《あずさわ》に対し、俺はほっと胸を撫《な》で下ろしながらそんな言葉を口にした。もちろん今のやり取りだけでは単なる口約束に過ぎないが、学園島の星獲りシステムの仕様上、梓沢から俺に《決闘》の申請を飛ばしてもらえばその瞬間に実効力を持つことになる。故に、あとは梓沢が《流星祭》に勝てばいいだけだ。

そんなことを考えながら、俺は小さく一つ息を吐いた。

「じゃあ、それはいいとして……本題はここからだ、梓沢。ついさっきの《特撮お化け屋敷》で、俺はアンタの協力を取り付けた。けど、《疑似恋愛ゲーム:CQ》に勝つための条件はまだまだ足りちゃいない——だって、俺の記憶じゃ皆実《みなみ》が《決闘《ゲーム》》に負けたことなんかほとんどなかったはずだ。そんなやつが《特撮お化け屋敷》で脱落してるのは、間違いなくあいつが《敗北の女神》と組んでたから……このままじゃ、俺も〝個別ルート〟で同じ目に遭いかねない。《敗北の女神》に取り憑《つ》かれた状態でも勝てるように、色々と仕込んでおかなきゃいけないと思う」

「う、うん。……でも、でもさ」

ちら、と視線を持ち上げながら不安そうに口を開く梓沢。

「そんなこと、本当に出来るのかな？　……や、あのね。ボクだって、篠原《しのはら》くんとカップルになるからには勝つつもりでやろうと思ってるんだけど……それでも、今のところボクたちが勝つ未来なんて全然見えないっていうか」

「なるほどな。じゃあ質問だけど……梓沢、先月の《習熟戦《リフレイン》》は見てたんだよな？　俺が参加するまでの英明《えいめい》学園は勝てそうだったか？　大逆転の未来とやらは見えてたか？」

「！　……み、見えてなかった、かも。確かに！」

「そういうことだ。知っての通り俺は〝7ツ星〟だからな、これまでも似たような逆境は何度も何度も味わってきてる。《敗北の女神》だか何だか知らないけど、そんなやつに邪魔されたくらいで引《ひ》き摺《ず》り下ろされて堪《たま》るか、って話だよ」

「な、何度も何度も……ごくり」

　俺の発言に目を見開いて、真剣な表情で唾を呑《の》み込む梓沢。……どうやら、それなりに信じてくれているようだ。もちろん《敗北の女神》に対する圧倒的な絶望は前提なのだろうが、俺の戦いぶり――まあその大半は不正《イカサマ》なのだが――も知っているため、打ち勝てる可能性はあると思ってくれている。期待してくれている。

　と、そこで梓沢は、群青色の髪を微《かす》かに揺らしながら次なる話題を切り出した。

「それじゃあ、さっそく具体的な作戦を考えた方がいいってことだよね。《CQ》の個別ルート……確か、そろそろゲームの内容が公開されるんじゃなかったっけ？」
「ああ、ついさっき情報が出たところみたいだな。せっかくだし軽く確認しておくか」
そんなことを言いながら、俺はポケットから端末を取り出すことにする。そうして《疑似恋愛ゲーム：ＣＱ》のアイコンをタップすると、トップページに〝個別ルート〟なる新規項目が追加されているのが目に入った。ほんの一瞬だけ対面の梓沢《あずさわ》と視線を合わせてから、俺はそっと端末に指を触れさせる。
直後、俺たちの目の前に投影展開されたのはこんなルール文章《テキスト》だった。

【――競技ナンバー００１《疑似恋愛ゲーム：ＣＱ》個別ルート：ルール設定】

【《ＣＱ》個別ルートでは一つの〝ゲーム〟を執り行う】

【ゲームの内容は、指定されたアイテムを奪い合う〝借り物競争〟である。エントリー数の上限はなし。ただし、エントリーするための条件として《ＣＱ》の告白タイムにおいて成立した二人組のカップルであること〟を課す】

【《ＣＱ》個別ルートにおける最も重要な要素は〝アイテム〟と呼ばれるものである。初期段階では、アイテムは全てのカップルに三つずつ与えられる（同名のアイテムは存在しない）。そして同時に、各カップルには三つの〝お題アイテム〞が通達される。この〝お題アイテム〞に該当するアイテムを全て所持した状態になった瞬間、そのカップルは《疑似恋愛ゲーム：CQ》の覇者となる】

【アイテムの入手方法は、大きく分けて《交換》と《強奪》の二通りである】

【《交換》は——】

「や……ま、待って待って！」

そこまで読んだ辺りで、対面の梓沢がわたわたと大きく手を振りながら俺の視界を遮ってきた。俺が首を傾《かし》げてみせると、彼女はしょぼくれた様子で続ける。

「も、もう充分だってばぁ……要はみんなにアイテムが配られて、それを獲《と》り合いながら指定された〝お題アイテム〞を揃《そろ》えるゲーム、ってことでしょ？　うう、こんなの《敗北の女神》の独壇場になっちゃうよぉ」

「？　そうなのか？」

「うん。最初に配られるアイテムは一番要らないのになるし、代わりにお題の方は一番難しくなるに決まってる。ボク、詳しいんだから！」

「……なるほど、確かにな。まだ細かくは読めてないけど、アイテムには色んな〝特殊効果〟も付いてるみたいだし……下手したら一方的に終わっちまいそうだ」

「下手したらっていうか、とびっきりの幸運が起こらない限りそうなるよ！　ほら、相手を拘束するアイテムとか、カップル同士で手を組んで四人組を作れるアイテムもあるって書いてあるし……ぼ、ボクたち、あっという間にボコボコにされちゃうかも!?」

「まあ、普通に考えたらそうなるだろうな。俺と梓沢《あずさわ》のカップルスキルが強力なものになるとは思えないし、それに《敗北の女神》が確定採用だからアビリティ枠が減るのも普通に痛い。登録上限はカップルで三つみたいだから、あと二つか……」

そっと右手を口元へ遣《や》りながらぐるぐると思考を巡らせる俺。

《疑似恋愛ゲーム：CQ》個別ルート——まだ細部まで精査できたわけではないが、梓沢の言う通りこれは〝アイテム集め〟が主となるゲームだ。各アイテムに設定された特殊効果をカップル同士でぶつけ合い、最終的にそれぞれが揃《そろ》えたい〝お題アイテム〟を手に入れる。ルールとしては分かりやすいが、俺たちに《敗北の女神》が憑《つ》いていることを考えればその難易度は極悪だ。カップルスキルも与えられるアイテムも最弱で、お題アイテムの方は超難度。きっと俺たちにとって不都合な展開ばかりが起こるのだろう。

「ただ——」

それでも俺は、静かに顔を持ち上げて真《ま》っ直《す》ぐ梓沢の目を覗《のぞ》き込《こ》んだ。まだ決定的な何かを掴《つか》めたわけじゃない。けれど、可能性の欠片《かけら》くらいは確かに指先に触れている。

だから、

「抜け道が全くない、ってことはないと思うんだ。例えば、だけど……仮に、このまま俺と梓沢がカップルになってこのゲームに挑む展開を〝梓沢ルートA〟とする」

「梓沢ルート！　いいね、ボクが主役だ！」

「だな。だけど、この〝梓沢ルートA〟は死にルートだ。さっき話した通り、俺たちに有利な要素が何一つない。ゲームで言うならバッドエンド直行、ってとこだ」

「う、うぅ……ひ、ひどいひどい！　そんなの先輩差別じゃないかぁ！」

「差別じゃなくて妥当な判断だっての。とにかく〝梓沢ルートA〟は絶対に選んじゃいけない――でも俺は、梓沢とカップルになる以外の道を選びようがない。だったら話は簡単だ、俺たちが〝梓沢ルートB〟を新しく作ればいい。俺と梓沢が組んだうえで個別ルートのゲームにも勝つ……《敗北の女神》の妨害も簡単に跳ね除《の》けられるくらい、徹底的に準備して徹底的に勝つ。それが出来なきゃ俺たちはお終《しま》いだ」

「お、お終い……でも、そっか。そうだよね」

動揺したように声を震わせながらも、覚悟を決めたのかこくりと頷《うなず》く梓沢。彼女はテーブルの上で両手をぎゅっと握っていたが、やがて群青色の髪を揺らして訊《き》いてくる。

「ちなみにさ。そんなに自信満々に言うってことは、もう何か策があるってこと？」

「ん……まあ、策だけならって感じだな。まだ色々と準備が足りてない」

　彼女の放った当然の疑問に対し、俺は小さく首を振りながらそんな言葉を返すことにした。梓沢《あずさわ》ルートＢ――妄言のように聞こえるかもしれないが、何も適当なことを言っているわけじゃない。あるんだ、俺たちの勝利に繋がるルートを作る方法は。俺の持つ色付き《ユニーク》星《スター》の力を使えば〝それ〟は確実に達成できる。ただやはり、それだけでは足りないというのも厳然たる事実だった。本物の学園島《アカデミー》最強ならいざ知らず、俺は偽りの７ツ星だ。俺の力だけで《敗北の女神》に勝とうなんていうのは傲慢というものだろう。

　と、いうわけで。

「だから、梓沢――今から明後日《あさって》の告白タイムまでは、諸々《もろもろ》の準備期間だ。個別ルートが始まった瞬間に俺たちの勝ちが決まるくらい、徹底的に仕込みをしておこうぜ」

「うえ⁉　そ、そんなこと出来るの⁉」

「それくらいやらなきゃ勝てないんだっての。協力してくれるか、先輩？」

「う、うぅ……」

　どう見ても無謀に過ぎる俺の誘いに対し、ほんの少しだけ怯《ひる》んだような声を零《こぼ》す梓沢。けれど彼女は、やがて意思を固めたように大きく頷《うなず》いて、

「分かった。……うん、ボクはキミの先輩だからね。どーんと協力してあげちゃうよ！」

豊かな胸をぽむっと叩《たた》いてそう言った。

＃＃

《流星祭》の三日目、及び四日目の大部分は〝例の作戦〟の事前準備に費やして。

迎えた四日目の夕方——中夜祭。

五日間に渡る《流星祭》もいよいよ残すところあと一日となり、島の随所で最終日に開催される大型《競技》《プログラム》のエントリー受付が始まる中、零番区《ゼロ》の某所にあるイベントホールには聞き慣れた声音が大音量で響き渡っていた。

『みんな、こんばんにゃー！　《ライブラ》の風見鈴蘭《かざみすずらん》にゃ！』

壇上で飛び跳ねているのは桜花《おうか》学園の二年生、風見鈴蘭——〝敏腕記者〟の腕章を巻いた《ライブラ》の大人気レポーターだ。ボーイッシュな野球帽《キャップ》とそれによって生じる外ハネの髪がトレードマークの彼女は、今日もノリノリでヘッドセットに指を遣《や》っている。

『盛り上がり最高潮の《流星祭》もついに四日目がほぼ終了！　残りはたった一日となっているにゃ！　ちょっと寂しい気もするところだけど、五日目は《流星祭》でも屈指の大規模《競技》が揃《そろ》った大盛り上がりの一日！　まだまだ加速しちゃうから、みんなもちゃんとついてきて欲しいにゃ！』

『ちなみにちなみに、気になる《流星祭》の個人ランキングはついさっき四日目終了時点の最新情報が反映されたところにゃ！　せっかくだから、ここで現在の最上位層に当たるプレイヤーたちをちょこっとだけ紹介させてもらうにゃ！』

『まずは、一位の発表から――』


「…………ふぅ」

遥《はる》か彼方の壇上で声を張り上げる風見《かざみ》を見つめながら、俺は小さく息を吐く。

俺がいるのは〝中夜祭〟が行われているイベントホールの後方だ。もちろん、この中夜祭は参加必須の行事などではない――全く同じ内容をisland tube《アイ・チューブ》で確認することもできるし、何なら端末の通知を頼りに〝告白タイム〟にだけ参加することだって出来る。ただ俺と姫路《ひめじ》がついさっきまで参加していた《競技《プログラム》》の会場がすぐ近くだったため、何となく顔を出してみることにした。

と、その時。

「――寒くはありませんか、ご主人様？」

隣からそっと声を掛けてきたのは姫路白雪《しらゆき》だ。英明《えいめい》の制服の上からオーバーサイズのコートを羽織り、防寒具としての手袋も身に着けた〝秋仕様〟のメイド。対する俺の方はと言えば――荷物になるのを嫌って自分から置いてきたのだが――上着の一つも纏《まと》っていない。温暖な気候の学園島《アカデミー》においても、確かにやや軽装と言えるだろう。

そんなことを考えながら、俺は小さく首を横に振る。

「いや……まあ、ちょっと指先が冷えるくらいだな。心配されるほどのことじゃない」

「なるほど。ではお言葉通り、心配はしないでおきますが……ご主人様。実はここに、先ほど購入したばかりのホットコーヒーが二缶あります。わたしの体感では少しだけ肌寒いので、よろしければご主人様も一緒に温まりませんか？」

「……天才すぎない？」

「それはもう、他でもないご主人様の専属メイドですので」

微《かす》かに口元を緩めてそんなことを言う姫路に「ありがとな」と礼を言いつつ、俺は手渡されたコーヒーの缶に口を付ける。湯気は立っているが、飲めないほど熱々というわけでもないちょうどいい温度。微糖の仄《ほの》かな甘みにほっと息を吐く。

「あったけえ……」

「気に入っていただけたなら幸いです。やはり、手軽さという意味で既製品に敵《かな》うものはありませんね」

言いながら、姫路も俺と同じく缶コーヒーに唇を触れさせた。コーヒーの熱で白い肌が仄かに赤く染まり、その横顔に見惚《みと》れそうになった俺は慌てて視線を前に戻す。

「……ん……」

舞台の上に掲げられた大スクリーンに映し出されているのは、《流星祭》個人ランキングの途中経過だ。風見《かざみ》に紹介されるまでもなく自身の順位は端末からいつでも確認できるのだが、それによれば俺は現在14位らしい。裏で色々と動いているうちに少し順位を落としてしまった……が、どちらにしても俺は《疑似恋愛ゲーム：ＣＱ》に勝たなければならない。その分のスコア加算を踏まえれば、規定順位《ノルマ》は充分にクリアできる位置だろう。

——そして、

『それでは、いよいよ本命——《疑似恋愛ゲーム：ＣＱ》に話を移させてもらうにゃ！』

大きく片手を振り上げた風見が、より一層テンションの高い声音でそんな前振りをマイクに乗せた。途端、「「「うぉおおおおおおおおお‼」」」という見事な大歓声がホール中から湧き上がる。

そんな熱気に後押しされつつ、風見は元気よく言葉を継いだ。

『《流星祭》初日から開催中の競技ナンバー001《疑似恋愛ゲーム：ＣＱ》！　参加者のみんなには想い人の〝愛好属性〟を手に入れるべく、色んな《競技》《プログラム》に参加してもらっていたにゃ！』

『各プレイヤーが設定している愛好属性は全部で三つ！　そのうち一つ以上を——アイドル枠のプレイヤーと同性プレイヤーに対しては追加でもう一つを——持っている相手に対してだけ、この中夜祭で〝告白〟を行うことが出来るのにゃ！』

『そしてそして、この告白は《ＣＱ》の最終フェイズ——〝個別ルート〟の攻略に大きく影響してくるにゃ。何となれば、明日《あした》の個別ルートに参加できるのは今日の告白で成立した〝カップル〟だけだから！　つまり〝告白タイム〟は、《疑似恋愛ゲーム：ＣＱ》における大事な大事な〝パートナー探し〟の時間というわけにゃ！』

楽しげな口調で《疑似恋愛ゲーム：ＣＱ》のルールを再確認する風見。……まあ、実際面白い設定ではあるのだろう。属性に好感度、そして告白。恋愛シミュレーションを〝よりゲーム的に〟改変したようなルールだ。好感度の上下、なんて本来ならかなりセンシティブな要素だが、これだけ明快に『ゲームです！』と宣言されてしまえばまあそういうものかと受け入れられないこともない。

この機会に乗じて〝本物の告白〟が多数行われ、《流星祭》をきっかけに誕生するカップルもそれなりにいる……いうのはまた別の話だが。

「――あの、ご主人様？」

俺がそんなことを考えていると、白銀の髪の従者がそっと左手で髪を掻《か》き上げながら静かにジト目を向けてきた。

「一応お伝えしておきますが……わたしが同意したのは〝ご主人様と梓沢《あずさわ》様が《疑似恋愛ゲーム：ＣＱ》におけるカップルになる〟という部分だけです。それ以降の関係性についてはまた別の話になりますので、うっかり籠絡《ろうらく》されないようにお気を付けください」

「……お、おう」

いつも通り穏やかな口調ではあるものの、それでも強烈なプレッシャーを感じた俺は慌ててそんな返事を口にした。対する姫路《ひめじ》は少しだけ唇を尖《とが》らせながらも小さく頷《うなず》いて、それからどうにか聞こえるくらいの小声でポツリと呟《つぶや》く。

「本当に……《敗北の女神》様は意地悪な方です」

（！　う、うちのメイドが可愛《かわい》すぎる……！）

素直な心境を吐露してしまいそうになりながら、右手を顔に押し当ててどうにか表情を隠す俺。告白だの何だのというシチュエーションのせいか、姫路がいつも以上に可愛く見える。時折ちらりとこちらを見つめてくる碧《あお》の瞳に吸い込まれてしまいそうだ。

が……まあ、とにもかくにも。

そんな俺に構うことなく、風見《かざみ》による〝告白タイム〟の復習は軽やかに続く。

『中夜祭における〝告白タイム〟の開始は午後七時……つまり、あとたったの五分！　それまでに注意事項だけおさらいしておくにゃ！』

『一つ！　告白が可能な相手は、端末上に一覧で表示されてるにゃ！　時間になったらその中の一人を選んで〝告白〟コマンドを実行するだけ！　ムードを大事にするかどうかはお任せだけど、別に相手が目の前にいなくても成立するにゃ！　お手軽にゃ！』

『告白実行までの制限時間は十分間！　時間内に誰にも〝告白〟しなかった場合は、属性をどれだけ持ってても告白の権利を失うにゃ！』

『で、仮にこの時点で〝両想《りょうおも》い〟――つまりお互いにお互いが告白していた場合は、問答無用でカップル成立！　個別ルートへの進出が決定するにゃ！』

『それ以外のパターンだと、基本的に〝持っている愛好属性の数〟が多いプレイヤーの告白から順番に処理していくにゃ！　最優先は〝属性三つ〟で告白したプレイヤー！　相手が〝両想い〟で抜けていない限りこの告白は通るのにゃ。ただし、同数で告白していたプレイヤーが他にもいた場合は〝早い者勝ち〟とさせてもらうにゃ！』

『その後は、属性二つ、属性一つ……って順番で告白の成否を決定していくにゃ。これを三セット繰り返した時点で誰かと〝カップル〟になっていたプレイヤーだけが《CQ》個別ルートに進める権利を得るにゃ！』

『みんな、遠慮なく告白を成功させまくって欲しいのにゃ！』

「……ん」

風見の話が一段落した辺りで、隣の姫路が相槌《あいづち》のような声を零《こぼ》す。

「《競技《プログラム》》とはいえ、問答無用でカップル成立というのはやはり不思議な感覚ですね。夢のような話でもあれば、怖いような気もしてしまいます」

「まあな。実際の恋人同士、ってことならそんな単純にはいかないんだろうけど……」

その辺りは《決闘《ゲーム》》の良いところなのだろう。もし《疑似恋愛ゲーム：CQ》に本当の意味での恋愛模様が絡むなら、《流星祭》はこんなに爽やかなイベントではなくなってしまう。俺の場合はどうしても〝幼馴染《おさななじ》み〟の顔が頭にチラつくことになるし、それはきっと俺以外にも起こり得る現象だ。

そんな俺たちの感想を他所《よそ》に、壇上の風見《かざみ》がパッと右手を振り上げた。

『と、いうわけで――ワタシの説明はここまでにゃ！』

『告白タイム開始まであと三分！　みんな、じっくり考えてパートナーを選ぶのにゃ！』

『ちなみに、ワタシ風見鈴蘭《すずらん》への告白もバシバシお待ちしているにゃー!!』

ノリの良い発言と共に放たれた横ピース＆ウインク（やたら可愛《かわい》い）に、ホール中の観客が再び「「「「うおおおおおおおお!!」」」」と大きな雄叫《おたけ》びを上げる。……加賀谷《かがや》さんによれば、風見の愛好属性を二つ以上獲得しているプレイヤーは千人オーバー。属性の獲得難易度を考えれば凄《すさ》まじく驚異的な数字だ。さすがの人気といったところだろう。

「えっと……」

そんなことを考えながら、俺は手元の端末に視線を落とすことにする。

「《CQ》の属性に関しては、とりあえず必要なものは揃《そろ》ってるってことでいいんだよな」

「はい。その通りです、ご主人様」

澄んだ碧《あお》の瞳をこちらへ向けつつ静かに頷《うなず》いてくれる姫路《ひめじ》。

「初日の【兄貴】に加えて二日目に【王子様】も獲得していますので、ご主人様は梓沢《あずさわ》様の愛好属性を二つ集めたことになります。これ以外にも、ご主人様が集めた属性は合計で

18個……すなわち、ご主人様は【兄貴】であり【王子様】であり【眼鏡《めがね》】であり【筋肉質】であり【全能感】があり【メイド】であり【美脚】であり【長髪】であり――」

「――【傲慢】であり【後輩】であり【妹】であり【年下】であり【優等生】であり【共犯者】であり【温厚】であり【内気】であり【童顔】でもあるってことか。……いや、何だこのめちゃくちゃな人間像」

「多重人格者のような……いえ、それでも説明できないくらい多種多様な属性をお持ちですからね。まあ、《CQ》ではそれが正常なのですが……」

くすりと笑みを零《こぼ》しながら姫路はそんな言葉を口にする。彼女の言う通り、これが《CQ》という《競技《プログラム》》だ。属性を稼げば稼ぐほど〝告白〟できる相手が増える……といっても、俺の場合は梓沢にしか告白する理由がないわけで、その他の属性は《競技》を進める中で偶然手に入った〝副産物〟に過ぎないのだが。

と――そこで、ヘッドセットに指を遣《や》った風見が『十秒前！』なるコールを発した。殊更にゆったりと流れているように思える時刻表示を見つめつつ、俺は〝告白〟のコマンドに指を添える。……俺が持っている梓沢の愛好属性は【兄貴】と【王子様】の二つ。本当は〝両想《りようおも》い〟を目指したかったところだが、《敗北の女神》に取《と》り憑《つ》かれている梓沢が俺の愛好属性なんか手に入れられるわけもなく、そちらは早々に断念した。だから俺はこの二日間、下準備の傍《かたわ》らで俺自身の愛好属性が懸かっている《競技》にひたすら参加していたんだ。俺への告白が素通しになるという最悪の事態を妨害していた。

もちろん全てが上手《うま》くいったわけではなく、愛好属性二つで俺に告白してくるプレイヤーはいるのだが……《カンパニー》の補助を受けた俺が回線勝負で負けるはずもなく。

午後七時になった直後、俺の端末に新たな表示がポップアップした。

【――あなたの告白が承認されました！】

【篠原緋呂斗《しのはらひろと》－梓沢翼《あずさわつばさ》は《疑似恋愛ゲーム：CQ》個別ルートへの参加権を獲得します】

「……よし」

そんなシステムメッセージを眺めつつ、俺は静かに顔を持ち上げた。イベントホールの各所から歓喜や絶望の声が上がる中、隣の姫路《ひめじ》が涼やかな声音でそっと囁《ささや》いてくる。

「カップル成立、ですね。おめでとうございます、ご主人様」

「ああ、とりあえず一安心って感じだな。《敗北の女神》に邪魔されなくて良かったよ」

「回線妨害には特に気を配ってもらいましたので。……それにしても、ご主人様」

そう言って、白銀の髪をさらりと揺らしながら小さく首を傾《かし》げる姫路。

「何というか……あまり緊張されていなかったようですね？　告白という一大事――それも、梓沢様という非常に可愛《かわい》らしく魅力に溢《あふ》れる方への告白だというのに」

「いやまあ、告白って言っても《競技《プログラム》》上の設定ってだけだからな。それに……」

姫路の問いを受け、俺は右手の人差し指で頬《ほお》を掻《か》きながら記憶を辿《たど》ることにする。告白が一大事なのは間違いないが、その捉え方は状況や相手によって大きく左右されるものだろう。意味合いが深くなればなるほど、きっと緊張も動悸も激しくなる。

そういう意味で。

「もっと緊張する〝告白〟は、ちょっと前にしたばっかりだからさ」

……そう。

あれは、今からちょうど二日前のことだ――。

「「……梓沢ルートＢ？」」

全島統一学園祭イベント《流星祭》――二日目の夕方。

《特撮お化け屋敷》の会場に程近い路地裏で、姫路と彩園寺《さいおんじ》が口を揃《そろ》えてそう言った。

タイミングとしては《特撮お化け屋敷》の終了後、俺と梓沢が協力関係を結んでからさほど経《た》っていない頃のことだ。彩園寺との密会がバレると少しばかり面倒なことになってしまうため、こうして人目に付かない作戦会議の場をセッティングした。

というのも、だ――概要《ルール》をざっと確認した限り、《ＣＱ》個別ルートはやはり《敗北の女神》を連れたまま勝てるようなゲームじゃない。けれどそれは〝俺一人の力では〟という限定条件の下での話だ。彼女たちの協力があれば状況はガラリと変わってくる。

だから俺は、「ああ」と一つ頷《うなず》いてからなるべく真剣に言葉を紡ぐことにした。

「まずは前提から整理させてくれ。《流星祭》の個人ランキング一位に報酬として与えられる色付き星の黄《ユニークスター・イエロー》……その特殊アビリティである《正しき天秤《てんびん》》が他の誰かに渡ると二度と不正《イカサマ》が出来なくなるから、俺は絶対にその星を手に入れなきゃいけない。で、そんな《流星祭》の中でも《疑似恋愛ゲーム：ＣＱ》は最大規模の《競技《プログラム》》だ。勝利報酬の個人スコアも破格だから、ここで勝てなきゃ《流星祭》の一位はまず狙えない」

「はい、そうですね」

秋物のコートを羽織った姫路《ひめじ》が白銀の髪をさらりと揺らして頷く。

「ただ……その《ＣＱ》において、ご主人様に与えられたユニークスキルは〝アイドル枠のプレイヤーとしかカップルになれない〟という制限を持つものでした」

「ああ。しかも、当のアイドル枠の連中は早々に〝攻略不能〟になった。……そこで見つけたのが梓沢《あずさわ》だ。留年のせいで発生した〝七人目〟のアイドル枠。あいつとなら俺は〝個別ルート〟に進める——だけど、梓沢は《敗北の女神》っていう爆弾を抱えてた。所持者に悪影響を与える負の色付き星《ユニークスター》……梓沢と組むなら、《敗北の女神》を連れたまま個別ルートに挑まなきゃいけない。最後のゲームに勝たなきゃいけない」

「……ん。まあ、そこまでは何となく分かってるわ」

豪奢《ごうしゃ》な赤の長髪を揺らして静かに頷く彩園寺《さいおんじ》。彼女に「それで？」と促され、俺は加賀《かが》谷《や》さんにまとめてもらった〝冥星〟の概要を投影展開させつつ言葉を継ぐ。

「《敗北の女神》……この二日だけでもはっきり分かってるけど、あれは相当に凶悪な代《しろ》物《もの》だ。単に〝運が悪くなる〟とかそういうレベルじゃない。強烈に、徹底的に足を引っ張られる。あの皆実《みなみ》が《特撮お化け屋敷》をクリアできてないわけだからな。多分、無策じゃ対抗できない。学園島の頂点に一年間君臨し続けられるくらい圧倒的な才能と、何の才能もない1ツ星を〝偽りの7ツ星〟に仕立てあげられるくらい絶対的なイカサマ……その両方が味方してくれない限り、俺と梓沢が《CQ》に勝つのは無理だと思う」

「圧倒的な才能と、絶対的なイカサマ……ね。もしかして篠原《しのはら》、それってあたしとユキのことを口説いてるわけ？」

「ま、端的に言えばそういうことになるな」

「「！」」

一切躊躇《ためら》うことなく肯定を返した俺に対し、姫路と彩園寺が同時に目を見開いたのが分かった。少し遅れて俺自身も急速に頬《ほお》が熱くなっていくのを自覚したものの、そんな照れやら気恥ずかしさを振り払うように続ける。

「ついさっき、《CQ》個別ルートのルールが公開された――ざっくり目を通してはみたけど、《敗北の女神》に憑《つ》かれた状態であのゲームをクリアするのは相当難しい。っていうか多分、今のままじゃ不可能だ。だから、俺たちが勝てるような仕様を……ルールを追

加したい。無理やりにでも勝ち筋を作りたい」

「ルールの追加、って……本気で言ってるの、篠原《しのはら》？　学園島《アカデミー》のアビリティには〝ルール改変〟に当たるものがないわけじゃないけれど、大抵はルール文章《テキスト》のうちほんの一部分を弄《いじ》るので精一杯だわ。あんたの理想からは随分離れると思うのだけど」

「ああ、分かってる」

例えば、俺が《SFIA《スフィア》》の勝利報酬として手に入れた橙《だいだい》の星の《加筆修正》。ルールに干渉する類《たぐい》のアビリティでは最高峰の効果を持っているはずだが、ルナ島で【ブラックリング】として使った際もほんの十文字ばかりルールを追加できただけ。もちろん充分に強力ではあるのだろうが、それだけでこの逆境が覆《くつがえ》せるとはとても思えない。

ただ、

「《流星祭》の場合、その辺の事情がちょっと特殊なんだ。学園島《アカデミー》側が何から何まで提供してくれる普段のイベント戦と違って、《流星祭》では有志のプレイヤーが《競技《プログラム》》を申請する。要は、俺たちだってゲームマスターになれるってことだ」

「ゲームマスターに……なるほど。つまり既に成立している《疑似恋愛ゲーム：CQ》のルールを弄るのではなく、ご主人様が新たな《競技》を申請するということですか？」

「そういうことだ。ほら、運営の体調不良だか何だかで運営不能になった《競技》がいくつかあって、《ライブラ》が《競技》の追加申請を認めてる……みたいな話があっただろ？

あの枠を使えばルール上は何も問題ない。で、そこで申請しようと思ってるのが、さっき話した〝梓沢《あずさわ》ルートＢ〟……簡単に言えば、《ＣＱ》の改変版だ」

そこで一旦言葉を切って自らの思考を整理する俺。碧《あお》と紅玉《ルビー》の瞳にそれぞれ見つめられながら、俺は静かに言葉を継ぐ。

「やり方はそう難しいものじゃない。今俺たちが参加してる《疑似恋愛ゲーム：ＣＱ》を紫の星のアビリティ――《劣化コピー》で複製する。ただ、全く同じ《競技》じゃ申請する意味がないからな。藍色の星の《†漆黒の翼†》でひたすら〝演出強化〟を加えて、本家の《ＣＱ》にはない追加要素をいくつも盛り込んでおく。名前を付けるなら《パラレルＣＱ》ってとこだな。基本のルールは《ＣＱ》と共通だけど、例えば追加コマンドが使えたりボーナス要素があったりする……《ＣＱ》と平行《パラレル》で進むもう一つの《競技》だ」

「《ＣＱ》と同時開催の《パラレルＣＱ》……ですが、ご主人様。《ＣＱ》と同じ仕様ということは、《パラレルＣＱ》の個別ルートも〝告白に成功したプレイヤーは全員参加〟できてしまうはずです。仮に《ＣＱ》の攻略を助けるような追加要素が《パラレルＣＱ》にあるのだとしても、その恩恵は誰でも得られてしまうのではないでしょうか？」

「ま、そのくらいの公平性がなきゃそもそも申請が通らないからな。《パラレルＣＱ》に組み込む〝追加要素〟の恩恵は誰でも受けられる――だから、代わりに制約みたいなルールも組み込もうと思ってる。イメージとしては【《パラレルＣＱ》に参加してる限り〇〇が出来るようになるが△△が禁止される】みたいな感じだな。個別ルートに進んだカップルなら最初は誰でも《パラレルＣＱ》の恩恵を受けられるけど、この【△△】をやっちまった瞬間に《パラレルＣＱ》から抜けてもらう。要は〝脱落条件〟だ」

「……なるほどね。確かに、その〝脱落条件〟っていうのを致命的なものにしておけば他のカップルは勝手に恩恵を捨ててくれるかもしれないけれど……それ、あんたたちはどうやって回避するのよ？」

「何言ってるんだよ、彩園寺《さいおんじ》。俺と梓沢《あずさわ》に憑《つ》いてるのは《敗北の女神》だぞ？　真っ当な攻略ルートなんか制約が入る前からとっくに潰れてる。だから《パラレルＣＱ》は、全員にメリットがあるように見えて実は俺たちだけが圧倒的に得できる《競技《プログラム》》……ってわけだ。まあ、細かい仕様はこれから詰めないといけないんだけどな」

姫路《ひめじ》と彩園寺の疑問にそれぞれ答えつつ、俺は小さく肩を竦《すく》めてみせる。

《パラレルＣＱ》――それは、《ＣＱ》に《劣化コピー》と《†漆黒の翼†》を作用させることで生み出せる（予定の）新たな《競技》だ。ベースとなるルールや仕様は本家と全く変わらないが、その攻略を助けるような〝追加要素〟が盛り込まれている。もちろん正式な《競技》として申請する以上は誰でも恩恵を受けられてしまうのだが、その懸念に関しては厳しめの〝脱落条件〟を設定することで解消できるだろう。《パラレルＣＱ》にメリットがあることは分かっていても、攻略が行き詰るため捨てざるを得ない……誰もがそう思えるように〝恩恵〟と〝制約〟を調整してやればいい。

俺がそこまで考えた辺りで、彩園寺が豪奢《ごうしゃ》な赤髪を払いながら顔を持ち上げた。

「ん……でもそれ、大丈夫なの？　梓沢先輩の《敗北の女神》が確定採用なのだから、篠《しの》原《はら》が《劣化コピー》と《†漆黒の翼†》を採用したらそれだけでアビリティ枠を使い切っちゃうじゃない。そんな状態で《敗北の女神》を倒せるとは思えないし……それに、分かっているとは思うけれど、あんたの方が梓沢先輩よりたくさんの個人スコアを持っているのよ？　このままだと、もし二人が《CQ》に勝てたとしても《流星祭》の一位になるのは梓沢先輩じゃなくて篠原の方だわ」

「分かってるよ。……そういう意味でも、俺の力だけじゃダメだって言ったんだ」

思い返すのは梓沢と共に確認した《CQ》個別ルートの仕様、中でも〝アイテム〟に関する部分だ。最終日に行われるゲームでは、特定のアイテムを使うことで〝四人組〟を作ることが出来る——その場合、アイテムやアビリティは一つのチームに統合される。そして〝特定のアイテム〟とやらは、《パラレルCQ》の追加ルールを上手《うま》く調整すれば確実に手に入れることが出来るはずだ。

（つまり、姫路と彩園寺がカップルになって俺たちに手を貸してくれれば、それでアビリティ問題は解決する。いや、アビリティだけじゃない——）

続けて思考を巡らせる。

梓沢《あずさわ》には大見得《おおみえ》を切ってきたものの、この方法で勝つためには針の穴を通すくらい繊細なバランス調整が必要だ。正規の《競技《プログラム》》として認めてもらうため、《パラレルＣＱ》は誰でも恩恵を得られるような構成にしなければならない。あまりに強力なコマンドを追加してしまえば俺たちが不利になってしまうし、逆に手心を加え過ぎるとそもそも《敗北の女神》に勝てなくなる。どちらに転んでも俺たちの負けだ。

「——だから、彩園寺《さいおんじ》」

そんなわけで俺は、意思の強い紅玉《ルビー》の瞳を真《ま》っ直《す》ぐ見つめて口を開くことにする。

「俺が色付き星の黄《ユニークスター・イエロー》を手に入れるためには……《敗北の女神》を倒すためには、お前の力が必要だ。お前の才能が必要だ。お前の頭脳が必要だ。だから、俺と組んでくれ」

「う……な、何よ急に。そんな、告白みたいなこと……」

「みたいっていうか、告白のつもりだよ。四人組とはいえ個別ルートで組むんだから、体裁としちゃ変則カップルみたいなもんだろ？　《流星祭》と《疑似恋愛ゲーム》の流儀に従ってるだけだって」

何の気なしに言ってはいるが、俺の気恥ずかしさだって相当なものだ。正直な話、誰かに告白した経験なんて生まれてこの方一度もない。俺の初恋は例の幼馴染《おさななじ》みで止まっていて、そこから先は惚《ほ》れた腫れたの話に関わることすらほとんどなかった。だから今も、心臓はバクバクと高鳴っている。目の前で顔を真っ赤にしている少女に心まで奪われてしまいそうで、必死に自制心を働かせている。

そして――永遠にも感じる数秒間が過ぎた頃。

「……分かった、わよ」

目の前に立つ彩園寺が、微妙に俺から視線を逸《そ》らしながらそんな言葉を返してきた。豪《ごう》奢《しゃ》な赤髪を静かに揺らした彼女は、そのまま照れを誤魔化《ごまか》すような口調で続ける。

「全く、仕方ない学園島《アカデミー》最強ね。いいわ、そういうことならこのあたしが手を貸してあげる。あんたたちを《流星祭》のトップに立たせてあげる。泣いて感謝することね！」

「っ……いいのかよ、おい。俺が言うのも何だけど、相手は《敗北の女神》だぞ？」

「当たり前じゃない。あたしとあんたは二人とも〝嘘《うそ》つき〟で、どんな相手にも絶対に負けちゃいけない……だったら、相手が《敗北の女神》だろうが何だろうが関係ないわ。こっちはとっくに覚悟を決めてるんだから。あの時からずっと――あたしは、あんたの〝共犯者〟なんだから」

「――………ああ、助かる」

ふん、とそっぽを向きながらも時折ちらっと俺の方を窺《うかが》ってそんなことを言ってくれる彩園寺に、俺は込み上げてくる感情を抑え込みつつどうにか短い言葉を返す。

そうして、ゆっくりと視線を隣へ向けた。

「あ、ええと……その」

そこにいるのは当然ながら姫路白雪《ひめじしらゆき》だ——彼女は身体《からだ》の前で両手を揃《そろ》え、いかにも平然とした様子で俺の言葉を待っている。ただし、よく見ればその頬《ほお》は微《かす》かな赤に染まっていて、それを意識的に取り繕おうとしているのも見て取れて、そんなところも含めて全てが可愛《かわい》らしく思えてしまう。

「っ……」

ともかく俺は、からからになった喉を酷使して無理やり言葉を絞り出す。

「姫路。……これが都合のいい頼みだってのは分かってる。それでも、俺が星を——命を預けられるのはお前しかいない。お前のイカサマなしじゃ、俺は〝学園島最強《アカデミー》〟でいられない。だから、その……妙な形になって悪いけど、俺とカップルになってくれ」

「…………はい」

そんな俺の〝告白〟に、姫路は一度そっと目を閉じて、それからゆっくりと首を縦に振った。白銀の髪をさらりと揺らしながら、碧《あお》の瞳で俺を見つめて言葉を紡ぐ。

「もちろん、お受けさせていただきます。わたしはご主人様の専属メイドですが……今回だけは、もう少し対等な関係で。ご主人様の最良のパートナーとして、あるいは恋人として、ご主人様を勝利に導きます」

「————」

ふわりと髪を揺らして告げる姫路に、俺は思わず言葉を失う。……もちろん、これはいわゆる〝愛の告白〟なんかじゃない。《疑似恋愛ゲーム：ＣＱ》はあくまでも《競技《プログラム》》であり、そのチームメイトとして——それも正規のメンバーではなく変則的な〝四人組〟の一員として——選び選ばれた、というだけの話だ。ドキドキする要素なんて全くない。

それでも、相手が相手だからだろうか。

彩園寺《さいおんじ》と姫路に対する〝告白〟は、俺の心を妙にざわつかせて。

（多分、関係性の問題だよな……これが恋愛感情なのかどうかは分からないけど、彩園寺も姫路も俺にとっては死ぬほど大事な存在だ。俺の幼馴染《おさななじ》みがどっちかならいいって思えるくらいには。だから……まあ、緊張するのは当たり前か）

そんなことを考えながらそっと首を横に振る。……管理部所属の柚姉曰《ゆずねえいわ》く、俺が学園島《アカデミー》内で既に再会しているという幼馴染み。俺が〝告白〟をするとしたら彼女だとばかり思っていたが……それは、もしかしたらこの二人のどちらかなのかもしれなくて。

「……ったく」

けれど今は、探し人に思考を囚《とら》われている場合じゃない。

〝偽りの７ツ星〟を守り抜くためにも、俺は《ＣＱ》に勝たなきゃいけないから。

だから——俺は、ニヤリと笑ってこう言った。

「頼もしい返答どうもな、二人とも。今回の敵は《敗北の女神》……それから、学園島《アカデミー》中のカップル連中。そいつらを全員蹴散らして、俺たちが最強の〝四人組〟だってことを証明してやろうぜ」

「ふん……当然ね。あたしたちが組むんだもの、負けなんて最初から有り得ないわ」

「はい。サポートはお任せください、ご主人様」

俺の宣言に対して彩園寺《さいおんじ》は自信満々に胸を張り、姫路《ひめじ》は真摯に首を縦に振る。

そうして俺たちは、丸二日を掛けて《パラレルCQ》の調整を行い――。

四日目の中夜祭が終わる頃には、個別ルートに進出する全カップルが出揃《でそろ》っていた。


【競技ナンバー001《疑似恋愛ゲーム：CQ》個別ルート――エントリー一覧】

【篠原《しのはら》緋呂斗《ひろと》（四番区・7ツ星）／梓沢《あずさわ》翼《つばさ》（十四番区・1ツ星）】

【姫路白雪《しらゆき》（四番区・5ツ星）／彩園寺更紗《さらさ》（三番区・6ツ星）】

【水上《みなかみ》摩理《まり》（四番区・5ツ星）／水上真由《まゆ》（四番区・5ツ星）】

【榎本《えのもと》進司《しんじ》（四番区・6ツ星）／浅宮《あさみや》七瀬《ななせ》（四番区・6ツ星）】

【藤代《ふじしろ》慶也《けいや》（三番区・6ツ星）／真野《まの》優香《ゆうか》（三番区・3ツ星）】

【不破《ふわ》深弦《みつる》（八番区・5ツ星）／不破すみれ（八番区・5ツ星）】

【奈切《なきり》来火《らいか》（十七番区・6ツ星）／竜胆《りんどう》戒《かい》（十七番区・1ツ星）】

【他多数――計83組166名】

minami
というわけで…翼ちゃんに、フラれた件

minami
ストーカーさんの、餌食……

azusawa
ううっ！？

azusawa
ご、ごめんね雫！　あんなに協力してくれたのに……！

azusawa
ボク、先輩失格だよぅ！

minami
別に、いい……そもそも、わたしが翼ちゃんの
愛好属性を集められなかったせい

minami
わたしの、完敗

minami
それに……

azusawa
？

azusawa
それに？

minami
翼ちゃんは、そろそろ救われるべき……そのためには、わたし
よりストーカーさんの方が適任。絶対に、勝ってくれる……

minami
と思う

azusawa
……！　あ、ありがと雫！

azusawa
《流星祭》が終わったらいーっぱいお礼するからね！
先輩が何でもしてあげる！！

minami
……お礼？　何でも……？

minami
これは……実質、わたしの勝ちかも

##

『——もしもし、ストーカーさん？』

『わたしは、わたし……ストーカーさんの、恋敵。翼《つばさ》ちゃんを取られて、傷心中……』

四日目の中夜祭が終わってすぐ、俺の端末に皆実雫《みなみしずく》から連絡があった。

傷心中、とは言っているが、その声音は相も変わらず淡々としたものだ。特に傷付いているようにも悔しがっているようにも聞こえない。

とにもかくにも、端末越しの皆実は続ける。

『ただ、翼ちゃんは可愛《かわい》すぎだから、ストーカーさんがメロメロになっちゃうのもよく分かる……だから、今回だけは譲ってあげる。次は、ダメ……』

「……はいはい。別にメロメロになっちゃいないけど、譲ってくれるなら貰《もら》ってやるよ」

『ん。翼ちゃんを、よろしく……もし負けたら、許さない』

「へえ？　お前にしちゃ執着があったんだな」

『当然……だって翼ちゃんは、《敗北の女神》が他の子に渡らないように、退学もしないでずっと耐えてた。もし翼ちゃんが退学しちゃってたら、冥星が他の子に移って……その子も、きっと退学するしかない。そうしたら、聖《せい》ロザリアから可愛い子がどんどん減ってく。最悪の、事態……それを阻止した翼ちゃんは、偉すぎ。ノーベル賞、確実……』

「ああ……なるほど」

得心して一つ頷《うなず》く俺。常に気怠《けだる》げな皆実雫は〝学園のため〟とか〝大義のため〟といった大掛かりな事情が似合うタイプではないが、そういった理由なら大いに納得できる。皆実にとって梓沢《あずさわ》は大事な先輩であり恩人なのだろう。だから彼女は、この《流星祭》に勝って《敗北の女神》を打ち倒そうとしていたわけだ。

そして――その役目を、今ここで俺に託そうとしているんだろう。

「……ハッ」

それを理解した俺は、ニヤリと口角を持ち上げてこんな言葉を返すことにした。

「任せとけって、皆実。お前の自慢の先輩は、そろそろ報われてもいい頃だ」

『……ん。ストーカーさんの返事にしては、上出来……』

不敵かつ不遜な俺の宣言に対し、皆実雫はいつも通りの眠たげな声音でそう言った。

＃

――全島統一学園祭イベント《流星祭》最終日。

学園島《アカデミー》一番区の一角を借り切った五キロ四方の特設フィールドにて。

指定された初期位置に散らばった俺たち《疑似恋愛ゲーム：ＣＱ》個別ルートの参加者は、十五分後に迫った《競技《プログラム》》の開始を今か今かと待ち侘《まわ》びていた。

「うぅ……き、緊張してきたよぅ」

俺の正面で頼りない声を零《こぼ》しているのは、聖《せい》ロザリアの制服に柔らかそうなカーディガンを合わせた梓沢翼《あずさわつばさ》だ。彼女はきょろきょろと辺りを見渡したり端末の画面を見下ろしたりと、やけに落ち着かない様子で佇《たたず》んでいる。

「……そんなに緊張してるのか？」

「す、するよ！　するに決まってるじゃないかぁ！　普段から激戦を潜《くぐ》り抜《ぬ》けている篠原《しのはら》くんと違って、ボクは一度も《決闘《ゲーム》》に勝ったことがない一般人なんだよ⁉　雰囲気に呑《の》まれないようにするだけで精一杯なんだから！」

「あー……まあ確かに、言われてみればそうかもな」

わたわたと両手を振りながら全力の抗議を向けてきた梓沢に対し、俺は小さく首を横に振る。梓沢の言う通り、俺が慣れ過ぎてしまっているだけでこんなの普通は委縮して当然の大舞台だ。加えて、彼女にとっては《敗北の女神》との決別が懸かった大勝負……まともな精神状態を保つのだって一苦労だろう。

「じゃあ一応、個別ルートのルールでも復習しておくか？　例の《競技》――《パラレルＣＱ》も、ベースの部分は《ＣＱ》と共通だ。まだゲームが始まるまで十五分近くはあるし、ずっとそんなんじゃ潰れちまうぞ」

「あ……うん、そうだね。ボクもそれが良いと思う！」

俺の提案に大きく頷《うなず》いて、ととっと一歩こちらへ近付いてくる梓沢。ルール文章《テキスト》なら彼女の端末でも表示できるはずだが、俺の目の前に立った梓沢は何故《なぜ》か『早くして？』と言わんばかりの上目遣いを至近距離で向けてくる。

「っ……」

そんな仕草に少しだけドキッとしながらも、俺は端末にそっと指先を触れさせた。


【――競技ナンバー001《疑似恋愛ゲーム：CQ》個別ルート：ルール設定】

【《CQ》個別ルートでは一つの〝ゲーム〟を執り行う】

【ゲームの内容は、指定されたアイテムを奪い合う〝借り物競争〟である。エントリー数の上限はなし。ただし、エントリーするための条件として〝《CQ》の告白タイムにおいて成立した二人組のカップルであること〟を課す】

【《CQ》個別ルートにおける最も重要な要素は〝アイテム〟と呼ばれるものである。初期段階では、アイテムは全てのカップルに三つずつ与えられる(同名のアイテムは存在しない)。そして同時に、各カップルには三つの〝お題アイテム〟が通達される。この〝お題アイテム〟に該当するアイテムを全て所持した状態になった瞬間、そのカップルは《疑似恋愛ゲーム:CQ》の覇者となる】

【アイテムの入手方法は、大きく分けて《交換》と《強奪》の二通りである】

【《交換》――別のカップルと出会った際、互いにアイテムまたは後述の〝チャージ〟を差し出すことでそれらを交換することが出来る。交換によって手に入れたアイテムは〝レンタル〟扱いとなり、効果発動の際に追加の〝チャージ〟が必要となる】

【《強奪》――プレイヤーが一定以上のダメージを与えられた際、そのプレイヤーは〝戦闘不能〟状態となる。他カップルのプレイヤーを〝戦闘不能〟状態に追い込んだ場合、当該プレイヤーの所持アイテム一つを選んで奪い取ることが可能である。この方法で強奪したアイテムは〝レンタル〟扱いにはならない。

また、一度〝戦闘不能〟になったプレイヤーは、一定時間あらゆる攻撃を受け付けない】

【アイテムの効果について：《CQ》個別ルートに登場する全てのアイテムには特殊な効果が付与されている。ただし、それを使用するためには既定の〝チャージ〟を対価として支払う必要がある。各カップルの初期チャージは100であり、これは各々の〝個人スコア〟から引き落とされるもの《チャージする》とする。また〝レンタル〟しているアイテムの効果を使用する際は、要求される対価と同額のチャージを元の所有者にも支払わなければならない】

【チャージの増加について：チャージは一時間に一度、各プレイヤーの個人スコアから追加で100まで引き出すことが出来る。また、不要なアイテムを〝売却〟することでそれに見合うチャージを獲得することも可能。ただし売却が可能なのは、どのカップルのお題にも含まれていないアイテムのみとする】

【登録《セット》できるアビリティは各カップル三つまでとする。また《疑似恋愛ゲーム：CQ》における〝カップルスキル〟もアビリティと同様に効果を発揮する】

【最終勝利カップルには各プレイヤー+1000の個人スコアが与えられる】

「ん……」

この数日間で何度読んだかも分からないルール文章《テキスト》に再び目を通し、俺は吐息とも溜《た》め息《いき》ともつかない声を零《こぼ》す。

《疑似恋愛ゲーム：CQ》個別ルート――ここ一番区の一角を借り切って行われるゲームの内容は、端的に言えば〝アイテムの奪い合い〟だ。ルールの土台になっているのは運動会でも定番の〝借り物競争〟らしいが、学園島《アカデミー》の《決闘《ゲーム》》ということもあり、スケールとしては比べ物にならないくらいに大きくなっている。

「各カップルには集めなきゃいけない〝お題アイテム〟が三つずつ指定されてて、それとは別に三つの〝初期アイテム〟が配られる。そのアイテムやらカップルスキルを上手《うま》く活《い》かして、一番早く〝お題アイテム〟を集めきったカップルが勝者になるってわけだ」

「う、うん」

じっと端末の表示を見つめたまま、至近距離に立つ梓沢《あずさわ》がこくんと頷《うなず》く。

「アイテムはどれも一つずつしかないけど、お題の方は絶対にどこか別のカップルと被ってるんだよね。だから、一つのアイテムを何組かで奪い合わなきゃいけないみたい」

「ああ。だからやっぱり、戦力を早めに充実させられるかどうかが鍵になる」

梓沢と額をぶつけ合わないように気を付けながら端末に視線を落とす俺。この個別ルートでアイテムを集める手段は大きく二つ――《交換》と、それから《強奪》だ。

「《交換》は名前の通り、他のカップルと手持ちのアイテムを交換するだけ……相手とお題が被《かぶ》ってないなら無難な方法には見えるけど、下手に強力なアイテムを渡しちまうとそいつの効果で反撃されちまう可能性がある。それに、《交換》で手に入れたアイテムはレンタル扱いだ。効果を使うためには倍の〝チャージ〟が必要になる」

「そうだよね。チャージは最初が100で、一時間ごとに100追加できる……けど、それ以外は要らないアイテムを〝売却〟するか他のカップルへの〝レンタル〟で稼ぐしかないから、気を付けてないとすぐにアイテムが使えなくなっちゃいそう」

「だな。そう考えると、もう一つの《強奪》がかなり重要な立ち位置になってくる。相手を〝戦闘不能〟に出来れば、問答無用でアイテム一つ獲得……しかも、こっちはレンタルじゃなくて所有権まで移ってくれる。これで〝お題〟に該当するアイテムが手に入ればそれでいいし、そうじゃなくてもチャージが稼ぎやすくなる。そうなれば、あとは強力なアイテムをガンガン使って攻めまくればいいだけだ」

「うん。……で、でもさ！　それは、あくまでも普通のカップルの場合っていうか……ボクに《敗北の女神》が憑いてなかったら、の話だよね？」

少しばかり申し訳なさそうな表情になって、梓沢はそんなことを言ってくる。彼女の視線の先にあるのは〝カップル情報〟なる項目だ。名称こそ独特だが、要は《CQ》個別ルートにおける〝プレイヤーステータス〟を指すものなのだろう。

——曰《いわ》く、

【カップル：篠原緋呂斗《しのはらひろと》－梓沢翼《あずさわつばさ》】

【お題アイテム：ダイヤの指輪／最高級ネックレス／ハネムーンチケット】

【初期アイテム：安物ネクタイ／古風なラブレター／近所の映画館】

【カップルスキル：堕《お》ちた女神の微笑《ほほえ》み――アイテムを使用する際に必要なチャージが通常の十倍になる。レンタルの場合は、元の所有者に支払うチャージも同様に十倍とする】

「……さすがに笑っちまうよな、これ」

端末上に表示された分かりやすい〝絶望〟に、俺は微《かす》かに口角を持ち上げながらそんな感想を口にする。

「まあ……アイテムの内容についてはそこまで掘り下げなくてもいいか。武器とかじゃなくて洒落た名前が付いてるのは《疑似恋愛ゲーム：ＣＱ》ならではのこだわり、ってことらしいけど」

「うん！　えっと、確か……〝指輪〟とか〝ネックレス〟っていうのは各アイテムのシリーズ名みたいなもので、前に付いてる修飾語はそのシリーズ内での強さを表してるんだよね。例えば〝指輪〟シリーズはビームが撃てるアイテムなんだけど――」

「……ビーム？」

「そう、ビーム！　だけど、完全に同じ効果ってわけじゃなくて、名前に付いてる〝安物の〟とか〝ルビーの〟っていう部分で飛距離とか追加効果が変わるんだって！」

「凄《すご》い世界観だな……で、俺たちの〝お題〟になってる【ダイヤの指輪】やら【ハネムーンチケット】やらは、どいつもこいつもシリーズ内最強のアイテムってわけか」

「そうみたい。う、うぅ……こんなの、絶対誰も手放してくれないよぉ」

「ん……まあそうだろうけど、そんなのは最初から分かってたことだろ？　初期アイテムが貧弱なのも予想通り。だから、問題はやっぱり〝カップルスキル〟だな」

小さく肩を竦《すく》めて告げる俺。

そう――俺と梓沢のカップルスキル〝堕ちた女神の微笑み〟は、アイテムの使用に要するチャージが無条件で十倍になる、という不条理極まりない効果を持っている。本来カップルスキルというのはゲームの勝利に役立つものであるはずなのに、俺たちのそれは明らかにマイナス。しかも、気軽に受け入れられるような弱体化《デバフ》じゃない。

「多分、梓沢のユニークスキルにあった〝不幸〟を俺のスキルが〝増幅〟させた結果なんだろうな……にしても、これは相当キツい。例えば【古風なラブレター】には〝触れているプレイヤーを三秒間拘束〟するって効果があるんだけど、これを使うのに必要なチャージは〝5〟――それが十倍になるんだから、一気に50も持ってかれることになる」

「うぅ、そんなに払えないよぅ……ど、どうしたらいいのかな？　アイテムが使えないなら《強奪》もなかなか狙えないし……あ、わらしべ長者でもやってみる？」

「いや、最初の《交換》からして成立しないだろうな」

破れかぶれの案を提示してくる梓沢《あずさわ》に対し、俺は小さく首を横に振る。……《交換》よりも《強奪》の方が優秀なこのゲームで、弱いアイテムから強いアイテムへの《交換》なんて行為が成り立つとは思えない。妥当なアイテムを持ってくるか、あるいは差を埋め合わせるだけのチャージをきっちり支払わなければならないだろう。もし仮にそんな状況を作れたとしても、交渉が決裂した瞬間に当のアイテムで襲われることになる。

あらゆる要素が俺と梓沢に〝負けろ〟と言ってきているような状況。《敗北の女神》による徹底的な不条理の押しつけ。

けれど——俺は、

「だとしても、これくらいは予想の範囲内だ。……むしろ、これくらいやってくれなきゃ話が違うだろ。俺たちは《敗北の女神》を利用して《CQ》に勝とうとしてるんだ。常に最悪が降りかかってくるからこそ、今後の展開が読みやすい……《パラレルCQ》はそんな前提で追加ルールを作ってる。今回だけ手加減されたら興覚めだっての」

「う、うぅ……そんな余裕そうに言わないでよ、篠原《しのはら》くん。先輩のボクだけがずっと怖がってるように見えるじゃないかぁ」

「何だよ、怖がってなかったのか？」

「も、もちろん！　そ、その……ちょっと不安だけど、覚悟はちゃんと出来てるよ!?」

「ああ、そりゃ良かった」

心強い回答をくれた梓沢に対し、俺はニヤリと笑みを浮かべてみせる。

普通なら――そう、普通ならこのルールで俺たちが勝つことなど絶対に有り得ない。為《な》す術《すべ》もなく《敗北の女神》に蹂躙《じゅうりん》されて絶望するのがオチだろう。けれど、もう準備は終わっている。今から始まるのは通常の《ＣＱ》個別ルートに加え、《敗北の女神》に打ち勝つための策をこれでもかと盛り込んだ《パラレルＣＱ》だ。バッドエンドを回避して《流星祭》の頂点に立つための〝梓沢ルートＢ〟は既に幕を開けている。

だから、

「行こうぜ、先輩――今回は、俺たちが《敗北の女神》をぶっ潰す番だ」

「――うん！」

俺と梓沢は、真《ま》っ直《す》ぐ目を見合わせながら不敵にそんな啖呵《たんか》を切って。

辺り一帯にゲーム開始の合図が鳴り響いたのは、それからほんの五分後のことだった。

♭

――《ライブラ》公式による《流星祭》生放送。

《疑似恋愛ゲーム：ＣＱ》個別ルート開始直後の island tube《アイ・チューブ》コメント欄より。

『あれ……？　篠原が組んでるやつ、誰だ？　１ツ星って書いてあるけど』

『7ツ星が無名の1ツ星プレイヤーと組むとかアリなのかよ』

『梓沢翼《あずさわつばさ》……え、くっそ可愛《かわい》いんだけどこの子。マジで無名なん？』

『一部界隈《かいわい》では有名って話』

『学園島《アカデミー》じゃ超珍しい留年生ってやつだな。確か〝負の色付き星《バッドステータス》〟持ち』

『バステ!?　ってか負の色付き星って何!?』

『誰にも勝てない呪い、とかって聞いたことあるけど。だから留年してるんだって』

『こ、こわ……さすがに不憫《ふびん》すぎるな、それ』

『……つか、そんなやつと組んで篠原《しのはら》勝てるのか？』

『あ、確かに。余裕の表れ、的な？』

『どうだろうな……俺も《決闘《ゲーム》》で当たったことあるけど、梓沢さんってマジで〝勝てない〟んだよ。コイントス系の心理戦だったんだけど、あの人が一回も表を出せなかったから賭けるまでもなく不戦勝になった。二十回投げて一回もだぜ？』

『ヤバすぎ。最上位の《幸運》アビリティでもそんなに偏らねえっての』

『じゃあ何で篠原はそいつと……？　さすがに勝てないよな？』

『だと思うけど……って、あれ？　何か参加者の画面表示おかしくね？　《疑似恋愛ゲーム：CQ》と……《パラレルCQ》？』

『同時開催の別ゲー……？　え、そんなのあったか!?』

『なかったよ！　っていうか……この《競技《プログラム》》、申請してるの〝篠原緋呂斗《ひろと》〟だ！　あいつが《CQ》に登録《セット》したアビリティで何かしら仕掛けてるんだ！』

『え……もしかしてそれ、負の色付き星を攻略するためにってことか？』

『ま、マジで言ってる？　ヤバくね？　熱くね？』

『…………』

『『も、盛り上がって来たぁあああああ!!』』

＃

【競技ナンバー001《疑似恋愛ゲーム：CQ》個別ルート――開始】
【同時進行《パラレルCQ》個別ルート――開始】
【両ゲーム参加カップル：現在83組】

「っと……」

――ゲームが始まった直後、俺が真っ先に確認したのは端末の画面だった。

視界に入るのは先ほども見た様々なプレイヤーステータス……だが、俺はそれらを飛ばして〝現在参加している《競技》〟なる項目に視線を向ける。《疑似恋愛ゲーム：CQ》に参加中なのは当然として、その下に並んでいるのは新たな《競技》の名称だ。

「《パラレルCQ》参加中……よし、とりあえず問題なさそうだな」

そんな表示を見て、俺はほっと胸を撫《な》で下ろした。……こいつが稼働してくれなければ何も始まらない。平行《パラレル》ルート――《敗北の女神》に打ち勝つための舞台装置。色付き星《ユニークスター》の力で生み出したこの《競技《プログラム》》をフルに使って、俺たちは《CQ》の勝者になる。

ちらりと眺めた island tube《アイ・チューブ》の方で狙い通り《ライブラ》の司会が《パラレルCQ》に触れてくれているのを確認しつつ、俺は静かに顔を上げることにした。

「ってわけで、梓沢《あずさわ》先輩」

「はい先輩だよ！　えと、最初はどうするの、篠原《しのはら》くん？　ボク、何だか居ても立っても居られないっていうか……何かしてないとソワソワしちゃって！」

「ん……そうか。だとすると、ちょっと悲報になっちまうかもな」

「ひほー？」

「ああ。だって、今からしばらく……少なくとも三十分くらいは、特に何の目的もなくぶらぶら歩くつもりだから」

「え……ええっ!?」

俺の言葉に軽く上半身を仰《の》け反《ぞ》らせつつ大きく目を丸くする梓沢。相変わらずリアクションの大きい彼女は、わたわたと両手を振り回しながら慌てて疑問を口にする。

「そ、それ……そんなことして大丈夫なの!?　もっとこう、たくさん攻めなきゃ――」

「いや、ろくなアイテムがないんだから闇雲に攻めたって仕方ないって。それに、俺たちの作戦はもう始まってる。心配しなくても、別に勝負を投げたわけじゃねえよ」

「う、うぅ……分かった、分かったよぅ」

　有り余るエネルギーの向かう先を失ってしゅんと萎《しお》れる梓沢。ただ、感情表現が大袈裟《おおげさ》な彼女は〝沈む〟のが一瞬なら〝浮く〟のも人一倍早いわけで、数秒後にはさっさと元気を取り戻して「〰〰♪」と鼻歌交じりに歩き始める。

　そんな行軍を始めて、早くも三十分近くが経過した頃だろうか。

「へ？　……って、うわわぁっ!?」

（――!?）

　俺の隣を歩いていた梓沢が悲鳴にも似た声を上げる――というのも、俺と彼女の頭上から大きな大きな長方形の影が勢いよく降ってきたからだ。まるで自分の上だけが分厚い雲で覆われたような感覚。少なく見積もっても十メートル以上ある影から逃れられるはずもなく、俺たちは一瞬にしてそいつに絡め取られる。そうやって〝影〟に触れた瞬間、手や足も含めたあらゆる動きが封じられたのが分かった。

「え、ちょっ……な、何だよこれぇ！　ボク、動けないんだけど!?」

「っ……捕獲系のアイテム、ってやつだろうな。だとしたら、もがいても意味が――」

『――大正解！(^^)/』

と。

その瞬間、滑らかに発せられた合成音声が耳朶《じだ》を打ち、同時に俺たちの目の前に巨大な投影画面が展開された。そこに映し出されたのは見覚えのあるクマのぬいぐるみだ。《流星祭》初日の《競技《プログラム》》でも登場した可愛《かわい》らしいクマ。となれば当然、それを操っているのは英明《えいめい》学園の隠れた天才──５ツ星・水上《みなかみ》真由ということになる。

彼女（クマ）は、眼下に捕らえた俺たちを睥睨《へいげい》しながら続ける。

『私が使ったのは【特大のラブレター】。そしてラブレター系のアイテムは、相手を拘束する効果を持つ──中でも【特大のラブレター】は、15メートル四方にいるプレイヤーをまとめて五分間動けなくする。何故《なぜ》なら、愛は重たいから』

「……そいつは強力なアイテムだな。というか、ちょっと強すぎないか？」

『当然。だって、私が組んでるのは摩理《まり》だから──アイドル枠の恩恵で、ユニークスキルが優秀だった。私のスキルと合わせたカップルスキルは〝倍々ゲーム〟……アイテムの効果文に含まれる数字を全て〝五倍〟にする効果。どんなアイテムも、このスキルのおかげで最強候補。さすが摩理(;・∀・)』

「……っ……」

いつも通り妹を褒め称《たた》えながらカップルスキルを明かしてくれた水上《みなかみ》姉に対し、俺は無言のままこっそり頬《ほお》を引《ひ》き攣《つ》らせる。……〝倍々ゲーム〟。アイテムの効果文に出てくる数字を全て五倍にするスキル。いくら水上がアイドル枠だからと言っても、俺たちのカップルスキルである〝堕《お》ちた女神の微笑《ほほえ》み〟とあまりにも質が違いすぎる。さらに、初期アイテムの強さに関してもやはり相当な格差がありそうだ。

『？　というか……あれ？』

と、そこで、不意に横合いから伸びてきた白い手が器用にクマの首を傾《かし》げさせた。

『篠原《しのはら》くん、いつものメイドちゃんはどうしたの？　浮気？』

「あー……まあ、こっちにも色々と事情があってな。ただ少なくとも浮気じゃねえよ」

『ふぅん。……例の《パラレルＣＱ》といい、これは何か企《たくら》んでると見た(◎_◎)』

探るような発言と共にジト目を向けてくるクマ。

そんな彼女の指摘から逃れるべく、俺は静かに首を振りつつ言葉を継ぐ。

「ったく……それで？　見たところ、ラブレター系アイテムの効果は〝相手の動きを止めるだけ〟なんだろ。このままじゃ俺たちを〝戦闘不能〟には出来ねえぞ」

『肯定。だから――もちろん、【特大のラブレター】だけじゃない』

スタイリッシュな切り返しと共にクマが微《かす》かに身を捩《よじ》った――刹那、

「お待たせしました、お姉ちゃん――！」

威勢のいい第一声と共に、俺たちの背後から軽やかな足音がこちらへ近付いてきた。流麗な黒髪を風に舞わせた彼女は滑り込むような形で俺と梓沢《あずさわ》の正面に回ってくると、投影されたクマの映像を背景《バック》にびしっとこちらへ端末を突き付ける。

「今、私がトドメを――って、篠原《しのはら》先輩!? な、何で先輩が捕まってるんですか!?」

「……そりゃまあ、お前の姉貴にやられたからだよ」

「え、ええっ!?」

前口上の途中で俺に気付き、びっくりしたように目を丸くする少女――水上、水上摩理。

そう、当然と言えば当然の流れなのだが、水上《みなかみ》姉の言葉に呼応して姿を現したのは彼女だった。英明《えいめい》学園の一年生にして5ツ星かつ色付き星《シングルカラー》所持者である超優秀な後輩プレイヤー。長く流麗な黒髪ときっちり着こなされた制服、幼さと大人びた雰囲気が同居する整った顔立ちは学園島《アカデミー》中から人気があり、一年女子のアイドル枠にも選出されていた。

「お、お姉ちゃん！」

当の水上は、端末だけ俺たちに向けたまま抗議の表情で投影画面を振り仰ぐ。

「捕まえたのが篠原先輩たちなら早く教えてください！ 私、トドメとか言っちゃったじゃないですか……！ 口が悪い後輩だって思われてしまいます！」

『落ち着いて、摩理《まり》。確かに相手は7ツ星……だけど、今は私たちが有利(・`Д・´)』

「違います、そうじゃないんです！ 篠原先輩を攻撃するなんて、私にはそんなことは出来ません！ 篠原先輩は私の、わたしの……そ、尊敬している大先輩なのでっ！」

『…………………ふぅん？』

瞬間——水上姉の発声方法は〝合成音声〟なのだから基本的には声色が変わることなどないはずだが、それでもクマの発する声音が一段階低くなったような気がした。ぎろりとこちらを見つめる視線も、心なしか鋭いものに変わっている。

そうしてクマはポツリと低い声を零《こぼ》した。

『摩理を誑《たぶら》かすなんていい度胸——今すぐ磨《す》り潰《つぶ》す』

（いやいやしてませんけども!?）

『ふん……摩理、よく聞いて。摩理がその男を尊敬しているなら、なおさら躊躇《ちゅうちょ》しないで攻撃するべき。普段は味方でも、このゲームでは敵同士……そして、私情で敵を助けるのは〝正義〟の在り方じゃない。正義じゃないのは格好悪い(:_:)』

「はっ！　た、確かに……言われてみれば、その通りかもしれません」

流れるように紡がれる姉の言葉に大きく目を見開き、むむむ……と困ったように眉根を寄せる水上。彼女はその後もしばらく悩んでいたようだったが、やがて決心したようにきっと視線を持ち上げて堂々とした態度で口を開く。

「決めました。……すみません、篠原先輩。ここで勝てば、私も二色《ダブルカラー》持ちの６ツ星になれるんです——篠原先輩に少しだけ近付けるんです！　だから、観念してください！」

そう言って水上が使用したのは、アイテム名【高級ネクタイ】——手の届く範囲にいるプレイヤーに大ダメージを与える打撃武器だ。身動きの取れない状態でそれを躱《かわ》せるはずもなく、命中と同時に〝戦闘不能〟を表す微《かす》かな痺《しび》れが全身を襲う。

「っ……！」

「ご、ごめんなさい篠原《しのはら》先輩……！　痛かったですか!?　すぐに応急処置を――」

「要らねえよ。……ったく、敵に塩を送ってどうするんだよ水上《みなかみ》。ダメージだの戦闘不能だのは単なるゲーム上の用語、ってだけだ。大体、動けないのはさっきからずっと【特大のラブレター】のせいだからな」

「で、ですが……」

「ですがも何もねえって。覚悟したんだろ？　俺に勝つつもりなんだろ？　だったらさっさとゲームを進めろよ、水上。言っとくけど俺は今回も圧勝するつもりだぜ」

「！　……はい。ありがとうございます、先輩！」

俺の言葉にハッとしたように目を見開いてから、水上は流麗な黒髪を揺らして丁寧なお辞儀をしてみせた。そうして彼女は、俺を〝戦闘不能〟に追い込んだ報酬としてアイテムを一つ《強奪》する。選ばれたのは【近所の映画館】だ。ラブレターとネクタイについては上位互換のアイテムを持っているわけで、まあ当然の選択と言えるだろう。

と……その時だった。

【条件確認――水上摩理《まり》＆水上真由《まゆ》のカップルが《パラレルＣＱ》から脱落しました】

「……え？」

突然目の前にポップアップされたそんなシステムメッセージに、水上が慌てたような仕草で自身の端末へと視線を落とした。……が、たとえ〝現在参加している《競技《プログラム》》〟の一覧を眺めても、既に《パラレルＣＱ》の記載は消えてしまっていることだろう。何せ彼女とその姉は、たった今《パラレルＣＱ》から脱落した。

それに気付いた水上が、多少なりとも動揺した表情で投影画面に視線を向ける。

「ど、どうしましょうお姉ちゃん。これ、大丈夫なんですか……!?」

『?　肯定、何も問題ない。単純に《パラレルＣＱ》の脱落条件が簡単すぎるだけ……こんなの、どうせ誰も続けてられない。さっさと抜けた方がマシ(-_-)zzz』

――そう、そうだ。

水上姉の言う通り、俺たちが《パラレルＣＱ》に設定した〝脱落条件〟は非常に簡単なものだった。一度でも《交換》または《強奪》を行うこと……この条件を満たしてしまった場合、そのカップルは直ちに《パラレルＣＱ》を追い出される。そうなれば諸々《もろもろ》の〝追加要素〟は二度と使えなくなるが、とはいえ《交換》も《強奪》も行わずに《ＣＱ》の攻略を進めるなんて、そんなの普通にやったら不可能だ。

（要は、俺たちだけなんだ――）

一定の縛りを受け入れない限り続行できない《パラレルＣＱ》。

その恩恵をフルに受けることが出来るのは、ろくでもないカップルスキルのせいで最初から《交換》も《強奪》も選択肢に入っていない俺と梓沢《あずさわ》だけ、というわけだ。

「よ、よく分かりませんが……お姉ちゃんがそう言うなら、分かりました！」

納得とまではいかないものの、自身の姉を信頼して疑問を棚上げすることに決めたらしい水上《みなかみ》。彼女は流麗な黒髪を揺らしながら再び丁寧な礼をしてみせる。

「それでは先輩方、私はこれで！　お二人の健闘を祈ります!!」

『撤退。ゲームを――もとい、摩理《まり》とのデートを再開する(*ノωノ)』

嫌味《いやみ》など一切感じられない声音で告げてくる水上と、そんな彼女の後ろで楽しげな呟《つぶや》きを零《こぼ》すクマ。二人、というか一人と一匹（？）が俺たちの前から姿を消してさらに二分ほどが経《た》った頃、ようやく【特大のラブレター】による呪縛が解ける。

「へ、へぁ……ボク、もうへろへろだよ。散々なスタートだぁ……」

拘束から抜け出すと同時にふらふらと足を縺《もつ》れさせ、そのままぺたんと地面に腰を下ろす梓沢。確かに、相当早いタイミングでの襲撃だ――が、俺たちが《敗北の女神》と組んでいる以上、これくらいの〝不幸〟は規定事項のようなものだろう。だから俺もほとんど抵抗しなかったし、そもそもする必要がなかった。

何故《なぜ》なら、だ。

「今の《強奪》で残りアイテムが二つになった……ってわけで、そろそろ動こうぜ、梓沢」

「動く？　それって……あ、もしかして《調合》のこと!?」

俺の言葉に対し、地面に座り込んだままの梓沢がぱぁっと表情を輝かせる。

《調合》——それは、俺たちが《敗北の女神》を打ち倒すために《パラレルCQ》へ組み込んだ追加コマンドの一つだ。所持アイテムから二つを選んで消費することで、より強力な効果を持つ〝別のアイテム〟を作ることが出来る。

「強力な、っていうのは、要するに〝修飾語〟の部分が強化されるって意味だ。少なくとも消費した二つのアイテムよりは上等なアイテムが手に入る。しかも、だ。ここから先は極秘情報だけど、《調合》にはいくつか裏の仕様がある——実はさ、《調合》で作られるアイテムはランダムなんかじゃないんだよ。消費した二つのアイテムの組み合わせで〝シリーズ〟と〝修飾語〟が決まって、それ以外の所持アイテムが少なければ少ないほどボーナスみたいなものが加算されるようになってる。で、その対照表を作ったのが俺たちだからな。ここで手に入れられるアイテムは〝個別ルート〟が始まる前から決まってた」

「おおお！　……って、あれ？　でも、ボクたちの初期アイテムが決まったのってついさっきだよね？　しかもその中から一つが《強奪》されたばっかりなんだから、このタイミングでどんなアイテムを持ってるかなんて分からないんじゃ……」

「普通ならな。だけど、今回だけは梓沢のおかげで簡単に予測できる」

「え、ボクのおかげ？　な、何だよもう、照れちゃうじゃんかぁ……それってさ、やっぱりボクが可愛《かわい》くて頼れる先輩だから、ってこと？」

「……まあ、それでもいいけど」

「へぁっ!? ま、待って待って、ちゃんとツッコんでよ！ そうやって流されちゃったらボクが恥ずかしい子みたいじゃないかぁ！」

むぅ、と唇を尖《とが》らせながら全力で抗議してくる梓沢《あずさわ》。やはり〝可愛《かわい》い先輩〟という部分だけはどうしたって否定しようがないのだが、それはともかく。

「えっと……あれだよね？ ボクたちには《敗北の女神》がいるから……」

「ま、そういうことだな。俺たちの手元に残ってる【安物ネクタイ】と【古風なラブレター】……この二つは、全アイテムを〝効果〟と〝コスト〟の両面で採点した時、並んで最下位に来るアイテムなんだよ。だから、ランダム要素なんか一つもないんだ。俺たちが序盤で襲撃されることは分かってたし、そこで残るのが【安物ネクタイ】と【古風なラブレター】だってのも最初から分かってた。全部《敗北の女神》のおかげでな」

「う、うぅ……な、何だか複雑な気分だよぅ」

喜びと悲しみの中間みたいな表情で梓沢はふるふると首を横に振る。

ただ、俺の言葉は全くもって皮肉でも何でもない——所持者に絶対的な〝不幸〟を運んでくる《敗北の女神》。彼女が提示するのは常に〝最悪の未来〟なわけで、だとすればゲームの展開は容易に読める。準備すべきは〝最悪〟に対するカウンターだけでいい。

そんなわけで。

「とりあえず【安物ネクタイ】と【古風なラブレター】を《調合》しよう——所持アイテムが0の状態でこの二つを掛け合わせた場合、完成するのは【ダブルデート特待券】になる。このゲームの中でも数少ない〝四人組〟を構築するためのアイテムだな」

「四人組！　うん、確かにそれは強いかも！　アイテムもカップルスキルも共同になるんだもんね、それなら一気に戦いやすくなるよ」

「だな。まあ、集めなきゃいけない〝お題アイテム〟も倍増することになるけど……それでも、今の俺たちからすればほとんどメリットしかないはずだ」

端末上で該当のアイテムを確認しながら呟《つぶや》く俺。……二つのカップルを一つのチームとみなす〝四人組〟。このゲームでは珍しく〝一度しか使えない〟という制限を持つアイテムだが、それだけに効果はかなり強力だ。紛《まぎ》れもなく〝当たり〟と言っていい。

「すごいなぁ、すごいなぁ……」

同じく俺の端末を覗《のぞ》き込《こ》みながら、梓沢は感心したような声を零《こぼ》している。

「《敗北の女神》がいるのにこんなアイテムが手に入るなんて……ボク、びっくりだよ」

「そりゃまあ、運が絡む要素を全部なくしてるわけだからな。ただ……」

そこまで言った辺りで、俺はそっと耳を澄ませながら辺りを見渡し始めた。個別ルートの特設フィールド、ということで足音やら戦闘音なんかはあちらこちらから聞こえているが、その中にどう考えても、こちらへ近付いてきている音がある。もはや接近を隠すつもりもないらしく、その物音は徐々に徐々に大きくなる。

だから俺は、微《かす》かに口角を持ち上げてこんな言葉を口にした。

「もちろん——手に入れた後に妨害される可能性は、全く否定できないけど」

「な……え、えええっ!?」

梓沢《あずさわ》の綺麗《きれい》な悲鳴が耳朶《じだ》を打つ……刹那、俺たちの前に姿を現したのは都合四人の変則カップルだった。英明《えいめい》学園高等部三年、榎本進司《えのもとしんじ》と浅宮七瀬《あさみやななせ》によるカップル——そしてもう一組は森羅《しんら》高等学校二年、不破深弦《ふわみつる》と不破すみれによるカップル。

「……へえ？　こいつは随分と手厚い歓迎だな、おい」

思わず頬《ほお》を引《ひ》き攣《つ》らせる間もなく、学園島《アカデミー》内でも屈指の実力を誇る高ランカーたちが揃《そろ》って俺と梓沢の前に立ち塞がった——。

＃

【《疑似恋愛ゲーム：CQ》及び《パラレルCQ》個別ルート——開始から約五十分】
【〝お題アイテム〟入手状況：5組のカップルがお題アイテム〝一つ〟を所持】
【《パラレルCQ》残留カップル：34組】

——《アルビオン》という組織がある。

　古くは半年以上前に英明学園の《区内選抜戦》に横槍《よこやり》を入れてきて、その後も《アストラル》や《ＳＦＩＡ《スフィア》》といった大型イベントでことごとく俺の妨害に回り、先日の二学期学年別対抗戦《習熟戦《リフレイン》》ではついにリーダーである越智《おち》春虎《はるとら》が姿を現した因縁の深い組織だ。当の《習熟戦》はどうにか俺たちの勝利で終わっているものの、越智の操る《シナリオライター》なるアビリティによって何とも後味の悪い〝予言〟を残されている。端的に言えば宿敵というやつだろう。

　そして、

「……あはは。久しぶりだね、篠原《しのはら》くん」

「嬉《うれ》しいわ、嬉しいわ！　またヒロトに会えるなんて、素敵な日だわ！」

　俺と梓沢の前に進み出てきた二人もまた、そんな《アルビオン》の一員だ。中性的な外見を持つ少年・不破深弦と、いかにもお嬢様といった雰囲気でベージュの髪をボリュームたっぷりに広げた少女・不破すみれ。霧谷凍夜《きりがやとうや》や越智春虎ほどのインパクトはないが、彼らは彼らで〝二人で一つ〟の特殊な色付き星《ユニークスター》を持つ双子の兄妹だ。これまでの活躍を踏まえれば充分すぎるくらいに優秀なプレイヤーだと言っていいだろう。

「……？」

　けれど俺は、そこで深弦とすみれが前に出たという事実そのものに小さな疑問を抱いていた。別に等級の高い方がリーダーにならなきゃいけない、なんて決まりはないが……とはいえ、この四人がチームを組むなら舵取《かじと》り役は自然と榎本《えのもと》になる気がしてしまう。俺の認識が正しければ、不破《ふわ》もすみれも特にでしゃばるようなタイプじゃない。

そんなことを考えていると、対面の深弦《みつる》が曖昧な笑みを浮かべてこう切り出した。

「篠原《しのはら》くんの言いたいことはよく分かるよ。ボクだって、せっかく四人組の仲間になれたんだから英明《えいめい》の生徒会長に仕切ってもらいたい。ただ、今は本調子じゃないみたいでね」

「……本調子じゃない？」

「ええ！　間違いないわ、間違いないわ！」

鸚鵡《おうむ》返しになった俺の問いにストレートな肯定をくれたのは、深弦ではなくすみれの方だ。彼女は一切の邪気が感じられない無垢《むく》な表情と声音で続ける。

「シンジもナナセも、さっきからずっとおかしいの！　いつもはあんなに仲が良さそうなのに、今日は全然喋《しゃべ》ってくれないし……きっと、何かあったに違いないわ！」

「……いいや、そのようなことはない」

そこで、不破兄妹の後ろに控えていた榎本が初めて声を零《こぼ》した。彼はいつも通りの仏頂面のまま、少し離れた位置に立っている浅宮《あさみや》に視線を向けつつ言葉を継ぐ。

「僕は普通だ、どこからどう見てもな。妙なのは七瀬《ななせ》だけだろう」

「む……何それ、変なのは進司《しんじ》の方じゃん。ウチは、別に普通だし……ね、シノ？」

「…………」

縋《すが》るような問いを投げ掛けられて、俺はそっと右手を口元へ遣《や》る。……まあ、どこから見ても二人とも〝普通〟からは程遠い。というか、人の表情から感情を読むのが得意なすみれが『間違いなく何かあった』と言っているんだから、それはもう決定的な〝何か〟があったんだろう。そう確信できるくらいには二人の空気がぎこちない。

というわけで、軽く探りを入れてみることにする。

「あー……そういや、何だかんだで榎本とカップルになることにしたんだな、浅宮？」

「へぁっ!?　し、シノ、何で知って――」

「……？　何でって、そりゃ俺の目の前に二人で立ってるからだろ？　いやまあ、個別ルートのエントリー一覧でも見てはいたけど……」

「あ、ああ……そっかそっか、ゲームの話だよね。うん、ゲームの！」

俺の質問に何故《なぜ》か一瞬で顔を真っ赤にしながら、弁解するような口調でそんなことを言う浅宮。そうして〝仕方なく榎本と組むことになった〟経緯を語り始める彼女だが、榎本の方はその間も表情を隠すかのようにそっぽを向いており、いつものように浅宮の揚げ足を取りに行くこともない。ただただ仏頂面で黙りこくっている。

（いや、これって……そういうことだろ、もう）

明らかに挙動不審な二人に、俺はそんなことを考えながら小さく首を横に振る。……思い出すのは風見《かざみ》の言葉だ。《流星祭》の告白イベントはあくまでゲーム上のものだが、これに便乗して本物の〝告白〟を行うプレイヤーが毎年少なからずいるという。もちろん確証があるわけじゃないが、この照れ具合はそれ以外に考えられないだろう。

「「…………っ」」

不意に視線が合わさって、弾《はじ》かれるようにそっぽを向き合う榎本《えのもと》と浅宮《あさみや》。そんな二人を見ながら、すみれはワクワクとした表情を浮かべている。……なるほど、確かにこれでは深弦《みつる》が舵《かじ》を取るしかないわけだ。

ふぅ……と息を吐き出して、俺は《競技《プログラム》》に思考を戻すことにした。

「そっちの事情は大体分かったよ。それで？ ただお喋《しゃべ》りしに来たってわけじゃないんだろ。何の用だよ、深弦」

「何の用、とはご挨拶だね」

俺の問い掛けに曖昧な笑みを浮かべ、それから小さく一歩こちらへ踏み出す深弦。彼は挑発するような表情で俺の瞳を覗《のぞ》き込《こ》むと、流れるような口調で続ける。

「見ての通り、ボクたちは〝四人組〟だ——アイテムの数、それにカップルスキルについても他のチームと比べて圧倒的に有利な立場にある。そのタイミングで叩《たた》いておかなきゃいけない相手なんて、そんなの〝一番強いヤツ〟に決まってるよね」

「……へえ、なるほど。要は俺たちからアイテムを《強奪》しようってわけか」

「いいえ、いいえ！ それだけじゃないわ！ わたくしとミツルのカップルスキルは〝取り立て屋〟――アイテムを《強奪》した相手からチャージも全部奪えちゃうの！」

「えええっ!?　そ、そんなことされたら何にも出来なくなっちゃうじゃないかぁ！」

　すみれの放った残酷な宣言に抗議めいた悲鳴を上げる梓沢《あずさわ》。……が、まあそんな反応になるのも無理はないだろう。この人数差、加えてアイテムにもスキルにも決定的な格差がある以上、俺と梓沢が彼らに勝てる見込みなど一切ない。そして、ここで〝戦闘不能〟になってしまえば実質的に全てを失うことになる。

「ん……」

　深弦はそんな梓沢にちらりと視線を遣《や》ってから、小さく首を振って言葉を継いだ。

「篠原《しのはら》くんにも何か事情があるんだろうっていうのは分かってるけど……まあ、勝たなきゃいけないのはボクらだって同じだからね。負の色付き星《それ》は、背負ったまま勝つにはちょっと重すぎる十字架だ。今回ばかりはボクらに勝ちを譲って――」

「――いや？　そいつはどうかな、深弦」

　と……そこで、俺は深弦の発言を遮るような形でそんな言葉を口にした。怪訝《けげん》な表情で眉を顰《ひそ》めてみせる彼に対し、俺は不敵に笑って続ける。

「確かに、お前の言う通りだ。この状況は、お前たちの方が圧倒的に有利……プレイヤーの人数もアイテムもアビリティもカップルスキルも、何もかも俺たちよりお前らの方が上だって断言できる。狩るには絶好の相手だよ――少し前までなら、な」

「……どういうこと？」

「どうもこうもねえよ。言葉通り、お前らはほんの少しだけ出遅れたんだ」

余裕の笑みと共に言い切った、瞬間。

「「――――」」

コツっ……と、俺の背後から微《かす》かな足音が聞こえてきた。それでも一人ではなく、二人分の足音だ。もちろん俺は足音だけで人物を特定できるような能力は持ち合わせちゃいないが、それでも後ろにいるのが誰なのかくらいははっきりと分かる。

深弦《みつる》たちへの警戒を切らないまま半身だけを後ろへ向ければ――そこにいたのは、待ち焦がれていた二人のプレイヤー。

「全くもう……」

そのうちの一人である豪奢な赤髪の少女は、不機嫌さをアピールするように胸の下辺りで腕を組みながら、意思の強い紅玉《ルビー》の瞳をこちらへ向けて口を開いた。

「とんでもないことをしてくれたわね、篠原《しのはら》。【ダブルデート特待券】？　どのカップルとでも〝四人組〟を作れるアイテム、だなんて……どうして私が貴方《あなた》なんかと組まなきゃいけないのよ。敵ならともかく、味方にいて欲しいなんて思ったこともないのだけれど」

「ツレないこと言うんじゃねえよ、彩園寺《さいおんじ》。俺だって別に好き好んで《女帝》様と組みたいわけじゃない。けど、お前くらいの協力者がいないと覆《くつがえ》しようがない〝事情〟ってやつを抱えてるんだ。今回だけは諦めて手を貸してくれよ」

「む……強制アイテムだから私に拒否権はないのだけど、組みたいわけじゃないなんて言われると微妙にムカつくわね。私とチームを組めるなんて、本来ならそれだけで感涙ものよ？　もっと素直に感謝したらどうかしら」

「それはこっちの台詞《せりふ》だよ。《疑似恋愛ゲーム：ＣＱ》の勝者になるのは俺たちだ。そこに入れてやるって言ってるんだから、泣いて喜んで欲しいくらいだっての」

　顔を合わせるや否《いな》や煽《あお》るような口調でそんな言葉をぶつける俺と彩園寺。……まあ、この辺りはもはや伝統芸能のようなものだ。おそらくこれを見ている多くのプレイヤーたちも、俺と彩園寺が本気でいがみ合っているとは思っていない――が、少なくとも〝良きライバル〟くらいには見てくれているはずだ。今回の流れが完全に出来レースで実は俺と彼女が最初から繋がっていた、なんて、きっと夢にも思うまい。

　そして、彼女の隣にはもう一人。

「お待たせしました、ご主人様。……恋人《パートナー》として、ご主人様を助けに参りました」

「……ああ」

　白銀の髪をさらりと揺らして丁寧に頭を下げる少女、姫路白雪《ひめじしらゆき》。……彼女の姿を見るだけで、声を聞くだけで、緩やかな安堵《あんど》の気持ちが湧き上がってくるのが分かる。彩園寺が隣にいることで感じられる心強さとはまた別種の頼もしさだ。姫路がいるから俺は涼しい顔で嘘《うそ》をつける。姫路《ひめじ》がいるから、俺は〝偽りの7ツ星〟でいられる。

(だから、《敗北の女神》と戦うためには絶対に二人の協力が必要だったんだ――)

込み上げてくる感情を押し殺しながら数分前の記憶を思い返す俺。

そう、そうだ――榎本《えのもと》たちからの襲撃を受ける直前、俺は《調合》で作成した【ダブルデート特待券】を使用して姫路&彩園寺《さいおんじ》のカップルと〝四人組〟を結成していた。そこから先は簡単だ。四人組の成立によってアビリティが全て共有されたため、姫路に登録《セット》してもらっていた《感度良好》アビリティで《カンパニー》との相互通信が解禁された。だから俺は、姫路たちが駆けつけてくるタイミングまで知っていたわけだ。

「――それで?」

俺がそこまで思考を整理した辺りで、彩園寺がわずかに退屈そうな声を零《こぼ》した。彼女はちらりと対面の深弦《みつる》たちに視線を向けてから、右手をそっと腰に当てて続ける。

「せっかく合流できたと思ったらいきなり襲われてるってわけね。全くもう、これじゃ先が思いやられるわ。私とカップルになるなら、このくらいの危機は息をするくらい簡単に潜《くぐ》り抜《ぬ》けて欲しいのだけれど」

「ああ。だから切り抜けただろ？　それも自分の手を全く汚さずに、さ」

「……相変わらずムカつくわね、貴方《あなた》」

言外に〝ここは任せた〟と宣言した俺にむっと唇を尖《とが》らせてから、それでも彩園寺は豪《ごう》奢《しゃ》な赤髪を翻《ひるがえ》すようにして深弦たちの方へと身体《からだ》を向け直した。そうして手慣れた仕草で端末を取り出すと、それを彼らに突き付けながらこんな言葉を口にする。

「単刀直入に言うわ——今すぐここを去りなさい。貴方たちの言う〝優位性〟は私とユキが来たことで完全に崩れているはずよ。7ツ星《篠原》を助けるなんて間違っても私の性分じゃないのだけれど……まあ、同じチームになっちゃったものは仕方ないもの。このゲームでだけは、味方でいる間だけはせいぜい庇《かば》ってあげるわ」

「……ボクらの優位性が崩れた、って？　それはどうかな《女帝》さん。篠原《しのはら》くんたちは元々ろくなアイテムを持ってなかったし、《パラレルＣＱ》ってやつの設定でアビリティ枠もほとんど使い切ってるはず。まだまだボクらの方が優勢に見えるけど？」

「そんなわけないじゃない。いい？　こいつは——篠原は、誰とでもチームを組める状況でわざわざ私とユキを選んだのよ。それなのに当の私たちがこの状況を切り抜けられるアイテム、ないしアビリティを持ってないなんて、そんなことがあり得るかしら？　その辺のプレイヤーならともかく、これでも学園島《アカデミー》最強よ？」

「……ん、まあ……そうだね。……篠原くんの言う通り、ちょっと出遅れたみたいだ」

　余裕の声音で畳み掛ける彩園寺に対し、深弦は渋々といった表情で肩を竦《すく》める。……どうやら、俺たちへの襲撃は諦めてくれたようだ。もし相手が本調子の榎本進司《しんじ》ならもう少しブラフやら何やらを織り交ぜる必要があったかもしれないが、どちらにせよ彩園寺がこの手の交渉で負けるなどまず有り得ない。

「それじゃあ、ボクらはこれで」

「そうね、そうね！　もっとたくさんのアイテムを集めてから出直してくるわ！」

とにもかくにも、深弦《みつる》たちはそれ以上執着することなく俺たちの元を去っていって。

「――ふ、ふにゃぁああ……」

同時、俺のすぐ近くで妙な鳴き声を上げながらへなへなと身体《からだ》の力を抜き、再びぺたんと地面に座り込んだのは他でもない梓沢《あずさわ》だった。すっかり憔悴《しょうすい》した様子の彼女はわずかに潤んだ瞳を俺に向ける。

「こ、今度こそ負けちゃうかと思ったよぅ……ね、今のも篠原《しのはら》くんの作戦だったの？」

「細かいところまで決まってたわけじゃないけどな。【ダブルデート特待券】を手に入れた瞬間に襲撃されるのと、あと姫路《ひめじ》たちとの合流については完全に予定通りだ」

「す、凄《すご》い……でも、今回はボクだって途中から何となく〝そうなのかも？〟って思い始めてたんだから！　どうかな、この洞察力！　これが先輩の先輩たる所以《ゆえん》だよ！」

「ああうん、凄い凄い」

「せ、先輩扱いが雑だぁ!?　うぅ、もっと先輩力を高めないと……むむっ！」

「…………」

地面に座り込んだまま仏頂面の練習――おそらく榎本《えのもと》の佇《たたず》まいから〝先輩力〟とやらを

強烈に感じ取ったのだろう——をし始める梓沢から視線を切って、俺は改めて姫路と彩園《さいおん》寺《じ》に身体を向け直すことにした。彩園寺は相変わらず不機嫌そうな表情を浮かべているが口元は微《かす》かに緩んでいて、姫路は姫路でいつの間にか俺の右隣を確保している。

——そして、

「では、合流も叶《かな》ったことですし……そろそろ本格的に動きましょうか、ご主人様」

まず口火を切ったのは俺の隣に控える姫路だった。両手で頬《ほお》をこねくり回していた梓沢が「ふぇ？」と顔を上げる中、姫路は白銀の髪をさらりと揺らして言葉を継ぐ。

「ご主人様が考案した《パラレルＣＱ》にはいくつもの〝追加コマンド〟が用意されています。その一つが《調合》——消費されるアイテムと生成されるアイテムの対照表が設定されているため、【ダブルデート特待券】が確実にご主人様の元へと渡る仕様になっていました。それを使うことで、わたしたちとの〝四人組〟が結成されます」

「そうね。あたしとユキと梓沢先輩、それに篠原……７ツ星と元７ツ星が組むなんて普通なら叩《たた》かれそうなものだけど、それより前に冥星と《敗北の女神》のことがisland tube《アイ・チューブ》で取り上げられていたから多分問題ないわ。あれよ、判官贔屓《ほうがんびいき》ってやつ」

でしょ、とばかりに視線を向けてくる彩園寺に、俺は小さく肩を竦《すく》める。……まあ、彼女の言う通りだ。《パラレルＣＱ》の申請自体もそうだが、今回はこっそりやるには無理のある部分が多すぎる——露骨な手を使わなければならないシーンが多すぎる。けれどそれは、俺が〝梓沢翼と組んでいる〟という事実がどうとでも正当化してくれる。《敗北の女神》に憑《つ》かれた彼女を勝たせようとしているんだから〝大技〟を使うのは当然だし、普段は対立している《女帝》と組んでもおかしくない。まともにやったら勝てないという前提がしっかりと共有されているから、基本的にはどんな細工でも——それがあからさまな不正でない限り——妥当な策だと受け止めてもらえる。

「はい。そんな前提があったからこそ、やや無謀にも思える〝NPCの追加〟コマンドも問題なく採用された……ということになります」

と、そこでそんな言葉を発したのはまたしても姫路白雪《ひめじしらゆき》だ。彼女は澄んだ碧《あお》の瞳で俺たちの顔を見渡してから、主に梓沢《あずさわ》に向けた補足説明を口にする。

「NPC——本来の《CQ》には存在しない概念ですが、《パラレルCQ》には〝運営側の補助プレイヤー〟に当たる人物が登場します。そのNPCの役割とは、フィールド上から消滅してしまったアイテムをゲームの中に戻すこと」

「フィールド上から消滅したアイテム……？　そ、それってどういうこと？」

「順番に説明させていただきます。まず本家の《CQ》には、アイテムを〝売却〟するコマンドが存在します。お題に関わるアイテムこそ選択できませんが、そうでないものは全て〝チャージ〟に変換できる——故に、売却が行われる度にフィールド上にあるアイテムの総数は減っていくことになります」

「う、うん。でも、それはそういうもの……なんだよね？」

「はい、ここまでは何の問題もありません。ですが《パラレルＣＱ》には、《調合》と呼ばれる追加コマンドが存在します。こちらは〝売却〟と違って、あらゆるアイテムを素材にし得る仕様……つまり、いずれかのカップルの〝お題〟に当たるアイテムを消滅させてしまう可能性があるのです。そうなれば《パラレルＣＱ》そのものがルールの破綻により棄却、とされてしまいかねませんでしたので、消滅したアイテムを復帰させる手段を構築する必要がありました。それこそがＮＰＣ、というわけです」

「ん、要は〝詰み回避〟ってことよね」

姫路の説明をまとめるように、右手を腰に当てた彩園寺《さいおんじ》がそっと言葉を継ぐ。

「《パラレルＣＱ》のＮＰＣはゲーム内で消費されたアイテムを売ってたり、ミニゲームの景品として提供してたり……方法は色々だけれど、とにかくアイテム消滅《ロスト》による〝ゲームの破綻〟を防いでくれるわ。ただし、このＮＰＣにアクセスできるのはもちろん《パラレルＣＱ》の参加者だけ。これ、実はかなりの恩恵よ？」

「更紗《さらさ》様の言う通りですね。現在《パラレルＣＱ》に残留しているカップルは83組中27組……既に七割近いカップルが《交換》あるいは《強奪》を行って《パラレルＣＱ》を離脱しています。逆に〝売却〟や《調合》によってゲームから消滅したアイテムは二十近くになりますので、ＮＰＣの価値が徐々に高まってきた頃だと言えるでしょう」

涼やかな声音でそんなことを言う姫路《ひめじ》に「ああ」と小さく頷《うなず》く俺。……ちなみに、この辺りのアイデアを出してくれたのは彩園寺《さいおんじ》だ。アイテム消滅《ロスト》によるゲームの破綻を完璧に防ぎ、同時に《パラレルCQ》の優位性を押し上げる理想的な一手。彼女を頼って正解だったと改めて痛感すると共に、その発想には思わず舌を巻いてしまう。

が、まあそれはともかく——俺は、端末を取り出しながら口を開くことにした。

「そんなわけで、NPC経由で手に入るアイテムってのは基本的にゲーム内で消費されたものだ。ただ、何人かいるNPCの中には一人だけ〝大当たり〟……そいつしか持ってない激レアアイテムを提供してくれるやつがいる。相当な難易度のミニゲームか何かをクリアしないといけない代わり、手に入るアイテムは間違いなく最強クラスって仕様だ。だから俺たちは、今からそれを獲りにいく」

「え。……ま、待って待って！」

そんな俺の宣言を聞いて、慌てたように両手を振ったのは梓沢《あずさわ》だった。彼女は戸惑ったような表情のまま俺を見つめると、群青色の長髪をふわりと揺らす。

「その、強いアイテムが手に入るのはボクだって嬉《うれ》しいけど……ミニゲームをクリアしなきゃいけないんだよね？　うぅ、そんなの無理だよぅ……何度も言ってるけど、ボクはこれまで一回も《決闘《ゲーム》》に勝ったことがないんだから。《敗北の女神》が憑《つ》いてるのにそんなアイテムが手に入るわけないいじゃないかぁ！」

「……いや？　そんなことはねえよ、梓沢。何せ《パラレルCQ》は《敗北の女神》を打ち倒すための《競技》《プログラム》だ。仕込みはとっくに終わってる。俺たちの勝ちは最初から決まってる。だから……まあ、ソワソワしながら見ててくれよ」

これまで負け続けてきた梓沢から当然の懸念をぶつけられた俺は、それでも静かに首を横に振る。もちろん《敗北の女神》の強さは俺だってよく分かっている——が、だから何だという話だ。他の誰かならともかく、俺は〝偽りの7ツ星〟。たとえ相手が敗北を強要してくるシステムであっても、俺だけは絶対に負けちゃいけない。

だから俺は、不敵に笑ってこう言った。

「学園島最強は——俺たちは《敗北の女神》よりずっと強い、ってことを証明してやる」

＃

【《疑似恋愛ゲーム：CQ》及び《パラレルCQ》個別ルート——開始から約一時間半】
【〝お題アイテム〟入手状況：14組のカップルがお題アイテム〝一つ〟を所持】
【《パラレルCQ》残留カップル：17組】

「ムム！　これはこれは、皆さんわたしのお客様デスね！　間違いありマセん！」

——《感度良好》アビリティをフル活用して探索と移動を続けることしばし。

俺たち四人は、例の〝激レアアイテム〟を有するNPCの元を訪れていた。

ちなみに、ノンプレイヤーキャラクター《NPC》というのはあくまでゲーム上の名称であり、実際はもちろん生身の人間だ。《パラレルCQ》の申請を行う際に追加で人員の補充を依頼してみたところ、《ライブラ》から派遣されてきた一年生の少女。island tube《アイ・チューブ》か何かで見たことがあるような気もする可愛《かわい》らしい彼女は、《ライブラ》の大先輩である風見《かざみ》鈴蘭《すずらん》を思わせるノリノリの口調で話を切り出す。

「よくお越しくださいやがりマシた！　わたしは《パラレルCQ》個別ルートのお助け役NPC！　ミニゲームに挑戦するだけで素敵な景品《アイテム》がゲットできちゃいマス！」

「なるほどな。で、そのゲームってのはどんな内容《ルール》なんだ？」

「ハイ！　それはデスね、学生らしく英語のテストでも解いてもらおうかと――」

(っ……!?)

「――思っていたのデスが、それでは盛り上がらないと《ライブラ》の先輩たちに却下されてしまいマシた！　残念ムネン！　英語はまたの機会にしマス……」

しゅんと項垂《うなだ》れる《ライブラ》の少女。そんな姿を見せられると若干申し訳ない気持ちにならないこともないが、ここで抜き打ちのテストなんてやられた日には本当に白旗を上げていた可能性すらある。そんな幕切れはあまりにもあんまりだ。止めてくれた《ライブラ》の面々には心から感謝、といったところだろう。

「ふぅん？　私は、別にテストでも良かったのだけれど」

「…………」

　天才お嬢様が後ろで何か言っているが、ともかく。

《ライブラ》の少女は再びテンションを上げて説明を開始する。

「というわけで、わたしが用意したゲームはもっと単純な運否天賦《ギャンブル》――ル、ルーレット、ト！　ポケットの数は100以上あって、全部に景品が割り当てられていマス！　アイテムにチャージ、ボーナススキル……ここでしか手に入らない豪華賞品が盛りだくさんデス！　ただし、中には〝ハズレ〟の景品も……!?　挑戦は自己責任でお願いしマスね！」

　そんな導入と共に端末を操作し、彼女は巨大なルーレット盤を俺たちの目の前に投影展開してみせた。サイズとしては、ルナ島で見たどのルーレット盤よりも大きなものだ。玉が落ちるポケットの数は合計で120。通常であれば数字が刻まれている場所に、入手できる〝景品〟の名前が直接書き込まれている。挑戦のために必要な対価《コスト》はチャージ10と良心的だが、ゲーム中に一度しか実行できないという縛りがあるらしい。

（まあ、何回も挑むつもりはないからその辺の仕様はどうでもいい……重要なのは、とにかく〝景品〟の方だ。【チャージ全徴収】とか【アイテム消滅】みたいなハズレを引いたらめちゃくちゃヤバい、けど……）

　ルーレットのとある部分に目を留めて、俺は無言のまま小さく頷《うなず》く。……《パラレルC

Q》の中でもここでしか手に入らない激レアアイテムの数々。既に消滅したアイテムやコマンドを復活させられる【花嫁のティアラ】やフィールド上のプレイヤー全員を一気に拘束できる【公開告白状】といった〝大当たり〟に並んで、俺の目当てである最強のアイテムが堂々とラインナップされている。

【アイテム名――《変幻自在の金券》】

【効果：このアイテムはあらゆるアイテムの効果を使用することが出来る。また、このアイテムはあらゆる〝お題アイテム〟の代用品としても使用できる】

「……ね、ねえ篠原《しのはら》くん、ちょっとちょっと！」

「ん？」

俺がそんな獲物を見定めていると、不意に後ろから慌てた声が投げ掛けられた。上半身だけで振り向いてみれば、そこにいたのは当然ながら梓沢《あずさわ》だ。彼女は俺の肩にちょこんと片手を置き、こそっと内緒話でもするような格好で囁《ささや》いてくる。

「ず、随分じっくり見てるけど……もしかして挑戦するつもり？　う、嘘《うそ》だよね!?」

「……何が嘘なんだ？　当たりもハズレも同じくらいの割合だし、チャージ10で挑めるギャンブルにしては良心的な方だと思うけど」

「う、うぅ……普通ならそうかもしれないけど、知ってるでしょ？　ボクに憑いてる《敗北の女神》は〝確率〟に干渉するんだよ。こんな運任せのゲーム、ボクたちが挑んだら最悪の景品を引き当てちゃうに決まってるじゃないかぁ！」

「まあ、それはそうだろうな。……というか、そうじゃなきゃ挑む意味がない」

「ふえ？」

悲痛な表情で俺を止めようとしてくる梓沢に対し、ニヤリと不敵に笑ってみせる俺。

そうして一言、

「正直言って、俺は普段の《決闘《ゲーム》》なら運任せの方法は選ばない。マイナスの景品を引き当てる可能性がある以上、このルーレットだって相当切羽詰まってない限り回さないと思う。でも、今の俺たちには《敗北の女神》がいる――梓沢の言う通り、確実に〝最悪の結果〟がもたらされるんだ。だったら、それを有効活用してやらない手はない」

「え……？」

「こういうことだよ、梓沢」

言って、俺は端末を掲げると、登録《セット》されているアビリティ――もちろん俺と梓沢のカップルではなく姫路《ひめじ》たちに採用してもらっていたモノだ――を選択し、梓沢にも見えるようにそいつを〝起動〟してみせた。既にその存在を知っていた姫路と彩園寺《さいおんじ》は微《かす》かに口元を緩めただけだが、残る梓沢は「！」と驚いたように目を見開く。

……が、まあそれもそのはずだろう。

何せ、俺が提示したのは《現象反転》――〝起動中に発生した事象を正反対の事象に置き換える〟という効果を持つ、対《敗北の女神》専用アビリティなのだから。

そんな効果文《テキスト》を表示させたまま、俺は微《かす》かに口角を持ち上げて続ける。

「こいつを使えば〝常に最悪の結果を引き寄せる〟っていう《敗北の女神》の特性が完全に裏返る。最悪の景品を引き当てたって事実が〝正反対の事象〟に置き換えられるわけだからな。俺たちが獲得するのは確実に【変幻自在の金券】だ」

「え……え、ええっ⁉ や、でもそれは——」

「こほん——コホン、コホン！ わたしを無視して盛り上がらないで欲しいのデス……それで皆さん、どうしマスか？ 一思いに決めちゃってくださいやがりマセ！」

「ああ、悪い。挑戦するよ、もちろん」

焦《じ》れたような《ライブラ》少女の呼びかけを受け、俺は視線で梓沢《あずさわ》に断りを入れてから身体《からだ》の向きを元に戻すことにした。彼女に説明した通り、既にアビリティの準備は整っている。あとはルーレットを回すだけで望み通りの結果が得られることだろう。

けれど、その瞬間。

「う、うぅ……違うよ、篠原《しのはら》くん。そうじゃないんだよぅ……」

端末を翳《かざ》してルーレットの参加費を支払う俺の耳に、背後から沈んだ声が届く。

声の主は梓沢翼《つばさ》だ。彼女は俺を止められなかったことを嘆くように、あるいはこの後に起こる惨劇を確信しているかのように、もはや泣きそうな声で言葉を継ぐ。

「キミは勘違いをしてる……ボクの《敗北の女神》は、そんなに単純な相手じゃないんだよ。もっともっと、想像の何倍も卑劣でずる賢いんだ。ボクだって、不幸に逆らおうとしたことは何回もあるんだよ？　クジで大凶を引いたプレイヤーにボーナスが入る仕組みを用意してみたり、敗北条件を満たしたら勝ちっていう《決闘《ゲーム》》を作ってみたり……それでも《敗北の女神》は、その状況の中での〝最悪〟をちゃんと押し付けてくるんだ。今回だって同じだよぅ……結果が〝反転〟するなら反転前の景品が【変幻自在の金券】になるだけだもん。ぬか喜びするだけだもん。うぅ、やっぱり不幸だぁ……」

絶望に満ちた声でそんな言葉を紡ぐ梓沢。

「…………」

対する俺は、ほとんど予想通りだった彼女の発言を頭の片隅に入れながら、全く躊躇《ちゅうちょ》することなく《ライブラ》少女の前へと進み出た。

「よし……チャージは払ったぞ。で、こいつはどうやって操作するんだ？」

「ハイ！　それじゃあ、心の準備が出来たら目の前のルーレット盤にそっと優しく触れてください！　その瞬間に玉と台が回転開始！　あとは、玉がどこかのポケットに落ちるまで固唾を呑《の》んで待つだけデス！　あえてハズレばっかりになるような細工は一つも仕掛けてマセンが、代わりに情けも無用デス！　真剣勝負デス！」

「ああ、そいつは安心だ」

もしもこれが運否天賦《うんぷてんぷ》の勝負じゃないなら、少なからず《敗北の女神》が介入できない部分《エリア》が生じてしまう。《敗北の女神》と《現象反転》が揃《そろ》っている以上、ゲームが〝運で支配されている〟というのは最大限に安心できる要素なんだ。純粋に運だけで決まる勝負なら、二つのアビリティは何の問題もなく作動する。

——だからこそ、

「っと……」

俺は、彼女に説明された通りルーレット盤に手を伸ばすことにした。瞬間、弾《はじ》かれるような勢いで銀色の玉が盤上を転がり始める。１２０個あるポケットのいずれかを目掛けて超高速で疾駆する。

（《敗北の女神》の効果を考えれば、玉は一旦〝最悪〟の景品が当たるポケットに落ちるはずだ。んで、その結果が《現象反転》で裏返って【変幻自在の名品】に変わる……ってのが、とりあえず妥当な流れってやつか）

徐々に速度を落としていく玉の軌道を眺めながらそんなことを考える俺。ちなみに、後ろでゲームの様子を窺《うかが》っている姫路《ひめじ》たちの様子は三者三様だ。観念したようにぎゅっと目を瞑《つぶ》っている梓沢《あずさわ》と、碧《あお》の瞳で真剣に玉を追っている姫路。彩園寺《さいおんじ》に至っては結果が分かり切っているからか、もはや興味なさげに欠伸《あくび》なんか零《こぼ》している。

そして——梓沢の予想通り、とでも言えばいいのだろうか。

「「……！」」

盤上を駆け回った銀の玉は、まるで余計なアビリティを使った俺たちを嘲笑《あざわら》うかのように、いずれのハズレ景品でもなく【変幻自在の金券】のポケットに滑り落ちた。

「う、うぅ……やっぱり、やっぱりこうなるんじゃないかぁ」

それを見ていた梓沢が再び悲しげな声を上げる。

「だからダメだって言ったんだよぅ……ボクの《敗北の女神》は篠原《しのはら》くんが思ってるよりずっと意地悪で、ずっとずっと狡猾《こうかつ》なんだから。裏の裏とかその先だってちゃんと見てくるんだよ。うぅ、どんなペナルティが当たっちゃったの……？」

「……ああ。確かに、そこははっきりさせておかないとな」

諦観に近い感情の籠もった梓沢の言葉に、俺は小さく口元を緩めながら一つ頷《うなず》くことにした。そうして直後、ルーレット盤の傍《かたわ》らで何やら目を見開いている《ライブラ》の少女に改めて身体《からだ》を向け直す。

「ってわけで、ディーラー。結局、俺たちが獲得した景品ってのは何になるんだ？」

「あ、ハイ！　……すみマセン、いきなりとんでもない景品が飛び出したのでちょっとだけ動揺しちゃいマシた！　さてさて、気を取り直して結果発表！　皆さんが手に入れた景品は、もちろん〝これ〟に決まっていマス――！」

パチン、と彼女が打ち鳴らした指の音を合図に、拡張現実《AR》機能で表示されていたルーレット盤が掻《か》き消えて代わりに大きなスクリーンが投影展開される。そこに表示された〝景品〟はマイナス報酬の筆頭である【チャージ全徴収】……ではなく、もちろん【アイテム消滅】などでもない。ああ、そんな絶望的な表示が出るはずはない。

スクリーンに大写しになった景品とは、そう――

「――【変幻自在の金券】デス！　あらゆるアイテムの代わりとして使える最強のワイルドカード！　これをピンポイントで引き当てるなんて、皆さん最強にツイてマスね!!」

「へ？　……って、え、えええええっ!?」

《ライブラ》の少女が言い放った〝大当たり〟宣言に大きく目を丸くする梓沢《あずさわ》。彼女は状況が掴《つか》めないとでも言うように姫路《ひめじ》と彩園寺《さいおんじ》の顔を順番に覗《のぞ》き込《こ》み、それから――混乱に満ちた表情のまま――俺の肩をガクガクと揺らす。

「ど、ど、どういうこと……!?　な、なんでなんで!?　何が起こってるんだよぅ!?」

「何がって……いや、見ての通りだろ？」

「見ての通りだから変なんじゃないかぁ！　だって、ルーレットの玉は間違いなく【変幻自在の金券】のところに落ちたんだよ？　それで篠原《しのはら》くんが《現象反転》を使ってるんだから、景品は最悪のモノになる……でしょ？　そうじゃないの？」

「まあ、そうだな。梓沢の視点ではそう見えるのが正解だ」

「ボクの視点では……？　ど、どういうこと？」

「そう見えるように仕向けたってことだよ。要するに——俺は、梓沢を騙してたんだ」

「え、えええっ!?」

俺の答えが予想外だったのか梓沢は再び素っ頓狂な声を上げる。そのまま二の句が継げなくなる彼女に対し、俺は小さく肩を竦《すく》めつつ〝種明かし〟を始めることにした。

「っていっても、割と単純な仕掛け《トリック》なんだけどな。さっき俺が見せた《現象反転》アビリティ——あれ、ニセモノなんだよ。《表示バグ》っていうアビリティでそれっぽい効果文《テキスト》とエフェクトをでっち上げてただけで、中身なんて用意されてない。そうやって、このルーレットでは結果が反転するんだっていう〝誤認識〟を梓沢に植え付けた」

「ご、誤認識を……ボクに？　せ、先輩なのに!?」

「先輩かどうかはあんまり関係ないけど……まあ、そうだな」

梓沢の糾弾に小さな頷《うなず》きを返す俺。

「だって、そうしなきゃ始まらないんだ——結局のところ、《敗北の女神》は梓沢の思考にリンクしてる。第三者的に見てどうって話じゃなくて、常に〝梓沢にとっての最悪〟を押し付けてくるってことだ。だったら話は簡単だろ。梓沢にとっての〝最悪〟が本当の意味での〝最悪〟とズレるようにしてやればいい。認識をすり替えてやればいい」

「はい。つまりご主人様は、梓沢様を騙すことで《敗北の女神》を欺いた……と、そういうことですね。怖がらせてしまってすみませんが、お許しいただければ幸いです」

「ま、確かに随分と無茶《むちゃ》な手ではあるわよね。《敗北の女神》を騙すなんて、そんなやり方聞いたこともないわ。全く、篠原《しのはら》は……こんな逆境ばっかり得意なんだから」

「え、え……は、《敗北の女神》を騙したぁ!? そ、そんなこと出来るの……!?」

俺の説明と、それから姫路《ひめじ》と彩園寺《さいおんじ》による補足を受け、梓沢《あずさわ》はこれ以上ないというくらい真ん丸に目を見開いてみせる。……まあ確かに、これまで一人で戦ってきた彼女にとっては想像もできないようなやり方かもしれない。けれど俺は、《敗北の女神》が確率を操るアビリティだと知った時からその効果を逆手に取れないかとずっと考えていた。《敗北の女神》にただ打ち勝つのではなく、傍若無人な彼女を徹底的に利用する。それが、俺たちの申請した《パラレルCQ》の基本理念《コンセプト》だ。

「……そっか。うん、そういうことなんだ」

遅れてそれを理解してくれたらしい梓沢は、やがて吹っ切れたような笑みを浮かべてポツリと呟《つぶや》いた。そうして彼女は、真《ま》っ直《す》ぐに俺を見つめて言葉を継ぐ。

「ボク、やっと分かったかも。キミたちがどうして勝ち続けられるのか……ただ強いとか才能があるってだけじゃなくて、こうやって勝つべくして勝ってるんだね」

「……急にどうしたんだよ、梓沢」

「う、うぅ……いいじゃないか、少しくらい格好付けさせてくれたって。……正直さ、ついさっきまでは本当に勝てるのか半信半疑だったんだ。でも、今はちょっと違う。篠原く

んと一緒にならの、ボクも負けっぱなしの人生から脱出できるような気がする。だ、だから
その……さ、最後まで強力してくれる？　《敗北の女神》を倒してくれる……？」

「協力、ね。ったく……当たり前だろ、そんなの」

焦がれるように紡がれる梓沢の問い掛け。

それに対し、俺は微《かす》かに口元を緩めてこんな答えを返すことにした。

「むしろ、今さら降りるって言われたら全力で止めるぜ？　何せ、梓沢には——《敗北の女神》には、俺たちを〝勝利〟まで導いてもらわなきゃいけないからな」

＃

【《疑似恋愛ゲーム：CQ》及び《パラレルCQ》個別ルート——開始から約三時間】
【〝お題アイテム〟入手状況：23組のカップルがお題アイテム〝一つ以上〟を所持】
【《パラレルCQ》残留カップル——残り2組】

——例の《ライブラ》少女と別れてから他のNPCを巡っているうちに、《CQ》個別ルートは開始から三時間ほどが経過していた。

俺たちの場合は初期アイテムやカップルスキルが振るわなかったためどうしても錯覚してしまうのだが、《CQ》はそこまで長期戦に縺《もつ》れ込《こ》むようなルールじゃない。故に、こ

の時点で状況はそれなりに進行しているようだった。

「まず……目立って活躍しているのは、やはり高ランカー同士のカップルですね」

白手袋を付けた右手をさりげなく耳元のイヤホンに触れさせた姫路《ひめじ》が、白銀の髪を揺らすようにして静かに切り出す。

「開始早々にご主人様と梓沢《あずさわ》様を襲撃したという水上《みなかみ》姉妹を始め、榎本《えのもと》様と浅宮《あさみや》様のカップルに不破《ふわ》兄妹が加わった四人組、かつて《ディアスクリプト》で成立した藤代《ふじしろ》様と真野《まの》様のカップル、まさかの執念で成立した結川《ゆいかわ》様と風見《かざみ》様のカップル……など、既に一つ以上の〝お題アイテム〟を手に入れているチームも少なくはありません」

「そうね。一応、王手が掛かっているチームはまだないみたいだけれど……あまり真に受けない方がいいかもしれないわ。アイテムの所持状況なんてアビリティを使えばいくらでも隠せちゃうもの」

「だな。実際、あと一歩でクリアになるカップルが出てきてもおかしくない頃合いだ」

嘆息交じりに呟《つぶや》く彩園寺《さいおんじ》に同意しつつ俺は右手を口元へ遣《や》る。……《ライブラ》によれば、《CQ》個別ルートの想定クリアタイムはざっくり五時間くらい。さらに《パラレルCQ》によって追加された《調合》やNPCといった要素はどちらかと言えばゲーム展開を加速させるものだから、この時間はさらに縮まると考えていいだろう。となれば、このゲームは既に終盤へと差し掛かっている……ということになる。

「う、うぅ……でも、そうだよね」

俺たちの会話を受けてこくこくと頷《うなず》くのは梓沢だ。

「例えばボクたちの【変幻自在の金券】が他のカップルに渡ったら、その時点でゲームが終わっちゃうかもしれないわけだし……っていうか、だ、大丈夫なのかな？　《調合》とかＮＰＣとか、あんなに便利だとみんなにいっぱい悪用されちゃうんじゃ……!?」

「ん、ああ、そのことか」

当然の懸念に小さく首を縦に振る俺。

梓沢の言う通り、《パラレルＣＱ》で追加した要素が俺たち自身の首を絞める可能性はゼロじゃない。あくまでも正規の《競技《プログラム》》として申請している以上、恩恵を受ける権利はどのカップルにも平等にあるわけだ。故に、便乗されるリスクだって常にある。

「だけど、その辺は大丈夫だよ梓沢。このゲームで《交換》も《強奪》もしないまま何時間も戦い続けるなんて、そんなのまともなプレイングじゃない。ルールを全く理解できてないか、もしくは極端に運が悪くて他のカップルに会えてないか……そうじゃなきゃ《パ、パ、ラレルＣＱ》みたいな作戦が有効だってのを最初から理解してて、それを横から乗っ取ろうとしてるかだ。さすがにそんな連中が何組もいるとは思えない」

「――はい、そのようですね」

と……その時、俺の言葉を肯定するような形で姫路がさらりと白銀の髪を揺らしてみせた。彼女は澄んだ碧《あお》の瞳をこちらへ向けて、いつも通りの涼やかな声音で続ける。

「ご主人様の想定通り、現段階で《パラレルCQ》に残留しているカップルはほんのわずか……というより、わたしたちを除けばたった一組です。ただ、この方々に関しては〝ルールを理解していない〟あるいは〝運悪く他のカップルと遭遇しなかった〟という線は完全に捨ててしまっていいでしょう。意図的に残っていると断言できます」

「へえ？　……ちなみに、誰だ？」

「はい。奈切来火様、そして竜胆戒様――十七番区天音坂《あまねざか》学園のお二人ですね」

「ッ……なるほど、あいつらか」

再び《敗北の女神》の強烈な介入を感じながら、俺は小さく頬《ほお》を引き攣《つ》らせる。

姫路《ひめじ》が口にしたのは、この《CQ》個別ルートに参戦しているカップルの中でも特に、警戒を払うべき二人の名だ。そもそもが〝天才以外お断り〟という校風を掲げる十七番区天音坂学園において、半年間に渡る序列争いの末にトップを勝ち取った《灼熱《しゃくねつ》の猛獣》こと奈切来火《なきりらいか》。そして学園島《アカデミー》内での知名度こそさほどないものの、三年連続で天音坂を《修学旅行戦《フォルテッシモ》》の勝者に仕立てあげたルナ島最強の【ストレンジャー】こと竜胆戒《りんどうかい》。

「ん……」

そんな彼らの〝カップル情報〟を端末上に表示させてみる、と。

【カップル：奈切来火－竜胆戒】

【お題アイテム所持数：0／所持アイテム総数：43】

「……ふぁっ!?」

目の前に浮かび上がってきたとんでもない情報に思わず声を裏返らせる梓沢《あずさわ》。……だがまあ、今回ばかりは大袈裟《おおげさ》なリアクションとも言えないだろう。このゲームに存在するアイテムは83組×3で合計249種類。そのおよそ1／6を奈切と竜胆のカップルだけで独占している、という構図だ。明らかに順当な分布じゃない。

梓沢はぶんぶんと腕を振り回しながら焦《あせ》ったような声音で尋ねてくる。

「な、なな……なんで!?　この人たち、アイテムたくさん持ちすぎだよね!?」

「……まあな。多分、これも《敗北の女神》の影響だ——《交換》も《強奪》もしてない以上、こいつらが持ってるアイテムはほとんどNPC経由で手に入れたものってことになる。で、さっきも言った通り、NPCには《パラレルCQ》から消滅したアイテムをフフィールド上に戻す役割がある……だけどNPCに接触できるのは《パラレルCQ》に残留してるカップルだけ」

「あ……そ、そっか！　他の人たちがどんどん《パラレルCQ》を抜けてるから、今はボクたちともう一組しかNPCのアイテムを手に入れられない……そうなると、状況によってはボクたちが大勝ちしちゃうかもしれない。……だ、だから《敗北の女神》がゲームに介入して、もう一組の方にアイテムをたくさん流してるってこと!?」

「その通りかと思われます、梓沢《あずさわ》様。《敗北の女神》の影響で奈切《なきり》様、および竜胆《りんどう》様の運勢が極端に押し上げられているのでしょう。その証拠にお二人は、つい先ほどもボタンを押すだけの簡単なゲームで〝7つ〟ものアイテムを手に入れていました」

「……とんでもないな、それ」

姫路《ひめじ》の言葉に思わず呆《あき》れたような声が零《こぼ》れる。……確かに、俺たちから吸われた運がそのまま奈切と竜胆に渡っていると考えなければ不自然なくらいのインフレ具合だ。《敗北の女神》がもたらす絶望は、必ずしも直接的に降りかかるというわけではないらしい。

そんなことを考えながら言葉を継ぐ。

「NPCから回収できるアイテムは大半が〝売却〟されたものだから、それだけでお題アイテムが揃《そろ》うってことは基本ないはず……ただ、戦力的な意味ではこの二人が断トツだろうな。これだけアイテムがあるんだから、要らないやつを適当に〝売却〟しておけばチャージだっていくらでも稼げる。ほとんど無敵みたいなもんだ」

「え……だ、大丈夫なの、それ？　そんなにリードされてたら、ボクたちがどんなに頑張っても追い付けないんじゃ——」

「いや、それはねえよ。……大体な、梓沢。俺たちがただ雑談するためだけにこんなところで立ち止まってるとでも思ってたのか？」

「ち、違うの!?　て、てっきり先輩の足を労《いた》わる休憩タイムかなぁって！」

「まあ表向きはそういうことでもいいけど……とにかく、本当の目的は別にある。待ってるんだよ、当の奈切と竜胆を。あいつらは絶対に俺たちを探してる。多分、もうそろそろ姿を見せる頃だと思うぜ？」

「え……？」

よく分からない、といった表情でこてりと首を傾《かし》げる梓沢。

けれど俺は、何も出任せでそんなことを言っているわけじゃなかった——今や残留カップルも二組だけとなった《パラレルCQ》。そこに規定された〝最後の追加ルール〟がある限り、彼らは血眼になって俺たちを探す必要がある。どれだけ戦力が揃っていても、どれだけ有利な立場でも、俺たちを無視して勝利するルートなんてものは存在しない。

と、俺がそこまで思考を巡らせた——瞬間だった。

「けっ……こんなところにいやがったのか、天下の学園島《アカデミー》最強サマはよぉ」

……颪に乗って届けられた、苛烈で好戦的な第一声。

それに応じて、俺はゆっくりと視線を持ち上げる——そこで目に入ったのは、何というか色々と対照的な性質を持つ二人のプレイヤーだ。業火のようなオレンジ色の長髪をぶわりと広げ、天音坂《あまねざか》の制服を着崩すことで強烈に自己主張している美少女・奈切来火《らいか》。そしてもう一人については、そもそも制服を着ていない。ジャージのような格好に加え、まるで顔を隠すかのように深く被《かぶ》った野球帽……けれどそれでも、素顔を見たことがある俺にはすぐに分かった。彼こそが竜胆戒《りんどうかい》、ルナ島最強の【ストレンジャー】だ。

「「…………」」

アイテム所持数43を誇る、文字通り〝最後の関門〟。

そんな彼らを前に、俺は自身を奮い立たせるためにも小さく口角を持ち上げた——。

「よう、二人とも。……待ってたぜ」

#

全島統一学園祭イベント《流星祭》五日目——《CQ》個別ルート開始から約三時間。

俺たちは今、天音坂《あまねざか》学園の最強カップルと対峙《たいじ》していた。

「久しぶりだな、7ツ星」

走ればほんの数歩で駆け寄れるくらいの距離で足を止め、片手をそっと腰に当てた奈切《なきり》来火《らいか》はニィッと露悪的に口角を吊《つ》り上《あ》げてみせる。

「ちょっと見ねえ間に女三人も侍《はべ》らせやがって、いつの間にそんな色男になったんだよアンタ？　しかもどいつもこいつも芸能人並みのルックスじゃねえの」

「まあな。けど、そういう奈切だって〝アイドル枠〟だろ？　人気があって何よりだよ」

「そりゃそうだ。こちとら、黙って媚《こび》売ってりゃ猫よりカワイイって噂《うわさ》の来火ちゃんだからな。アタシに釣り合う男なんかこの世にゃいねえが、見る目だけは評価してやる」

「へえ？　釣り合う男がいない、なんて言いながら、しっかり《疑似恋愛ゲーム》には参加してるんだな。それにお前、先月の《習熟戦《リフレイン》》に比べてテンションが高いように見えるぜ？　隣にいる従弟にいい格好でも見せたい、ってところかよ」

「ばっ……は、はぁあああああ!?」

煽《あお》り合いの途中で一気に顔を真っ赤にし、両手をわちゃわちゃと振り回しながら表情を隠そうとする奈切。彼女はしばらく一人で悶絶《もんぜつ》していたが、やがて射殺すような視線を俺に向ける。

「な、何ふざけたこと言ってんだよ篠原緋呂斗《しのはらひろと》!?　アタシがこの愚図《ぐず》で鈍間《のろま》なバカ従弟のために張り切ってテンション上がってる!?　そんなことは天と地が引っ繰り返ったって有り得ねえよバァカ！　アタシはいつも絶好調でフルスロットルの奈切ちゃんクオリティだ！　戒くんみたいなオマケがいなくたってアタシは一人で最強だってての！」

「そうなのか？　でも、わざわざルナ島から呼び戻したんだろ？」

「ったり前だ！　何が悲しくて戒くん以外の男とカップルになんて……って、べ、別に戒くんとなら付き合ってもいいとかそういうことじゃねえからな!?　そういうのはもっと強くなって、アタシに相応《ふさわ》しい男になってから言いやがれ！」

「ええ……何で俺が怒られてるの……」

顔を真っ赤にしたまま隣の従弟に怒鳴り散らす奈切《なきり》と、そんな彼女に胸倉を掴《つか》まれて困惑したように頬《ほお》を掻《か》く竜胆《りんどう》。やがて我に返ったのか奈切がパッと竜胆から手を離し、解放された彼は改めて俺たちに向き直る。

「えっと……久しぶり、篠原《しのはら》。それに姫路《ひめじ》さんと《女帝》さんも、その節はどうも。みんなのおかげでやっと学園島《こっち》に戻ってこれたよ」

「……ああ、そいつは良かった」

少し気恥ずかしさの混じった笑みを向けられ、俺の方も微《かす》かに口元を緩めながら一つ頷《うなず》く。そう、俺たちと竜胆——もとい【ファントム】は、《修学旅行戦《フォルテツシモ》》で一蓮托生《いちれんたくしょう》の間柄だった。天音坂《あまねざか》の脅威はさらに増してしまうだろうが、竜胆の帰還は素直に嬉《うれ》しい。

「あの時の一戦でトラウマは克服できたんだろうと思ってたけど……まさか、こんなに早く帰ってくるなんてな。ま、元気そうで何よりだよ」

「まあね。俺も頃合いを見て……と思ってたんだけど、《流星祭》の直前に来火《らいか》からめちゃくちゃな鬼電があってさ。戻ってこなきゃ殺されるって思って」

「……あ？　言うほど催促してねえだろうが。勝手に盛るんじゃねえよ」

「いや、有り得ないくらい着信あったけど……？　未読メッセージも１００件以上になってたから、ひょっとして端末がバグったんじゃないかって——」

「ッ……か、掛け間違いだ掛け間違い！　つか、戒《かい》くんが出ないのが悪いんだからな！」

「ぁいたっ!?」

ぎゅう、と帽子の上から頭を押さえ付けられて地面に沈む竜胆《りんどう》。

そんな従弟をふんと見下ろしながら、奈切《なきり》は改めて俺に視線を向けた。

「それで、だ――7ツ星」

「っ……」

ほんの少し声音と表情が変わっただけ。それだけで、気配から何から全てがガラッと変わったような気がした。十七番区天音坂《あまねざか》学園の序列一位、奈切来火《らいか》。彼女はその身に纏《まと》うオーラと気迫だけで俺たちを圧倒しながら、静かに言葉を口にする。

「《パラレルＣＱ》……このふざけた《競技《プログラム》》の仕掛け人は、やっぱりアンタらってことでいいんだよな？　最初は何かと思ったが、要は《敗北の女神》を引き連れてヒーロー気取りってとこか。あーあー、さすが学園島《アカデミー》最強サマはお優しいな」

「……へえ？　もしかして知ってたのか、梓沢《あずさわ》のこと」

「そりゃやな。最近はあんま聞かなくなったが、当時はそれなりに話題だったもんだ。あの聖《せい》ロザリアで初の留年生、その原因は〝負の色付き星〟――ってな。勝手な憶測が色々と出回ってたから、呪いだ何だってビビってるヤツも多かった」

「なるほど……で？　お前はどうだったんだよ、奈切」

「あ？　けっ、アタシが呪いなんかにビビるわけねえだろバァカ。もしアタシのところに冥星が来やがったら存在意義から書き換えてやるっての」

「……はっ、頼もしいなおい」

冗談めかした言い方ではあるものの、確かに奈切であれば《敗北の女神》に憑《つ》かれた状態でも正攻法で《決闘《ゲーム》》に勝てるのかもしれない……という思考もついつい脳裏を過《よ》ぎってしまう。天音坂の序列一位、というのはそれくらい突き抜けた称号だ。

が、まあそれはともかく、奈切は鋭い視線を俺に向けながら言葉を続ける。

「当時は誰も対抗しようなんて思わなかった《敗北の女神》……そいつをぶちのめすために専用の《競技》を用意する、って発想はいい。そこにプレイヤー全員を誘い込んだのもダイナミックでアタシ好みのやり方だ。ま、他の連中は早々に《交換》やら《強奪》のコマンドを使って《パラレルCQ》から離脱しちまったみたいだけどな」

「お前ら二人が残り過ぎなんだよ……まあ、理性モードのお前なら《パラレルCQ》を利用してやろう、って考えになってもおかしくはないと思ってたけど」

「ああ。っつうか、アタシらの他にもそういう連中はいたと思うぜ？　ただ《パラレルCQ》に残り続けるためにはまともな攻略ルートを捨てなきゃならねえ。そのコスパの悪さをどう受け止めるか、って話だ。それにアタシだって、最後まで《パラレルCQ》にしがみつく気でいたわけじゃねえ。旨味だけ搾り取ってさっさと抜けるつもりだった」

だがな、と微《かす》かに声を低くする奈切《なきり》。

「《パラレルCQ》の最後《ラスト》に書いてあった〝謎の仕様〟が、今になって牙を剥《む》いてきやがった。《難易度選択：エクストラ》――何なんだよ、このルールは？」

「……ああ、それか」

奈切の問いをとっくに予想していた俺は、獰猛《どうもう》な視線を向けられてなお露骨に口角を吊《つ》り上《あ》げることにした。そう――そうだ、それこそが《パラレルCQ》によって追加された最後のルール。奈切＆竜胆《りんどう》のカップルのように俺たちの作戦を乗っ取ろうとしてきたプレイヤーに対する永続的なカウンター。

【《難易度選択：エクストラ》】

【《パラレルCQ》に参加しているプレイヤーは以下の制限を受ける】

【個別ルート開始から二時間経過以降、《交換》および《強奪》は一切実行できない】

【ただしこの制限は、《パラレルCQ》に参加していない相手に対してのみ適用される】

【また《難易度選択：エクストラ》は《パラレルCQ》の終了後も継続される】

「ハッ……」

悩んだ末に設定したルール文章《テキスト》を思い返しながら、俺は不敵に笑みを浮かべる。

「お前にしちゃ警戒が遅れたみたいだな、奈切。このルールは、簡単に言えば〝縛りプレイ〟やら〝高難易度モード〟やら、そんな名前で呼ばれるものだ。ほら、ゲームのDLC

とか周回特典なんかでよく見かけるだろ？」

「けっ……よく見かけるかどうかはともかく、アタシの流儀には全く合わねえんだよ。戒《かい》くんだってそうだろ？」

「？　いや、俺は縛りプレイも普通に好きだけど……？」

「……聞いてねえ。戒くんがアタシを縛りたいとか、そういう話は聞いてねえから」

「うん、まあ言ってないからね……」

腕組みをしたまま真っ赤になる奈切に対し、嘆息交じりにそっと首を振る竜胆。

とにもかくにも——このルールこそが、つい先ほど梓沢《あずさわ》が抱えていた懸念に対する回答だ。《パラレルCQ》が正式な《競技《プログラム》》である以上俺たち以外のプレイヤーもその恩恵を受けられるわけで、それによって俺たちが窮地に追いやられる可能性がある。否《いな》、こちらには《敗北の女神》が憑《つ》いているのだから、可能性ではなく〝確定事項〟と言っていいだろう。故に、そういった連中の勝ち抜けをピンポイントで妨害する必要があった。

「ん……さすが篠原《しのはら》の仕掛けた《競技》、って感じだよね」

俺がそこまで考えた辺りで、視線の先の竜胆が帽子の鍔《つば》をほんの少しだけ引き下げながら静かに口を開く。

「俺と来火《らいか》は、このルールのせいでどのカップルを攻撃することも出来なくなった。せっかくアイテムは大量にあるのに、《交換》も《強奪》も出来ないんじゃ完全に宝の持ち腐れだ。ただ、現状で《パラレルＣＱ》に残留してる篠原《しのはら》たちだけは《難易度選択：エクストラ》の対象から外れる――いや、これだとちょっと言い方がズレてるかな。要するに俺たちは、もう篠原を〝戦闘不能〟にしてアイテムを《強奪》することでしか《パラレルＣＱ》を抜けられないんだ。そういう制約を押し付けられたんだよ」

「……ま、そんなところだな」

竜胆《りんどう》の言葉に小さく肩を竦《すく》めて肯定の意を返す俺。……このゲームにおいて《交換》および《強奪》を封じられるというのは、彼の言う通り二重の意味を持つ。他のカップルに対する攻撃や交渉行為の禁止――そして同時に、《パラレルＣＱ》からの離脱禁止。だってそうだろう、《パラレルＣＱ》の脱落条件は《交換》または《強奪》の実行。けれどそれらは《難易度選択：エクストラ》によって縛られている……だからこそ奈切《なきり》と竜胆の二人は、俺たちの元に来るしかなかったわけだ。《パラレルＣＱ》に残留している俺たちだけが《難易度選択：エクストラ》の対象外になっているから。

故に、

「お前らの予想通り、この対面は俺が仕組んだものだ――ここでお前らを〝戦闘不能〟に出来れば、俺たちは《ＣＱ》の勝利にぐっと近付く。もちろん逆もまた然《しか》りだ。《パラレルＣＱ》は残り一組になったら強制終了だけど、《難易度選択：エクストラ》の縛りだけは最後まで引き継がれるからな。《交換》も《強奪》も出来ない上に《調合》もＮＰＣも使えなくなる。そうなりゃ実質負けみたいなもんだ」

「……あ？　おい、肝心なところを濁すんじゃねえよ学園島《アカデミー》最強」

と――そこで、再び顔を持ち上げたのは奈切来火《らいか》だ。天音坂《あまねざか》の序列一位はオレンジ色の髪を揺らしながら鋭い視線をこちらへ向ける。

「アタシらとアンタら、《強奪》に成功した方が《パラレルCQ》から抜ける――それはいい。けどな、他の参加者が一組もいないなら残った方が《パラレルCQ》の勝者になるんだろ？　学園島《アカデミー》最強サマのことだ、そこに爆弾が仕掛けられてねえとは限らねえ。ってわけで……おう、そっちの激かわメイド。《パラレルCQ》の勝利報酬はなんだ？」

「……なるほど、鋭い指摘ですね。さすがは奈切様です」

「まあな。で、答えは？」

「はい。ルール文章《テキスト》にも記載されていることですが、《パラレルCQ》の勝利報酬は大層なものではありません。気持ち程度の個人スコアが獲得できるばかりです」

「ほぉ……一応訊《き》くが、いくらだ？」

「チーム内の各プレイヤーに＋５００、ですね。こちらは《CQ》の終了時にまとめて清算される予定です。また、その他に報酬と呼べるものがあるとすればアイテムの付与でしょうか。《パラレルCQ》が終了した段階でNPCの手元に残っていたアイテムは、全て勝利プレイヤーの所持品となります」

「なるほどな。まあ、激レアアイテムも含めて重要そうなところはアタシらが奪い尽くしてやったから、残ってるモンには大した価値もねえだろうが……」

姫路《ひめじ》の回答を踏まえ、考え込むように眉根を寄せる奈切《なきり》。けれど、やがて〝妥当〟という判断に落ち着いたのだろう。そっと息を吐き出しながら小さく首を横に振る。

「ＯＫ。それじゃ、改めて状況整理だ——アタシらは大量のアイテムを持ってるが、《難易度選択：エクストラ》のせいでアンタら以外を攻撃できない。だが逆に、この場でアンタを〝戦闘不能〟にすることさえ出来れば——アイテムの《強奪》さえ出来れば《パラレルＣＱ》からはおさらばだ。圧倒的な戦力でそのまま《ＣＱ》を制圧してやる」

「まあそうだな。俺たちの場合も似たようなもんだ。お前らを永続的に無力化させつつ激レアアイテムを奪える絶好の機会……案外、ここで勝った方がそのまま《ＣＱ》の勝者になるかもな」

そんなことを言いながら端末を取り出すと、俺は所持アイテムの中から【変幻自在の金券】を選択することにした。あらゆるアイテムの効果を再現できるワイルドカード。それを《ＣＱ》内で最強の近接武器である【超高級な腕時計】に変貌させつつ、俺は静かに視線を持ち上げて挑発するように口を開く。

「来いよ、二人とも。今からまとめて相手してやる」

「……いいや」

けれど――そんな誘いに対して小さく首を横に振ったのは竜胆《りんどう》だ。彼は青のインナーカラーが入った黒髪をさらりと揺らすと、ルナ島で使っていたそれではなく新品同然なのであろう学園島《アカデミー》の端末を誇らしげに掲げてみせる。

そうして一言、

「悪いけど、篠原《しのはら》。お前の策には乗らない――知ってるんだよ、篠原の強さは充分に。俺の知ってる篠原は、この状況で一《いち》か八《ばち》かの戦闘《バトル》に持ち込むようなやつじゃない。絶対に何かしらの〝必勝法〟を隠してる。……だから、乗らない。乗りたくない」

「……へえ？　だったらどうするんだよ、竜胆。大人しく捕まってくれるのか？」

「冗談はやめてくれよ……そんなことしたら来火《らいか》に殺される」

引《ひ》き攣《つ》ったような表情で首を横に振る竜胆。

そうして彼は、手早く端末を操作するとわざわざ手持ちアイテムの一つを投影展開してみせた――それは、煌《きら》びやかな輝きを放つ【ダイヤの指輪】だ。俺と梓沢《あずさわ》の〝お題アイテム〟にもなっている、間違いなく《ＣＱ》内最強の飛び道具《レーザービーム》。

そんな武器を誇示するようにしながら、竜胆は静かに言葉を継いだ。

「俺たちの手元にはいくつか攻撃系のアイテムがある。例えばこの【ダイヤの指輪】は100メートル先の相手でも狙うことが出来て、命中すれば問答無用で――どんな防御アイテムを使われていても――〝戦闘不能〟にすることが出来る。だけど、もちろん当てなきや始まらない。躱《かわ》されたらそれでお終《しま》いだ」

「？　ああ、それはそうだな」

「うん。だから俺は、その〝命中条件〟を書き換える――俺と来火《らいか》のカップルスキル【リスキーコイン】。これを使うと、あらゆるアイテムの発動条件を〝コイントス〟に変更できる。どんなに扱いが難しいアイテムでも〝1／2〟で命中させられる、ってこと」

「……1／2？　いや、違うだろ」

この土壇場で明かされた奈切《なきり》&竜胆《りんどう》の強力なカップルスキル【リスキーコイン】。そいつの効果を聞いて、俺は小さく頬《ほお》を引《ひ》き攣《つ》らせながら口を開く。

「1／1だ、そんなのは――竜胆、いや【ファントム】。三年間もルナ島で訓練を積んだお前はコイントスの裏表を自由に操れる。というか、だからそんなカップルスキルが与えられてるんだろ？　《敗北の女神》が俺たちを潰すために――お前らを勝たせるために」

「そうなのかもしれない。まあ、経緯なんてどうでもいいんだけど……」

言って、帽子の下ですっと目を細める竜胆。彼はほんの少しだけ言葉に迷ってから、それでも口を噤《つぐ》むことなく真《ま》っ直《す》ぐに続ける。

「正直さ、俺の力が篠原《しのはら》に及んでるとは全く思ってないんだ。俺はまだ学園島《アカデミー》に戻ってきたばっかりだし、何なら《流星祭》が初めて参加する《決闘《ゲーム》》ってことになる。アビリティの使い方だってまだよく分かってないし、仮に熟練したとしても篠原に勝てるかどうかはかなり怪しい。だけど、コイントスなら話は別だよ。俺はルナ島でその技術を散々身体《からだ》に叩《たた》き込んだ。いくら篠原が相手でも、このフィールドでだけは負ける気がしない」

「っ……」

「……イイ顔できんじゃねえか、戒《かい》くん。それでこそアタシの見込んだ男だ」

脚色など微塵《みじん》も加えることなく単なる〝事実〟を告げる形で啖呵《たんか》を切ってきた竜胆。そんな彼に呼応するように、傍《かたわ》らに立つ奈切がニヤリと口角を上げてみせる。瞬間、彼女が突き出した手のひらの上に現れたのは一枚のコイン。拡張現実《AR》機能によって感触すらも再現されているのであろう金色のコイン。表面にだけ細かな紋様が描かれたそれを、奈切は勢いよくピンと弾《はじ》いて竜胆に手渡す。

そして、

「一発で決めろよ、戒くん。決まらなかったら……しばらく拗《す》ねるぞ、アタシ」

「うわ、最悪……でもまあ、心配しなくても大丈夫だよ。だって――」

――〝俺は、ギャンブルでなら誰にも負けない〟。

そんな言葉を無音でなぞりながら、竜胆は右手の親指に乗せたコインを勢いよく弾いてみせた。金色のコインは空高くまで舞い上がり、くるくると回転しながら落ちてくる。やがて俺たちと同じ高さまで戻ってきたそれは小気味よい音を立てて地面と衝突し……まるで予定調和のように、紋様の描かれた〝当たり〟の面を俺たちに晒《さら》した。

「『――BANG!!』」

同時に射出される極大の砲撃《ビーム》――本来なら躱《かわ》すことで、あるいは盾か何かの防御系アイテムを使うことで〝無効化〟を狙うべき場面だが、竜胆《りんどう》のコイントスが成功したためこの攻撃が命中することは既に確定してしまっている。そして【ダイヤの指輪】は遠距離攻撃系アイテムの最高峰だ。命中すれば〝戦闘不能〟は免れない。

「――――」

けれど俺は、棒立ちのまま砲撃を受けることにした。……いや、正確には〝何もしなかった〟わけではない。手元の端末でとある操作を実行してから、そのまま静かに両目を瞑《つぶ》る。既に確定した結末を待ち望むだけの体勢に入る。

そうして【ダイヤの指輪】の攻撃が俺に命中した瞬間、いくつかの事象が発生した。

「っ……」

まず起こったのは、当然ながら俺の〝戦闘不能〟だ。数時間前に水上《みなかみ》から攻撃を受けた際と同様に、ペナルティとして微《かす》かな痺《しび》れが全身を襲う。

そして、連動して発生するのが《強奪》の処理――《CQ》個別ルートでは、他チームのプレイヤーを〝戦闘不能〟にした際、該当プレイヤーの持っているアイテムを一つ選んで奪い取る処理が発生する。NPCからの回収でいくつかのアイテムを所持していた俺たちだが竜胆は迷わず一つのアイテムを選択し、直後にそれが彼らの元へと移動する。

そんな結果を確認するべく端末に視線を落とした彼の表情が、不意に曇った。

「え……？　何だこれ、【変幻自在の金券】じゃない……？」

――そう、そうだ。

竜胆の言う通り、俺を〝戦闘不能〟にすることで彼らの手に渡ったアイテムは【変幻自在の金券】などではない。困惑する奈切《なきり》と竜胆に対し、俺は内心でそっと胸を撫《な》で下ろしながら小さく口角を上げる。……ああ、良かった。これでどうにか、凌ぎ切った。

「悪いな、二人とも――お前らが【変幻自在の金券】を狙ってるのは分かってたから、ついさっき《表示バグ》でアイテムの名前を弄っておいたんだ。お前らが手に入れたのは【中古のブローチ】っていう雑魚アイテムだよ」

「っ！　改竄《かいざん》系のアビリティか……クソ、やりやがったな」

【変幻自在の金券】じゃなくて、微かに表情を歪める奈切。が、それでも彼女の余裕は削がれない。

「けっ……だがな最強、これで終わったと思うなよ？　今は〝戦闘不能〟になった直後だから手が出せねえが、アンタらは《難易度選択：エクストラ》の縛りを永続的に背負う羽目になった。要はアタシらが一方的に攻撃できる立場、ってことだ。チャージはたんまりあるし、すぐに二度目のビームを食らわせてや――」

「――いいえ？　残念ながらここでゲームセットみたいよ、《灼熱の猛獣《しゃくねつ》》さん」

と。

そこで奈切《なきり》の発言を無遠慮にぶった切ってみせたのは、豪奢《ごうしゃ》な赤髪を風に靡《なび》かせる6ツ星の《女帝》――すなわち、彩園寺更紗《さいおんじさらさ》その人だった。彼女は胸の下辺りで腕を組みながら静かに俺の隣へ進み出ると、意思の強い紅玉《ルビー》の瞳で奈切を見つめて続ける。

「あと一歩だったわね。つまり、貴女《あなた》たちの攻撃で、篠原《しのはら》は〝戦闘不能〟になった――そして《強奪》が発生した。つまり、貴女たちは《パラレルCQ》から脱落したってことだわ」

「……あ？　それがどうしたんだよ、お嬢様」

「あら、重要な情報だから繰り返してあげているんじゃない。貴女もさっき確認していた通り、《パラレルCQ》の勝利報酬は大したものじゃないわ。制約の方が強烈だから基本的には勝たない方がいい――ええ、そうね。それ自体は間違いない。ただ、そんな末端の話に囚《とら》われて何か大事なことを見落としていないかしら？」

「大事なこと……？　……チッ」

　くすっと口元を緩めた彩園寺の問い掛け。それを受けて、奈切は合図一つで〝理性モード〟に突入したのだろう。ふらりと全身の力を抜いて傍《かたわ》らに立つ竜胆《りんどう》の腕にぽすっと倒れ込み、夢か現《うつつ》かも定かではない口調でぶつぶつと断片的な言葉を紡ぎ出す。

「《パラレルCQ》……勝利報酬……《競技《プログラム》》の終了……待て、終了？　おい7ツ星、一つ聞かせろ。この《パラレルCQ》とやら、一体どんな方法で実現させやがった？」

「方法か？　そりゃもちろん、正規ルートで《ライブラ》に申請したんだよ。まあ、本家の《ＣＱ》と重ねるために《劣化コピー》と《†漆黒の翼†》は使ったけどな」

「《劣化コピー》に《†漆黒の翼†》……色付き星《ユニークスター》の限定アビリティ。そいつらが《パラレルＣＱ》の構築に使われてた、ってことは…………おい。まさか、嘘《うそ》だろ？　《パラレルＣＱ》の終了と同時に、二つのアビリティがお役御免になったってのか？」

「……ハッ」

奈切の凄《すさ》まじい洞察力に畏怖すら覚えながらも、俺はあくまで余裕の表情でニヤリと口角を持ち上げる。

「お前の言う通りだよ、奈切――俺が《パラレルＣＱ》に組み込んだ一番の仕掛けは、この《競技》が終わることによって発動する。それは勝利報酬でも何でもなくて、俺が《パラレルＣＱ》を成り立たせるために採用した色付き星の限定アビリティだ。《パラレルＣＱ》が終わった段階で、《劣化コピー》と《†漆黒の翼†》の二つが自由に使えるようになった。ついでに、俺の手元にはお前らが奪い損ねた【変幻自在の金券】もある」

「っ……要は、《劣化コピー》でワイルドカードを複製しようって腹か。けどな、アンタらは四人組なんだからお題アイテムは六つだろ？　さすがに容量オーバーだ」

「まあ、それはそうだな。というか、《劣化コピー》がそこまで万能なら最初からそれで勝っちまえばいい。ただ……」

言いながら、俺は自身の端末で【変幻自在の金券】を選択した。《ＣＱ》内に存在するあらゆるアイテムに変貌できる効果……それを使って、おそらく奈切《なきり》たちによって既に回収されていたのであろう〝激レアアイテム〟の効果を再現する。ここでのチャージを残すためだけに、今までアイテムは一度も使っていなかった。

「【花嫁のティアラ】――例の〝大当たり〟なＮＰＣが提供してたアイテムの一つだ。こいつは既に失われたアイテムやらコマンド、能力にアビリティ……その辺のモノを〝復元〟させる効果を持つ。それを使って、俺は《調合》コマンドを復活させる」

「……《調合》を？」

「ああ。そして、《劣化コピー》で所持アイテム全部を〝複製〟する――奈切の言ってた通り大したアイテムは残ってなかったみたいだけど、それでも《パラレルＣＱ》の勝利報酬で俺の手元には37個のアイテムがある。複製すれば74だ。……【変幻自在の金券】とその複製品で〝お題アイテム〟のうち２枠は埋められるからな。《調合》の素材がこれだけあれば、残りの４枠くらい一瞬で作り出せるっての」

「ッ……！」

「ってわけで――悪いけど、《ＣＱ》は俺たちの勝ちだ」

俺の放った勝利宣言に、奈切と竜胆《りんどう》は各々の反応をしてみせた。奈切は「そっちが本当の狙いかよ……チッ」と悔しげな様子で下唇を噛《か》み、続けて恨めしげな視線を俺に向けてくる。対する竜胆は、どこかやり切ったような表情で野球帽を深く被《かぶ》る。

――そして、

「す、ごい……」

静まり返った空気の中、ポツリと耳朶《じだ》を打ったのは梓沢《あずさわ》の呟《つぶや》きだ。《敗北の女神》に魅入られた〝不幸〟な少女。彼女はまるで夢の中にでもいるかのような足取りでふらふらと俺に近付いてくると、泣きそうな顔を懸命に持ち上げて言葉を継ぐ。

「すごい、本当にすごい……うぅ、先輩なのに全然ちゃんとしたことが言えないよぉ。まさか《敗北の女神》に勝てるなんて思ってなかったから……こ、これ、もしかしてボクが見てる夢なのかなぁ？　もしそうだったら立ち直れる気がしないんだけど……」

「何だよ、まだ信じてくれてなかったのか？　あれだけ〝勝てる〟って言ったのに」

「そ、そうだけど……うぅ、だってボク、《決闘《ゲーム》》に勝ったことなんか一回もなかったんだもん。だから、どんな顔すればいいのか分からない、っていうか……」

「ああ……何だ、そんなことか」

驚愕《きょうがく》と安堵《あんど》と衝撃と動揺が複雑に絡まったようなぐちゃぐちゃの表情でそんなことを言う梓沢に対し、俺は苦笑交じりに小さく首を振ることにした。そうして端末からアビリティの使用を選択しつつ、ニヤリと笑ってこう告げる。

「当たり前だって顔してればいいんだよ。何せ梓沢は、俺たちの――学園島最強のパーテイーの一員なんだからな」

【競技ナンバー001《疑似恋愛ゲーム：Couple Quest／Seek You》終了】
【勝者：篠原緋呂斗《しのはらひろと》／梓沢翼《あずさわつばさ》／姫路白雪《ひめじしらゆき》／彩園寺更紗《さいおんじさらさ》】
【勝利報酬：勝利チームの各プレイヤーに個人スコア《???》加算】
【《流星祭》個人ランキング：計測中……】

LNN -Librarian Net News- 号外

競技ナンバー００１
《疑似恋愛ゲーム：ＣＱ》ダイジェスト

競技ナンバー００１《疑似恋愛ゲーム：CQ》ダイジェスト！
年に一度の全島統一学園祭イベント《流星祭》！　五日間に渡るお祭りもついに終わりが近付いているのにゃ。ここで、ワタシたち《ライブラ》が運営していた《疑似恋愛ゲーム：CQ》について、熱い名場面を振り返っていくにゃ！

《敗北の女神》、完勝
今の３年生の中には聞き覚えのある人も多いかもしれない《敗北の女神》——“絶対に勝てない”呪いを受けた十四番区聖ロザリア女学院の梓沢翼ちゃんが、なんと《CQ》の頂点に立ったのにゃ！　《流星祭》全体でもトップクラスの大ニュース！　7ツ星・篠原緋呂斗くんとの関係にも要注目にゃ！

告白イベント大盛況！
毎年恒例！？　《CQ》の告白イベントに合わせて“本物の告白”が行われていた事例がSTOCでたっくさん報告されているにゃ！　中には6ツ星同士のあの大型カップルも……！？　ワクワクが止まらないにゃ！

ルナ島最強の【ストレンジャー】
知る人ぞ知る有力プレイヤー！十七番区天音坂学園の竜胆戒くんが、《流星祭》の開始間際に学園島へ戻ってきていたことが明らかになったのにゃ。学園島での戦績は未知数だけど、ルナ島では前人未到の大記録を打ち立てているダークホース！　天音坂学園の躍進が期待されるところにゃ！

茨のゾンビ、好調？　不調？
《CQ》でワタシこと風見鈴蘭に告白してくれたみんな、本当にどうもありがとうにゃ！　ワタシとカップルになったのは十五番区茨学園の結川奏くん……だったんだけど、4日目までの《競技》を頑張り過ぎたせいで“個別ルート”はほとんど観戦状態だったのにゃ！　ただ《CQ》の属性獲得数は30オーバー！　褒めてあげて欲しいのにゃ！

エピローグ

＃

『――第六位、竜胆戒《りんどうかい》！　第七位、篠原緋呂斗《しのはらひろと》！　第八位、彩園寺更紗《さいおんじさらさ》！　第九位、水上《みなかみ》真由《まゆ》！　そして第十位、皆実雫《みなみしずく》‼』

『以上が《流星祭》の十傑にゃ！　みんな、盛大な拍手喝采をお願いするにゃ！』

『それじゃあ、これから五日間の振り返りをたっぷりと――』


――全島統一学園祭イベント《流星祭》。

五日間に渡る大規模《決闘《ゲーム》》の翌日……つまり土曜日の午後一番、学園島零番区《アカデミーゼロ》の大ホールでは《流星祭》の閉幕セレモニー及び表彰式が執り行われていた。

楽しかった祭りを終わらせたくないという気持ちが強いのか、参加者は五日前に行われていた開幕セレモニーのそれよりさらに多いように見える。司会を務める《ライブラ》風《かざ》見鈴蘭《みすずらん》のテンションもまた留《とど》まるところを知らない。

「ふぁ……」

ちなみに、俺がいるのは客席ではなく壇上だ。《流星祭》の表彰ということで、個人ラ

ンキング一位から十位にランクインしたプレイヤーが軒並み舞台に上がっている。……あ
あいや、そう言ってしまうと少し嘘《うそ》が混ざるかもしれない。総合九位となった英明《えいめい》の隠れ
た天才・水上真由が〝精神性の腹痛《めんどくさい》〟を理由に欠席しているため、壇上にいるのは俺を含
めて九人だ。この後、風見によるインタビューなんかがあると聞いている。
「……む」
と——その時、不意に視線を感じてちらりと隣を向いてみれば、そこでは何やら不機嫌
そうな顔をした桜花《おうか》の《女帝》こと彩園寺更紗がムッと腕を組んでいた。明らかに俺を責
めていると分かる不満げなジト目。威嚇のような仕草と共にふわりと風に散らされる豪奢《ごうしゃ》
な赤髪。ただし、ここは《流星祭》閉幕セレモニーの会場……彩園寺だって〝見られてい
る〟ことは分かっているわけで、端的に言えば全てはポーズだ。このイベントの結末を正
当化するのに欠かせない〝演技〟のようなモノ。
……そう。
競技ナンバー001《疑似恋愛ゲーム：CQ》は、俺たち四人組——すなわち篠原緋呂
斗と梓沢翼《あずさわつばさ》、姫路白雪《ひめじしらゆき》と彩園寺更紗の四人が〝勝者〟となった。紆余曲折《うよきょくせつ》、どころの騒ぎ
じゃない捻《ね》じ曲《ま》がった道筋《ルート》ではあったものの、どうにか目的は達成できたわけだ。
ただ、事前に彩園寺からも指摘があった通り、それでは一つ問題があった。個人ランキ
ングは《CQ》の勝敗だけでなく、《流星祭》における個人スコアの総量で決まる——と

なれば、仮に俺たち四人に《ＣＱ》の報酬が平等に配分された場合、《流星祭》の勝者になるのは当然ながら俺か彩園寺の方だ。《敗北の女神》に憑《つ》かれている梓沢《あずさわ》が《特撮お化け屋敷》以外の《競技《プログラム》》でスコアを獲得できるはずもなく、個別ルート開始時点での個人ランキングは六桁台。そのままでは《流星祭》のトップになどなれるはずがなかった。

だからこそ、俺は——まあ実際に動いてくれたのは姫路《ひめじ》だが——《ＣＱ》に採用していた六枠目のアビリティ《数値管理》を使って報酬配分の比率を変更したんだ。本来なら四人全員のスコアが＋１００００されるところを、不平等なバランスに書き換えた。内訳としては俺に２００００、姫路に３００００、彩園寺《さいおんじ》に１００００、そして梓沢に３４００００。

この〝調整〟によって俺が総合七位、彩園寺が総合八位となったわけだ。

「全くもう……何で私が貴方《あなた》の下にならなきゃいけないのよ」

順位が並んでいることもあり、すぐ隣から小声で文句を言ってくる彩園寺。口調や文言は突っ掛かるようなそれだが、よく見れば目元は微《かす》かに笑んでいる。要はいつもの煽《あお》り合いの延長線上、といったところだろう。

右手で赤の長髪をふわりと払いながら彼女は続ける。

「スコアの差なんかほとんどなかったのだから、最後の報酬配分をほんの少し変えるだけで私の方が上にいたはずじゃない。そこまでして見栄《みえ》が張りたかったのかしら？」

「見栄も何も、妥当な順位だろうが。俺がお前に負けるはずないだろ」

「む……それにしてはギリギリのところだったわね。貴方、十位以内に入れなければ降格だったんでしょう？　なのに〝七位〟って……ふふっ、貴方より学園島《アカデミー》最強に向いているプレイヤーが六人はいるってことだわ。少しは反省して欲しいものね」

「そうか？　俺としては、まずまずの結果だったと思うけどな」

小さく肩を竦《すく》めながら、俺は彩園寺と逆の方向に身体《からだ》を向けることにする。

この《流星祭》において、俺より高い順位を取ったプレイヤー——さすがに名の知れた高ランカーばかりだが、その顔触れは正直言ってどうでもいい。俺にとって重要なのはたった一人だけだ。全島統一学園祭イベント《流星祭》、個人ランキング第一位。今まさに風見《かざみ》にマイクを向けられ、あたふたと両手をばたつかせている聖《せい》ロザリアの三年生。

『それじゃあ梓沢先輩、一位になった感想をお願いするにゃ！』

『か、感想!?　う、うぅ……そ、そんなの急に言われても困っちゃうよぅ！　いくらボクが先輩だからって、出来ることと出来ないことがあると思うっ！』

ぶんぶんと首を振りながらそんなことを言っている群青色の髪の少女・梓沢翼。

そう——もはや分かり切っていることではあるが、この《流星祭》のトップに君臨したのは梓沢だ。四日目までほとんどスコアを持っていなかった彼女が、《ＣＱ》で異常な勝ち方をしたことで二十万人以上のプレイヤーを一撃で追い抜いた。

俺の肩入れが露骨だったため、状況によっては大きな反感を買っていたことだろう。けれど、その辺りの対策《ケア》もある程度は上手《うま》くいっていた。《ライブラ》を介した冥星や《敗北の女神》の解説、そして梓沢《あずさわ》の置かれた状況の周知……故に、梓沢が《流星祭》の一位になることを否定するプレイヤーなんかまずいない。それどころか彼女がどれだけ台詞《せりふ》を噛《か》んでも熱狂は決して収まらない、というわけだった。

そんな様子を見遣ってから、俺は隣の彩園寺《さいおんじ》に向けて再び口角を持ち上げてみせる。

「な？」

「……ふん、だ。貴方《あなた》だけの活躍みたいに言わないでよね」

「当たり前だろ、彩園寺。お前がいなきゃ俺は《敗北の女神》になんか勝てねえよ」

拗《す》ねたような発言に思わず口元を緩めてしまいそうになりながら、そっと肩を竦《すく》めて返す俺。彩園寺が「ならいいけど」と満足そうに呟《つぶや》く中、会場に響くインタビューの内容はそろそろ〝締め〟に入っている。

『じゃあ、最後に――梓沢先輩！　ずばり、今回の勝因は何だったのかにゃ!?』

『うえっ!?　しょ、勝因……えっと、えっとね……』

風見《かざみ》の繰り出した定番の質問にまたもや狼狽《ろうばい》する梓沢。彼女はしばらく腕を組んだまま分かりやすく悩んでいたが、やがてちらりと俺の方に視線を向けると、ほんの少し頬《ほお》を染めてから『……うんっ！』と大きく首を縦に振る。

そうして、一言。

『それはもう――ボクをずっと引っ張っていってくれた【王子様】のおかげ、かな？』

＃＃

――《流星祭》閉幕セレモニー終了後。

会場を出た俺と姫路《ひめじ》は、軽い寄り道なんかを挟みつつ四番区まで戻ってきていた。

「そういえば……ご主人様」

駅を出て歩き始める傍《かたわ》ら、隣の姫路がさらりと白銀の髪を揺らして訊《き》いてくる。

「結局、例の報酬――色付き星の黄《ユニークスター・イエロー》はどのような扱いになったのでしょうか？」

「ん？　ああ、そのことか」

姫路の問いに小さく頷《うなず》きながら言葉を返す俺。

「基本的には決めてた通りの流れ、って感じだな。梓沢の卒業試験……っていうか〝卒業に必要な単位を取るための試験〟は毎週日曜に受けられるらしいから、さすがに明日は早すぎるにしても来週の日曜にはあいつの卒業が決まる。それが終わったらすぐ《決闘《ゲーム》》の予定だ。先に申請だけは飛ばしてもらってる」

「なるほど。では、ご主人様が六色持ち《シックスカラー》になるのはほぼ確定ということですね。……《敗北の女神》を無力化した状態でも梓沢様が負け続けたり、あるいはご主人様が梓沢様に勝てなくなったりしない限り」

「いや、微妙にありそうなこと言うなって……」

ほんの少し頬《ほお》を引《ひ》き攣《つ》らせながら弱々しく答える。……十中八九、いや九分九厘ないと思うが、姫路《ひめじ》の示した可能性も0ではない。《正しき天秤《てんびん》》の効果を踏まえれば俺と梓沢《あずさわ》の《決闘《ゲーム》》に不正《イカサマ》は持ち込めないわけで、そうなると普通に負けも見えてくる。

「……まあ、せいぜいちゃんと準備しとくよ」

「はい。もちろんお付き合いいたします、ご主人様」

俺の言葉に柔らかな笑みを浮かべて返してくれる姫路。そんな彼女に改めて見惚《みと》れそうになりながら、俺は「にしても……」と右手を口元へ持っていく。

今回、梓沢と関わる中でその存在を知った〝負の色付き星〟——所持者に悪影響を与える冥星。加賀谷《かがや》さんの話では『色付き星《ユニークスター》よりずっと珍しい』とのことだったが、珍しいということは《敗北の女神》だけじゃないということだ。この学園島《アカデミー》には梓沢以外にも〝冥星〟を抱えているプレイヤーがいる。

そう考えた時、脳裏を過《よ》ぎる顔が一つだけあった。

「《アルビオン》の……越智《おち》と霧谷《きりがや》の後ろに隠れてた〝衣織《いおり》〟ってやつ、やっぱりちょっと変だと思うんだよな。《習熟戦《リフレイン》》で端末を翳《かざ》した時、プレイヤーとしての表示が一切出なかった。でも霧谷は、あいつのことを〝間違いなく森羅《しんら》の高校生だ〟って言ってた」

「……では、こういうことですか？　衣織様は〝プレイヤーとして認識されなくなる〟効果の冥星を持っていて、そのため《決闘《ゲーム》》に参加できなかったと？」

「ん……いや、まだ確証は全くないんだけど」

もしそうだとしたら越智が〝8ツ星〟に固執する理由も分からないではない、というだけだ。例えば《敗北の女神》は《正しき天秤》で黙らせることが出来るが、本当に〝プレイヤーとして認識されない〟ならどんな《決闘《ゲーム》》にも参加すら出来ないわけで、それでは報酬を手に入れる手立てがない。もし仲間がそんな境遇に陥ったなら、確かに8ツ星になって〝学園島《アカデミー》のシステムを変える〟以外に助け出す手段なんてないのかもしれない。

「…………」

越智の〝予言〟を思い返しながら無言で思考を巡らせる俺。

と、その時だった。

「あ」

「え？　……って、浅宮《あさみや》？」

突如目の前に現れた人物に、俺は思わずその名前を口にする——そう、そこにいたのは英明《えいめい》学園の三年生である浅宮七瀬その人だった。彼女も閉幕セレモニーの会場に顔を出していたのか、あるいは普通に出掛けた帰りなのかもしれないが、ともかくちょうど駅から出てきたところ。鮮やかな金糸が俺たちの前でふわりと揺れる。

「わ、っとと……誰かと思ったらシノとゆきりんじゃん。にひひ、ウチらが学校の外で会うとか割と珍しいカンジかも。そっちは今セレモニーの帰り？」

「はい。浅宮様《あさみや》もどこかへお出掛けだったのですか？」

「そうそう！　今日は朝からヒマだったから、island tube《アイ・チューブ》で《流星祭》の結果だけ聞きながら買い物してたんだけど…………うーん。ってかさ、二人とも」

「？　はい、何でしょうか？」

指先にくるくると金糸を巻き付けながら話していたと思いきや、やがてしばらく言葉を止めてから潜めた声で囁《ささや》いてくる浅宮。何かを察したらしい姫路《ひめじ》が微《かす》かに白銀の髪を揺らしてみせると、彼女はびしっと近くの建物を指差して、

「一生のお願いっ！　今からほんのちょっとだけウチに時間くれない⁉」

神妙な顔でそう言った。


「『……え、榎本（様）に告白されたぁっ⁉』」

「わ、わーわーわー‼　二人とも声おっきいから！　てかハズい‼」

四番区内、学園前駅から程近い某カラオケ店の一室。

きっちりとした防音設備が施された部屋の中で、俺と姫路の対面に座った浅宮は片手を額に押し当てたまま真っ赤な顔を晒《さら》していた。

今の状況は単純と言えば単純だ。相談したいことがある、と言って俺たちをこの店へ引

っ張ってきた浅宮が、五分ほど言葉に迷った末にポツリと「……ウチ、進司《しんじ》に告白されたかも」と呟《つぶや》いただけ。だけだが、それは充分すぎるほど衝撃的な一言だった。

「えっと……」

俺の隣に座る姫路が微かな動揺を露《あら》わにしつつ口を開く。

「一応訊《き》かせていただきますが、それは《疑似恋愛ゲーム：CQ》の話ではなく……？」

「……うん。ウチが変な勘違いしてなければ、だけど」

「勘違い、ですか？　確かに、お二人の間柄を考えればほんの少しだけその可能性もあるような気がしてしまいますが……ちなみに、榎本《えのもと》様は何と仰《おっしゃ》っていたのですか？」

「ん……えっとね」

姫路の質問に一つ頷《うなず》いてから記憶を辿《たど》り始める浅宮。

「一昨日《おととい》の夜……《CQ》の告白タイムの時、ウチと進司は生徒会室で island tube の中継を見てたの。で、誰かに告白しなきゃってなったんだけど、たまたま進司の愛好属性しか持ってなかったから……だからウチ、進司に〝告白〟してあげたわけ」

「なるほど。たまたま、ですか」

「う……そ、そうだよ？　仕方なくっていうかお情けっていうか……！」

「「…………」」

どう考えても狙い討ちだが、話が進まないので突っ込まないでおくことにする。

「それで、どうしたのですか？」

「あ、うん。そしたら進司《しんじ》、ちょっとの間黙っててさ。その後『そうか、実は僕も七瀬《ななせ》の愛好属性しか獲得できていなくてな』とか変なコト言って、それからウチに〝告白〟のコマンドを飛ばしてきて」

「はい」

「で、何かめっちゃ真面目な顔で……『だが、仮に僕があらゆる属性を所持していたとしても、僕が〝告白〟する相手は変わらず七瀬だっただろう』『一ついいか、七瀬』『僕はこの告白を、《競技》《プログラム》の中のものだけにするつもりはない』『このような機会に便乗するしかないのは歯痒《はがゆ》いばかりだが……何分《なにぶん》、この手の場面には慣れていないものでな』『単刀直入に言おう。僕と付き合ってくれ、七瀬』って」

「「…………」」

「う、ぁぅぁぅ……」

話を進める中で当の場面がフラッシュバックでもしたのか、悶《もだ》えるように両手を顔に押し当てる浅宮《あさみや》。対する俺と姫路《ひめじ》は、至近距離で目を見合わせながら一つ頷《うなず》く。

「ご主人様、これは……」

「……ああ、どう考えても本物の〝告白〟だな」

多少の衝撃と共に同意を交わす。……島内でも有名な〝犬猿の仲〟である榎本《えのもと》進司と浅宮七瀬《ななせ》。顔を合わせれば喧嘩《けんか》ばかりしている二人だが、とはいえ彼らが想い合っているのは傍《はた》から見ても明らかだった。くっつくのは時間の問題だったと言ってもいい。

（そりゃ《CQ》の個別ルートでまともに戦えないわけだ……）

　昨日の二人を思い返しながら微《かす》かに口元を緩める俺。

「ちなみに、浅宮は何て答えたんだ？」

「う……シノ、めっちゃ鬼畜なコト訊《き》いてくるじゃん！」

「いや、鬼畜でも何でもないだろ……むしろ、話の流れ的に訊かなきゃおかしい」

「そ、そうかもだけどさ……」

　言いながら浅宮は恨めしげな視線をこちらへ向けてくる。彼女はその後もしばらく言い淀んでいたが、やがて覚悟が決まったのだろう。ポツリと言葉を紡ぎ出す。

「『ウチは進司以外と付き合うなんて考えたコトもないから』……って言った」

「「お、おぉおお……」」

「う……な、何その反応!?　めっちゃハズいんだけど！　ああもうやだっ！」

　ドストレートな返答に感嘆するしかない俺と姫路に対し、対面に座る浅宮は耳まで真っ赤に染め上げながらぼふっとテーブルに顔を伏せる。何というか、やはりお似合いすぎるカップルだとしか言いようがない。この機会を逃したら卒業までいがみ合っていたかもしれないわけで、そう考えれば良い形に収まったと思っていいだろう。

「ともかく……おめでとうございます、浅宮様《あさみやさま》」

ふわりと優しい笑みを浮かべた姫路《ひめじ》が取りなすように言葉を継ぐ。

「お二人がようやく素直になってくれて、わたしたち後輩としても嬉《うれ》しい限りです」

「む……ウチ、カンペキに隠してたはずなんだけど。ゆきりんもシノも超鋭いじゃん」

「あれで気付かないならそちらの方《ほう》に問題があるような気もしますが……まあ、深くは掘り下げないでおきましょうか。ちなみに、浅宮様。わたしとご主人様をここへ連れてきたのは、こうして全力で惚気《のろけ》るため……ということでよろしいですか？」

「ちょっ、惚気とかじゃないし！」

がばっと顔を持ち上げて思いきり首を横に振る浅宮。

「ホント、そんなんじゃなくて……単純に、どうしたらいいのかなって思って」

「どうしたら、というのは？」

「ん……だってさ、進司《しんじ》とはこれまでずっと一緒だったけど、カップルとかじゃなかったわけじゃん。距離感とか、話し方とか……休みの日とか、イベントとか。ウチ、これからどんな顔して過ごせばいいか全然分かんないんだけどっ！」

「なるほど……確かに、来月にはクリスマスも迫っていますからね。学園島《アカデミー》で〝恋愛〟を語るにあたって、決して外せない特別なイベントです。……ただ、浅宮様。これは興味本位の質問なのですが、去年のクリスマスはどなたと過ごされましたか？」

「え？　それはまあ、進司だけど」

「一昨年《おととし》はいかがでしょうか？」

「……進司、だけど」

「はい。それなら、特に悩む必要などないかと思われます」

何とも言えない微妙な表情で呟《つぶや》く浅宮に対し、姫路がとびっきり優しい声音でそんな答えを返す。口こそ挟んでいないが、俺も基本的に同意見だ。榎本《えのもと》と浅宮ほど相性のいいカップルもなかなかいないんだから、難しいことを考える必要などどこにもない。ただただ自然体で過ごしていればいいだけだ。

「う……で、でもさ～！」

その後も浅宮の〝相談〟はしばらく続いたが、やはり大半は惚気に近いものだった。

＃＃＃

——その日の夜。

自室のベッドに腰掛けた俺は、端的に言って戸惑っていた。

「ん……」

視線の先にあるのは見慣れた端末。そして、画面に表示されているのは二通のメッセージだ。一つは桜花《おうか》の《女帝》こと彩園寺更紗《さいおんじさらさ》から届いたもの——そしてもう一つは、同じ家の中にいるはずの姫路白雪《ひめじしらゆき》から届いたもの。

「クリスマスって、確かめちゃくちゃ重要な意味合いのイベントなんだよな……」

ついさっき、浅宮《あさみや》との会話の流れで知った〝学園島《アカデミー》におけるクリスマス〟の位置付けを思い返しながらポツリと呟《つぶや》く俺。……そう、クリスマス。俺の端末に届いている二通のメッセージは、どちらもそのイベントに関わる文面だ。

曰《いわ》く、

『ねえ篠原《しのはら》、あんたって……来月の25日、空いてるかしら?』

『突然すみません、ご主人様。クリスマスの日、なのですが……わたしと一緒に過ごしていただくことは可能でしょうか?』

「……どうすりゃいいんだよ、これ」

盛大なダブルブッキングの予感に、俺は静かに首を横に振った。

あとがき

こんにちは、もしくはこんばんは。久追遥希《くおうはるき》です。

この度は『ライアー・ライアー10　嘘つき転校生は敗北の女神を騙し抜きます。』をお手に取っていただき、誠にありがとうございます！

いかがでしたでしょうか……!?　前巻の《習熟戦《リフレイン》》から一転、恋愛イベント盛りだくさんの学園祭！　当然のように絶体絶命の大ピンチに巻き込まれる緋呂斗ですが、それでもどちらかと言えばニヤニヤできるシーン多めの構成となっておりますので、ぜひぜひ楽しんでいただければ幸いです!!

続きまして、謝辞です。

今回も神懸かり的なイラストを描いてくださったkonomi先生。画集発売おめでとうございます！　新キャラちゃんのデザインがツボ過ぎてしばらく悶絶《もんぜつ》していました……！

担当編集様、並びにMF文庫J編集部の皆様。今回も大変お世話になりました！　面倒見てもらってばかりなような気がしますが、今後ともよろしくお願いいたします。

そして最後に、二桁巻までついてきてくださった皆様に最大級の感謝を。

次巻もめちゃくちゃ頑張りますので、楽しみにお待ちいただけると嬉《うれ》しいです！

久追遥希

白雪か、更紗か――？
篠原緋呂斗、ついに決意の時！？
ライアー・ライアー
11
2022年
夏発売予定！
konomi（きのこのみ）Art Works大好評発売中！
『ライアー・ライアー』×『クロス・コネクト』の
クロスオーバーＳＳも収録！

ライアー・ライアー！
絶対に負けられない
学園頭脳ゲーム&ラブコメ、
堂々のコミカライズ！
漫画：幸奈ふな
原作：久追遥希
キャラクター原案：konomi（きのこのみ）
MFコミック アライブシリーズ
ライアー・ライアー1巻&2巻
大好評発売中！
月刊コミックアライブで好評連載中！
Comic Walker & ニコニコ静画でも
好評連載中！

ライアー・ライアー10
嘘つき転校生は敗北の女神を騙し抜きます。

2022年3月25日　初版発行

著者　久追遥希
発行者　青柳昌行
発行　株式会社 KADOKAWA
〒102-8177 東京都千代田区富士見2-13-3
0570-002-301（ナビダイヤル）

印刷　株式会社広済堂ネクスト
製本　株式会社広済堂ネクスト

Printed in Japan　ISBN 978-4-04-681293-3 C0193

●お問い合わせ
https://www.kadokawa.co.jp/（「お問い合わせ」へお進みください）
※内容によっては、お答えできない場合があります。
※サポートは日本国内のみとさせていただきます。
※Japanese text only

◇◇◇

【 ファンレター、作品のご感想をお待ちしています 】
〒102-0071 東京都千代田区富士見2-13-12
株式会社KADOKAWA　MF文庫J編集部気付「久追遥希先生」係「konomi（きのこのみ）先生」係